U0007746

GOBOOKS & SITAK GROUP©

漫時光

慈悲殿

上卷

尤四姐 著

高寶書版集團

目錄

第一章 琉璃殿上月徘徊

冷是真的冷啊，今天下了入冬後頭場雪，昨兒太陽照在人身上，背後還出一道熱汗呢，今兒就變天了。

楊愚魯搬著成摞的題本，從廊子底下快步而來，風捲著細雪，鋪天蓋地無處不在，飄進他的領窩裡，落在遮擋不住的手腕上，消融的時候一片刺骨冰涼。路過正堂的時候，堂上高懸的岳飛畫像揚起朱紅的斗篷，像一蓬噴灑的血霧……

他縮起脖子，匆匆到了暖閣外，門前站班的小火者[1]掀起厚重的門簾，暖意夾裹著炭火的馨香迎面而來。將要黃昏的當口，屋子裡黑洞洞的，沒有掌燈。他回頭問：「少監人呢？」

小火者呵腰道：「先頭內閣張大人送爺爺[2]的手諭來，少監點了東廠的番子，出去辦事去了。」

楊愚魯「哦」了聲，心裡明白了大概。

1 小火者：明代宦官中之地位低者。
2 爺爺：明代太監私下對皇帝的稱呼。

轉身看，萬里穹頂如墨，半空雲靄間，一隻鷹隼正撲張著翅膀盤旋，一聲尖嘯後向西飛去——

崇山峻嶺，蒼茫平原，雪越下越密，只有常綠的樹木，從無邊的白中頑強掙脫出枝椏來。就著暮色看，也是寒涼錯落，像燒壞的青花瓷，斑斑駁駁，散落在蕭索的大地上。

鷹眼倒映出一點微茫，那是山腳驛站窗口的火光。筆直的官道那頭，十幾乘快騎疾馳而來，馬蹄颯踏揚起漫天的雪沫子。將到驛站前勒韁下馬，開路的番子一腳踹開驛站的大門，轟然一聲巨響，驚動了廳堂裡打尖的旅人。眾人回頭看，見錦衣輕裘的一行人長驅直入，為首的身著過肩蟒袍，玄狐披領遮住大半張臉，因官帽壓得極低，看不清長相。但單憑這身打扮，還有下裳襞積上繁複得令人暈眩的繡金絲膝襴，便知道是司禮監辦事，別說客人們，連驛丞也不敢吱一聲。

「少監，人就在裡頭。」番子壓刀回稟，正要闖進去，上峰抬了抬手。番子意會，道了聲「是」，恭恭敬敬退到一旁。

描金袖襴下的手指白潔細長，微微屈起，輕扣了扣門扉，說話的聲氣很是溫軟和善，如平時一樣，緩聲道：「乾爹，兒子來給您請安了。」

屋裡沒有回應，但燈下有個人影移過來，在桌前落了座。

大檔頭上前，小心翼翼替他解了肩上斗篷，斗篷底下，鸞帶束出一截好身腰來，人顯得愈發挺拔修長。他邁進檻內向上行禮，「乾爹腳蹤不定，叫兒子好找。」

座上的汪軫托著茶盞一哼，「我的四條馬腿，到底敵不過梁少監手眼通天，跑到這地方，還是叫你找見了。這回你親自出馬，八成是打算取我性命了？總不至於長途跋涉，當真給你乾爹請安來。」

汪軫說完這話，跟前的人緩緩從交疊的雙手上抬起眼，一雙光華萬千的眸子，平時斂起鋒芒，到了狩獵時，警敏得像頭豹子，吃人不吐骨頭。

他在笑，那種帶著絲絲涼意的神氣如日光下的冰稜，妝點那張眼角眉梢俱是詩的面孔。當初汪軫就覺得他是個好苗子，是天生吃弄權飯的人，果然沒有看走眼。這個曾經鞍前馬後為他效力的孩子長大了，終於把刀架在他乾爹的脖子上。

「兒子是奉命行事，內閣彈劾乾爹的奏疏，是夏連秋直送到皇上面前的，兒子想攔都攔不住。」他笑了笑，復又道：「不過乾爹放心，待事情平息後，兒子一定替乾爹報仇。」

報仇？說得好聽，不過剷除異己罷了。汪軫笑不出來，知道落進他手裡，終是難逃一死。

他放下手裡的杯盞，長長嘆了口氣，「梁遇，咱家記得，當初你入咱家門下，不過十四歲，這些年咱們通力合作，也算父慈子孝。如今乾爹老了，擋了你高升的道，其實只要你一句話，咱們父子之間，有什麼不好商量的？」

梁遇聽了，似乎也靜心思量了一番，那雙沉沉眼眸裡湧起對往日歲月的眷戀來，然而說出的話，卻全然不是面上表露的那樣。

「乾爹進宮，今年正滿五十年，五十年一點一滴積累，才走到今兒。兒子很想在乾爹跟前盡孝，也多番提醒過乾爹，萬事留一步，才好有回身之地，可惜乾爹不聽兒子的。如今上頭下了手諭，兒子正是念著乾爹多年教導之恩，才向皇上討了恩旨，由兒子來處置這件事。」他說著，回身在一旁坐了下來，「兒子是為顧全乾爹顏面，乾爹別錯怪了兒子，也別叫兒子為難。要是換了旁人，哪裡容得乾爹走到這沙田峪來，早在前頭鳳鳴關，就把事情辦了。」

這麼看來，太極是預備打到底了。梁遇的心狠手辣他早就知道，以前尚覺得這把刀用起來趁手，這會兒看看，刀有了道行，成氣候了，就再也不聽你的使喚了。

汪軫擱在膝上的雙手虛虛攏起了拳，那張溝壑縱橫的臉，在燈影下顯得有些猙獰，「咱家知道，內閣彈劾的那些案宗，少不得你推波助瀾。好小子，咱家是養虎為患，反咬了自己的脖子。」

梁遇依舊恭敬，在椅上微欠了欠身，謙遜道：「全賴乾爹教誨。」

他倒坦然，汪軫一時窒了口，良久才道：「這件事，還有沒有轉圜的餘地？」

梁遇很遺憾模樣，緩緩搖頭，「乾爹在宮裡伺候多年，應當明白咱們的難處，食君之祿忠君之事，誰讓咱們是聽差辦事的。這回要乾爹命的是皇上，縱是兒子有心，也救不得乾爹。」

汪軫不由譏嘲，「皇上的意思……你是皇上大伴[3]，平素最親近的，這樣的交情，你要真有那份孝心，皇上未見得會叫我致仕頤養。」

梁遇果然不說話了，只是似笑非笑看著他，隔了半晌道：「乾爹一向爽快，早前也常教導我，吃咱們這行飯的，攬得了權就要下得去狠手，乾爹忘了？」邊說邊站起身來，曼聲道：「時候差不多了，乾爹上路吧，我也好回去交差。」

汪軫知道大勢已去，自己喪家犬般出逃，到了離老家二十里的地方折了，也算歸了故里。只是最後毀在自己調理出來的人手上，像個諷刺的笑話。

他抬頭看向梁遇，灰敗的臉上肌肉不住痙攣，「你還記得咱家的話，很好。不過光記得這句可不成，還有另一句更要緊的，你也該放在心上。咱們這號人，幹的本就是竊權的勾當，常在河邊走，哪能不濕鞋？你今兒這麼對咱家，明兒自有人也這麼對你，初一十五輪番做東，這是咱們的命。」

梁遇原要出門，聽了他的話微微回了回頭，滿身平金繡蟒，在燈火中折射出細碎的輝煌。他牽了下唇角，淡然道：「乾爹今日種種，教會兒子一個道理，既要登高，就要管得住嘴。我和您不一樣，我沒有收乾兒子的癮兒，您下輩子要是還托身太監，千萬記住這個教訓。」

他提袍邁出門檻，再也不管身後憤怒的咒罵，昂首吩咐：「送汪大人一程。」

番子領命，如狼似虎撲了進去，隔著窗屜子看，一左一右生拽綾子，那情景投在桃

3 大伴：皇帝身邊有頭有臉的大太監，一般是皇帝從小的伴當。

花紙上，如同一幕皮影戲。

人啊，一輩子大夢一場，糊里糊塗地來，無可奈何地去，真是半點意思也沒有。他嘆了口氣，從袖底抽出帕子掖了掖鼻子，轉頭看外面天色，星月俱滅，只有一盞白紗燈籠高高懸在桅杆上，照出細雪紛飛的夜。

千戶馮坦上前道：「大人，看樣子今兒是走不脫了，卑職讓驛丞預備幾間上好的客房，大人好好歇一晚，明早再趕路不遲。」

梁遇調過視線四下打量一番，「荒村野店，不住也罷。叫些吃的，填飽肚子就動身。」

司禮監的人向來挑剔，住不慣這冷炕臭被臥。馮坦不敢有違，忙呵腰應了個「是」。

雪到後半夜時漸停，次日皇帝五更起身，梁遇已經在東暖閣外候著了。

年輕的皇帝，登基才不過兩年，舉手投足間尚有一股少年義氣。跟前伺候穿戴的內侍是新近提拔的，戴冠的時候因為不敢窺視天顏，一味垂著眼皮忙活，皇帝嫌他手腳慢，每每臉上有慍色。

梁遇當即揮手讓人退下，自己親自上來伺候。

皇帝抬高下巴問：「汪軫的事都辦妥了？」

梁遇手上微頓了下，復又仔細替他整理好組纓，輕聲回稟：「臣去的時候，晚了一步，掌印大約自覺愧對主子，已經懸梁自盡了。」

皇帝得知後有些悵然，喃喃道：「是麼……汪軫早年還算兢業，朕當初龍潛，他處處關照朕，你還是他送到朕身邊的。後來有了年紀老糊塗，做下那些貪贓枉法的事，朕雖恨他，也念著舊情，不願意叫他死。原想著賞他還鄉，留他一命的，可惜……」

梁遇道：「萬歲爺這心田，掌印泉下有知，也會感激涕零的。只是生死早有定數，半點不由人，怨臣的馬半道上失了蹄，耽擱了，要是不出這岔子，興許還能留住他。」

皇帝擺了擺手，「大伴頂風冒雪，自己沒傷著就是萬幸了。細想想，汪軫也確實該死，既然連天都不容他，那就由他去吧。眼下最要緊一宗，司禮監不能亂，還有東緝事廠，那幫混帳行子沒人提督不成事。」一面說，一面拍了拍梁遇的肩，「大伴是朕的膀臂，朕最信任的人就是你。這兩年來朝野上下表面賓服，暗地裡卻非議不斷……」

帝王家講究多子多孫多福氣，子孫多固然是好事，但到了要分出伯仲時，少不得傷筋動骨。無論皇子中最後是誰克承大統，總會與一部分人的利益相左，梁遇明白皇帝的意思，「臣粉身碎骨為皇上分憂，請皇上放心。」

皇帝點了點頭，「司禮監和東廠一向是你管著，填了你乾爹的缺，不過左手倒右手，不費事。今兒授了官印，就走馬上任吧。」

一切都順理成章，早在汪軫癡迷小戲兒，張羅私宅養女人的時候，兩個衙門的實權就一點點落進他手裡。其實加官進爵沒什麼值得高興，唯可高興的是如履薄冰十餘年，終於不必再仰人鼻息，讓那些豬狗一樣的東西驅使了。

從乾清宮退出來，總管太監在簷下待命，他撫了撫手上扳指，視線落在遠處連綿的殿頂上，「重挑個穩當的，伺候穿戴檔。」

總管太監一疊聲道是，「小的疏忽了，請大人恕罪……」再抬頭時，人已經拐了彎，往遊廊那頭去了。

司禮監是這皇城裡頭消息最靈光的，通常乾清宮一發話，衙門裡就洞悉了。梁遇甫出乾清門，那些素日追隨的已經候在臺階下，見他來，腳下蹉著碎步上前接應，一聲「老祖宗」，叫得人通體舒坦。

「先頭汪公公的遺物都收拾乾淨了，東邊閣子騰出來，安置了老祖宗慣用的東西。老祖宗這兩日辛勞，且回府裡歇歇……」隨堂太監承良說罷頓了頓，細聲道：「還有一樁事要回老祖宗，東廠高千戶今早遞話進來，說老祖宗讓找的姑娘找著了，這會子人在提督府上，只等老祖宗召見。」

這個消息盼了太久，久得自己幾乎要忘記了，現在忽然說找著了，竟讓他愣了好一會兒神。

原本是不抱希望的，這樣吃人的世道，他以為人早就不在了，沒想到居然能活下來。能活著，總有許多不易，他略定了定神問：「在哪兒找見的？」

承良道：「就在直隸地界上，姑娘這些年跟著南北商販跑單幫，沒投靠誰，全憑自己的本事吃飯。千戶他們依著督主吩咐踅摸，找見姑娘的時候，姑娘活蹦亂跳的，雖受了些磨難，但不自苦，督主見了就知道了。」

梁遇頷首，「不自苦就好……」說著臉上浮起一點笑意，「這樣的性子，才像我們梁家人。」

左右隨堂們這陣子都夾著尾巴當差，司禮監要變天，誰敢多喘一口氣，鬧得不好就把自己的腦袋吹沒了，這種戰戰兢兢的日子很不好過。眼下輸贏已定，頭把交椅也換了人，大傢伙全看掌印的臉色行事。見他有了笑的模樣，眾人卡在嗓子眼裡的氣才敢痛快呼出來，一時雞一嘴鴨一嘴地捧場道賀，賀督主費盡心力，得償所願。

雪又下起來，這回下得不討厭，細沫子紛紛揚揚，像大一點的塵埃，在混沌的天地間懸浮飄蕩。承良打了傘，一行人簇擁著梁遇往司禮監去，承良邊走邊道：「卑職這就打發人備車，料督主也著急見姑娘。」

梁遇卻說不忙，「上頭的旨意說話兒就來，沒人在，不好看相。如今司禮監雖換了人坐堂，也要提防樹大招風，內閣時時盯著呢，別叫人拿住把柄。」一頭說，一頭進值房大門，在堂上落了座。這一坐下就有成堆要務亟待處置，直忙到掌燈時分，才從暖閣裡移出來。

要入夜了，風有點大，吹動了簷下懸掛的燈籠，鐵鉤在銅鈕上搖曳，吱呀作響。梁遇跟前伺候的秦九安上來替他披了大氅，壓聲道：「照著督主的吩咐，已經命東廠番子澈查夏連秋了。」

何謂澈查，只是羅織罪名的雅稱罷了。內閣裡頭有些人天生和司禮監八字不對付，文人驕傲的風骨在沒受過摧殘之前，頂天立地旗杆一樣。梁遇倒也敬重這些言官，讀書人嘛，牢騷多些不算什麼，但萬事皆有度，過了這個度就不好說了。夏連秋不是初出茅廬，他只是不信邪，彈劾汪軫的奏疏上，黨羽之首寫的就是梁遇。既然傷了和氣，想必並不懼怕和司禮監打交道。不過廠衛的大牢進得去出不來，這位閣老要長記性，恐怕得等下輩子了。

梁遇抬手緊了緊領上鏨金領釦，淡聲道：「給我好生著實問。夏閣老還有個姪兒，今冬才出仕的，也叫人多關照吧。」

那幾句話在外行人聽來並不覺得什麼，內行人聽的卻是門道。譬如核查官員，「好生問」是據實查問，據實回稟；「著實問」是往深了追究，不在乎牽連；「好生著實問」，那就沒說的了，不問真假曲直，一氣兒以送去見閻王為目的。

秦九安應了個是，笑道：「那位小夏大人正要補通政使司參議的缺，這要是填上來，假以時日又是個進內閣的角色。」

梁遇哼笑了聲，接過油紙傘慢悠悠撐開，將下臺階時偏頭吩咐：「汪公公如今不在了，他的傢伙什兒都要收拾乾淨，別遺漏了什麼。」

秦九安微頓了下，立時明白了督主的意思。

早前承良已經帶人把掌印值房重新布置了一番，裡頭該處理的都處理了，為什麼督主還有這一問，重點不在東西，而在收拾上。一朝天子一朝臣，內侍衙門也是如此。汪軫左右不乏溜鬚拍馬之輩，當初藉著汪的體面招搖過，現如今到了秋後算帳的時候了。

秦九安嘿嘿一笑，「督主放心，小的早就替他們物色好了去處。大內十二衙門，缺人的地方多啦，遠遠打發了，他們掀不起浪花來。」

梁遇沒再說什麼，也不用人隨行，自己打著傘，閒庭信步走遠了。

司禮監衙門在貞順門以東，即便宮門下了鑰，掌事的出入也不受限制。門上太監見風雪中有人款款而來，忙抬下門上門木靜候。早前梁遇還是秉筆時，莫說太監們，就是宮內主子也得讓他幾分面子，眼下當了掌印，是實打實的一人之下了。守門太監見他來，愈發垂手蝦腰，待恭送他出了橫街，由對面錦衣衛接應後，方退回門內，重新落了鎖。

廠衛是一家，都在梁遇手裡攥著，那些錦衣衛原都是有根底的人家出身，平時目空一切慣了，但見了他也是畢恭畢敬，半點不敢造次。

「卑職等接了消息，恭喜督主高升。」錦衣衛千戶蔡鼎那張粗豪的臉上帶著纖細的笑，話說得十分由衷。

梁遇擺了擺手，這掌印的位子本來就是他囊中之物，要不是礙於皇帝才登基那會兒不便鬧出大動靜，也不能讓汪軫霸攬到這時。現在好了，眼中釘拔除了，暫且安逸，這會兒最要緊的是家事。

是啊，家事，他從沒想過，走到今時今日還能論一論家事。蔡鼎替他打起轎簾，他端端坐了進去，抬轎的官靴踏著雪地，發出一片擠壓的輕響。夜色漫上來，像水一樣浸泡過人的頭頂，他偏過臉，抬手掀起窗幔一角。寒夜的街道和白天不同，有種冷峻深沉的美。轎在前行，商戶住家門前的燈籠在後退，他看得有些出神，腕上手串的琥珀墜腳輕擺著，敲在撒青金袖襴上，雲氣紋映過半透明的珀體，放大得盤龍一樣。

他的府邸建在冰盞衚衕，離紫禁城很近，邊上就是賢良寺。幹他們這行的，手上人命過得多了，有時候也尋求一點心理上的安慰。轎子到了門前，他俯身下轎，抬眼便看見匾額上御筆的「提督府」，他望著那三個字，牽唇笑了笑。

這一笑，笑得風光霽月，邊上隨侍的見了忙上來討好，「前門汪府蓋得倒是豪奢，如今也空著，可督主必住不慣那個髒窩，還是摘了匾額掛到府上來的好。」

梁遇「嗯」了聲，提起曳撒下擺登上臺階，走了幾步想起什麼，在檻前停住了。

蔡鼎鬆了一半的氣重又提起來，忙拱手聽示下。上首的人微微回頭，那秀目垂眼時，有種睥睨天下的味道：「汪府打發人好好守著，等咱家騰出空來，再請旨抄沒汪軫家產。記好了，裡頭物件一樣也不許丟，倘或缺了一件半件，就拿你們的腦袋來填。」

錦衣衛的毛病他最知道，鑽營撈油水是他們的拿手絕活，倘或不發話，他們半天就能搬空汪府。現如今他過問了，就算吃進去的東西，也要照原樣吐出來。

蔡鼎心下一凜，俯首貼耳道是，一行人弓著身目送他進府，待府門關上，他們才敢直起身子。

「咱們這位督主，真是滴水不漏。」抬轎回去的路上，一個緹騎半帶抱怨地嘟囔，

「要論起對下頭人的寬和，怕還不如先頭提督。」

結果這話招來蔡鼎一聲低喝：「夾緊你的嘴！你不要命，老子還要命呢！」把幾個緹騎嚇得噤若寒蟬。

左右瞧瞧，夜黑風高，這京城乃至大鄴上下，哪一處沒有東廠的耳目？上回監察御史夢裡誇老婆腳香，第二天就傳得滿朝皆知了，他們這裡信口雌黃，誰知道明兒要為這句妄言付出什麼代價！

反正梁遇吃人不吐骨頭，要比名聲，他的惡名不在汪軫之下。

一個人名聲壞，原本沒什麼，要說司禮監出了個大善人，那才是活見了鬼了。他不在乎外頭怎麼傳他，但在邁進花廳前，他卻有些猶豫了。一種奇怪的、虧心的感覺忽然爬起來，他蹙了眉，耳根子竟隱約開始發燙。

然而轉念再想想，又覺得十分可笑，他一步步走到今天，該報的仇報完了，該享的福也只會多不會少，有什麼不足意？

他又挪起步子，從廊廡底下漫步踱過來，花廳四角高高吊著料絲燈[4]，瀉下滿地柔軟的光。他打簾進去，進門便見玫瑰圈椅上坐著一個姑娘，一雙晶亮的眼眸迎上他的視線，那瞳仁兒黑白分明，大約算得上他近年見過的，最好看的眼睛了。

年紀差不多，小鼻子小嘴，和小時候也有些像。她是五歲那年走丟的，他推斷不出

4 料絲燈：以瑪瑙、紫石英等材料煮漿抽絲製成的燈。

她長大後是什麼模樣，但瞧這眉眼，似乎同他母親有幾分相似。

人就是這樣，頭一眼的直覺難免影響接下來的判斷，他心裡雖認了七八分，但事關重大，不得不慎重。

「姑娘叫什麼名字？」他和顏悅色問，轉身在她對面的圈椅坐了下來，「哪裡人氏，今年幾歲？還記得自己的生辰八字？」

燈下的姑娘有點呆，因為見慣了碼頭上那些光膀子扛鹽糧的男人，頭一回看見這樣精緻人兒，讓她產生了微醺的錯覺。

看人下菜碟，這是世人的通病。要是換個豬頭狗臉的來問話，一句就打發了，可這人長得實在好看，對於好看的人，留下好印象很重要。

她微微挪動一下身子，坐出了很靦腆的姿勢，「我叫月色，『梨花院落溶溶月，柳絮池塘淡淡風』的那個月色。」

月色狗肚子裡沒有二兩墨，只粗粗識得幾個字，卻不妨礙她感慨今夕何夕，有此豔遇。沒學問的人，最愛生拉硬湊讓自己和學問沾邊，早前她住的那片有個私塾，她每天回來經過那裡，都愛蹲上一陣兒，聽那些孩子搖頭晃腦背書。太長的她記不住，唯有這句她記下了，因為裡頭有個「月」，她覺得拿來介紹自己的名字，有身價倍增之感。

果然，對面的人挑起了一道眉毛，眼裡迸出驚豔的光，月色覺得自己這回可能有譜了。

於是她又笑了笑，「那個……大人，我今年十七了，屬雞的。我沒爹沒媽，也不知道自己的生辰八字和祖籍，擎小兒我到處跑，飄到哪裡是哪裡。」說完覷了覷他的臉色，「大人，我向來奉公守法，從不作奸犯科，您看……您是不是拿錯人了？」

跑江湖的就有這點好，見多識廣，遇事不慌。這人的官服和錦衣衛很像，但品級顯然要比錦衣衛高出一大截，她被人帶進這府門的時候，看見匾額上寫著「提督府」，說不定他是個九門提督也未可知。

官府抓人，動真格的都得押進大牢，她被帶進了私宅，可見算不得公事，至多是私事。她搜腸刮肚想了半天，想不出自己和這麼大的官兒能有什麼牽扯……再悄悄看他一眼，那一身錦衣襯著白淨的肉皮、清朗的眉眼，就像琉璃外頭鑲了一圈金邊……

月色忽然激靈了下，腦瓜子裡蹦出個古怪的念頭——這大官拔冗單獨接見她，別不是要找個品貌好八字重的姑娘，做通房吧！

這麼一琢磨，好像不大妙，雖說在達官貴人家過日子吃喝不愁，但通房地位也太低了，不及她跑碼頭逍遙。

對面的那雙眼睛還在探究地打量她，她從沒見過這樣的人，話不多，但每道目光裡都帶著無形的刀，能剖開人的皮囊，把心肝掏出來賞玩。

月色不是那種小家子氣的女孩，她在外面掙飯轍，什麼三教九流的人都領教過。鑑於她有看臉劃分三六九等的陋習，長得醜的直勾勾盯著她，她能炸毛回瞪，但長得好看的待遇就不一樣了，他審視她的臉，她會羞答答避開人家的視線；他審視她的手，她就把袖子往下拽一拽，含蓄地偏過身去。

爺們兒都喜歡這種欲拒還迎的小情趣，果然，他從那片光瀑裡站起來，披著滿身輝煌，一步步走到她面前。

他身上有種很好聞的味道，從袖籠領緣飄散出來，不似市井裡爛俗的氣味，清冽中略帶松塔的乾燥硬朗，這種香一嗅就知道很名貴。

可貴雖貴，離得太近也讓人覺得不安全。月色挫後半步，這回笑得有點勉強，「大人，我是良民，一向安分守己，連下年的水腳錢和車腳錢都提前繳清了……」

見多識廣的姑娘，嗓音裡到底夾雜了驚惶的聲調，再也沒有柳絮池塘淡淡風的灑脫了。

梁遇的語氣放和軟了些，「月色姑娘，我正找一個人，這人和妳一樣年紀，我手底下的人把妳當作了她。」一面說，一面將視線落在她肩上，笑了笑道：「粗人無狀，辦事難免莽撞，要是有驚擾姑娘的地方，還請姑娘見諒。」

「驚擾倒是不驚擾……」他一笑，月色的心頭就哆嗦一下，果然好看的人，連致歉也顯得比旁人有誠意啊。既然是個誤會，那就不必較真了，多個朋友多條道兒，月色大手一揮，「我這些年五湖四海到處跑，沒準兒能幫上您的忙呢。大人要找的姑娘多高個頭？長得什麼模樣？我替大人留意著，萬一遇上了，也好給大人牽個線。」

梁遇一直仔細留意她的一舉一動，看來承良說的都是實情，不自苦，歡蹦亂跳的，生命力旺盛，這樣很好。

於是他沉默著，一把拽住她的左手。

月色吃了一驚，心道這大人物也太急色了，看上去年紀輕輕的，地位又顯赫，不至於一副毛腳雞模樣啊。

她有點尷尬，這是個陌生男人，和小四不一樣。小四是她的窮哥們兒，比她還小兩歲，兩個人餓得頭昏眼花時，在長堤上插香拜了把子。後來小四隨她混，這些年吃在一起住在一起，小四今年唇上長了絨毛，在她眼裡依舊不是男人。這位呢，細皮嫩肉，也沒鬍子，可一碰她，她心頭就過電。她想掙出來，試了好幾回也沒成功，這下子真急眼了，梗著脖子說：「大人，我可是好姑娘，您要是再動手動腳，那後半輩子可得管我吃喝！」

醜話說在頭裡，將來才好論長短。沒錯，月色年幼的時候以吃飽肚子為目標，如今十七，該為自己的終身大事考慮了。

原本她也是渾渾噩噩度日子的人，奈何身邊有個狗頭軍師。小四說：「姑娘十八歲之前得找好下家，不管是給人做老婆還是做小妾，十八歲之前最有行市。等過了十八歲，人家就得挑人，要是過了二十，那更完了，只有上人府裡做奶媽子。」

月色沒弄明白，二十歲怎麼就要做奶媽子了，不過十八歲是個坎兒，這點無可否認。好人家的姑娘過了十五就有人登門說媒，她沒這個造化，唯有自己操心。

當然了，十五歲那年起，從小看著她長大的那些鹽商糧商們也有給她說親的，她收拾停當見了人，見完回來小四問她怎麼樣，她直搖頭。跑船的能有幾個好看的？月色是從煤堆裡長出來的向日葵，她腳插大地，心向太陽，眼界高著呢。小四對她的挑剔嗤之以鼻，剔著牙花兒說：「您取錯了名字，不該叫月色，您該叫好色。」

既要有飯吃，還要供飯的長得好看，小四覺得她沒認清自己的斤兩。月色不理他，人活著，誰還沒點奔頭呢。瞧瞧眼前這位，長相是撞進人心坎裡來了，通房差了點意思，要不然打個商量，往上升一等，做個愛妾也成啊。

可惜她的那番話，換來人家一句「得罪了」，她還沒來得急細琢磨，只覺胳膊一涼，琵琶袖就被擼到了肩頭。

月色有點傻眼，這是什麼癖好？怪道那些官兵事先囑咐她，讓她換袖口寬大的衣裳，原來就是為了投上司所好？她有點生氣了，她是碼頭上行走的，生意人最講究約法三章。先發貨後具款，最後勢必談不出好買賣來。

她拉長了臉，「大人，您做得太過了，我可不是花街的粉頭兒……」待要拽下袖子，卻被他攔住了。

梁遇怔怔望著那個胎記，望了半天。這些年他的情緒一向控制得很好，控制得久了，連自己都忘了自己是血肉之軀。然而他現在的心竟開始打顫，一陣陣地，推動著血潮湧向四肢百骸，朽木也有活過來的跡象了。他下意識抓緊她的肩，像怕她跑了似的，手指幾乎陷進她的肉裡去。

「這個胎記……」他聽見自己嘶啞的嗓音，越接近真相，越讓人忐忑，「是自小就有的？」

月色不知道他究竟要幹什麼，看他血紅著雙眼，要吃人的架勢，她有點怕，忍痛咽了口唾沫，「和……和大人什麼相干！」

結果那張臉愈發陰森了，他緊緊盯著她的眼睛，一字一句道：「我在問姑娘話，姑娘只管答是或者不是，就成了。妳最好給我老實些，要是有半句假話，我即刻命人宰了那個叫小四的孩子，聽明白了？」

這回月色終於被嚇破了膽，打算做妾的念頭也飛到九霄雲外去了，這個人她惹不起，於是哭著說：「回大人的話，這胎記我打小就有，我自己瞧不見，還是小四告訴我的，說看上去像個刀螂……我和您沒仇吧？就算老輩兒裡有過結，您也不能翻小帳，事兒過去那麼久了，我什麼都不知道……」

她一哭，一雙楚楚的大眼睛裡滿含熱淚，連著臉頰和鼻子都紅起來，看上去一副可憐相。梁遇忽然鬆了口氣，替她放下袖子，自己退坐回圈椅裡。

可怕的沉默，只有燭火跳動發出噗噗的聲響。月色絞著手指，無措地站在地心兒，對眼下的局勢感到絕望。

提心吊膽留神他的動向，過了好一會兒才見他抬起頭，那張臉已經退去了猙獰，還原成最初的模樣。帶著一點傲慢，又帶著一點矜重地，從袖袋裡掏出一張銀票遞過來，淡聲道：「給妳的，拿著。」

月色摸不著頭腦，但她從來無法拒絕銀票的誘惑。上前接有點害怕，不接又辜負人家的心意，便壯起膽兒伸出一隻手，勉強笑道：「無功不受祿，大人有什麼話，只管吩咐吧。」

梁遇看著那細細的爪尖探到面前，他不撒手，她還使勁拽了一下。他忽然低頭笑了，左撇子，和小時候一模一樣。

「妳坐下吧，我有話說。」

他抬了抬下巴示意，她雖然滿臉防備，還是依言坐下了。

「六歲之前的事，妳還記得多少？」他放輕了聲氣問她，「記得家裡爹娘的樣子麼？記得家裡還有什麼人？」

月色想了想，歪著脖子說：「那麼長遠的事，有些記得，有些不記得了。我爹娘的長相，我想不起來，只記得早前我也住過大宅子，家裡還有個哥哥。」

梁遇直起了身子，「哥哥的名字，妳記得麼？」

月色搖搖頭，「我就管他叫哥哥，不知道他的名字。有一天哥哥說要帶我去買風箏，那天之後我就再也沒見過爹娘。後來連哥哥也不見了，想是我不聽話，他們都不要我了吧。」

時隔多年，再回憶以前的事，淡得像一縷煙。

那時她還小，記得不周全，印象裡親人們彷彿一夜之間全都消失了，她來這世上受用了沒幾年，剩下就是沒完沒了的吃苦。起先她也常哭，哭完了還得和野狗搶吃的，時候一長悟出個道理來，把哭這項給戒了，因為流著眼淚跑不過野狗，被追上了挨咬受痛，死了也沒人管她。

往事不堪回首，好在都過去了，月色臉上帶著笑，謹慎地問：「大人怎麼和我打聽這個呢？中間隔了十多年，鬧不清楚裡頭的緣故啦。」

對面的人眉間有悵然之色，「不是……不是哥哥不要妳了，是那天街上人太多，走散了。」他說完頓了頓，低著頭緩了好久，才重整情緒，慢慢將事情的來龍去脈告知她。

「咱們原也是好人家，爹是進士出身，官至敘州府知府，不大不小，正四品的銜兒。那年上頭下令開礦，司禮監指派大太監任礦監，那些人急於立功胡亂開採，弄得民不聊生。爹是父母官，自然要護佑百姓，因此得罪了他們，東廠調遣番子闖進梁家見人就殺，那天除了妳我，沒有一個人逃出來。妳那時小，我不願意讓妳知道爹娘不在了，所以謊稱帶妳出去買風箏。官衙被司禮監接管後，我領著妳流落到登州，十幾日下來身無分文，本想上市集討些吃的，沒想到那天是浴佛節，人群把咱們沖散了。後來我四處找妳，找了半年也沒有妳的消息，只得離開登州進京。我恨，是誰害得我們家破人亡，我就找誰討命。」

他已經很久沒有一氣兒說這麼長一段話了，十幾年前的仇恨在心頭滾了千百遍，到如今可以很平靜地說出來。他笑了笑，語氣溫和，帶著點愜意的味道，曼聲說：「就在昨兒，當年那個下令的人被我結果了，我替爹娘報了仇。今兒恰巧又有好消息，番子說找見妳了，想是爹娘在天上保佑，讓咱們骨肉團聚吧！」

月色不由發懵，事情的發展好像和她設想的不一樣。剛才她還在盤算著巴結人家混飯轍，誰知眼睛一眨，攀上親戚了？

她以為自己聽錯了，站起身乾笑，「大人，您的意思是……」

對面那雙眼睛是月下的深海，眼波一漾，便泛起粼粼的銀光。

他也站了起來，掖手含笑的樣子，像個優雅的讀書人，「妳不叫月色，妳的本名叫月徊。我也不叫梁遇，我以前的名字，叫日裴。」

日裴月徊，這是父親當初給他們兄妹取的名字。月徊比他小八歲，那天他才從宗學回來，母親含笑告訴他，不日家裡會來一個人，也許是個小小子兒，也許是個小姑娘，問他喜歡哪樣的。

母親總拿他當孩子，他還能不知道梁家要添丁了嗎。他說小子姑娘都好，來了哪個他就疼哪個，心裡還是巴望著，來個妹妹更好。學堂裡有不少年紀相仿的兄弟，天天慪氣打架，倒是方家的那對兄妹，哥哥在學裡念書，妹妹常貓在窗下送水果糕餅給他，看來看去還是妹妹更貼心。後來母親終於臨盆，他也盼來了妹妹，可是不曾想家裡遇上那樣的橫禍，他帶著月徊逃出來，又把她弄丟了，從此日裴月徊，天各一方。

這個丫頭，一時不能消化他的話，那種迷茫的樣子，依稀還如小時候般憨傻。

他對待所有事都有足夠的耐心，抬起兩手輕輕落在她肩頭，躬著身子望住她的眼睛，心平氣和告訴她：「朝廷命官無端枉死，那些人必要羅織罪名，才能向天下人交代。我不能再用原來的名字了，可我盼著兄妹重逢，所以取了個『遇』字。妳的記憶，妳肩上的胎記，還有妳慣用左手，這些都能證明妳的身分。月徊，我找了妳很多年，原來妳一直在京畿。」

月色懵了半天，雖然還不敢置信，但看他一臉真摯，再想想自己孑然一身，要什麼沒什麼，應該也沒人會來坑騙她吧。

她眨眨眼，「大人是我哥哥？」

梁遇點了點頭。

因為豆大的字也沒識得兩個，她小心翼翼問：「我的名字是哪個懷？胸懷的懷？還是槐樹的槐？」

他說：「是徘徊的徊。妳這些年四處流浪，各地方言又不通，一個人叫錯，就錯上一大片。時候久了以訛傳訛，大約就變成月色了。」

她長長「哦」了聲，心裡琢磨起來，徘徊的徊啊，聽上去比月色纏綿多了，只是不知道淡淡風那句詩，再拿來套用合不合適……

「碧玉盤中珠宛轉，瑠璃殿上月徘徊。」梁遇知道她愁什麼，預先替她想好了，「以後有人問妳的名字，妳就這麼告訴他。」

這下子沒有什麼可猶豫的了，她最懂得審時度勢，憑空冒出這麼個哥哥來，分明是菩薩開眼了啊！她見天苦巴巴為一口嚼穀掙扎的日子，從此一去不復返了，雖說梁家當年的慘況她沒有親眼目睹，但想想爹娘，再想想這些年饑一頓飽一頓的坎坷……她一把抱住了眼前人，放聲大哭起來。

別看她個頭小，力道卻不小，梁遇被她撞得退了半步，頓時有些錯愕。然而錯愕過後，心裡湧起漫漫柔情來，這些年他身邊從沒有親近的人，傾情的懷抱是什麼的滋味兒，他早就忘了。如今找到了親人，姑娘又是個感情豐沛的人，他慶幸磨難沒有打垮她，讓她還有這樣的勇氣，能夠對人掏心掏肺。

那腦瓜子上的黑髮絨絨的，貼著臉頰有點癢，他抬起手撫了撫她的脊背，衣衫下的身子還是略顯瘦弱，碼頭上討生活不易，恐怕那點子進項不夠買肉吃的。他嘆了口氣，好在找到她了，往後在他身邊，一日日養回來，也就好了。

月徊乾嚎著，狠狠在他懷裡蹭了一回，一面為找到失散的親人高興，一面又遺憾這麼好看的人，以後只能當兄妹了。不過情況不算太糟，一樣是抱上了粗大腿，當妹妹比當小妾強。月徊抽抽搭搭說：「哥哥，我總算找著您了，看您過得這麼滋潤……如今在哪兒高就啊？」

梁遇的手臂僵了僵，話不大好說出口，然而瞞是瞞不住的。

他鬆開她，緩緩踱回燈下坐著，「我……任司禮監掌印，提督東緝事廠。」料她一定失望了，便自嘲道：「我一心找太監尋仇，最後卻把自己變成了太監，世事弄人，妹妹覺得很可笑吧？」

月徊窒了窒，抬眼看他，那張臉在燈下白淨如緞帛，眼波婉轉間自有一段驚世風流，誰會想到這樣齊全人兒會是個殘疾？

她先前也揣測過他的官職，見他公服華貴，一徑往錦衣衛那頭琢磨了。現在他自己說破，她才想起來，皇帝跟前最得勢的是司禮監，據說蟒袍是按皇帝袞服制式裁織的。可惜再大的體面，也彌補不了那種殘缺，月徊揪心不已，只是不能說，說了更叫他難堪，於是搜腸刮肚找說辭安慰他，「這世上有什麼比沒權沒勢更可怕？太監怎麼了？我哥哥就算做了太監，也是太監堆裡的頭兒！」

梁遇聽了澀澀頷首，「可不是麼，我抬抬腳，比那些二品大員頭還高，天底下沒有什麼是恆定的，得到一樣，總要失去更多……所幸，活著不是總在失去，我找見了妳，無論如何，妳還能在我身邊待上一兩年。」

月徊心頭一熱，十一年前的好些事她都忘記了，但和哥哥離鄉背井，兩個人吃一碗麵的情景，她還記得清清楚楚。眼前這人，多年未見已經陌生了，但骨子裡那份牽絆是割不斷的。她衝口說：「我不嫁人了，往後就陪著哥哥，陪上一輩子。」

太監今生今世成家無望，就算和宮女結個對食，也不過是搭夥作伴，生不出孩子，情分終歸有限。月徊為人呢，很講江湖義氣，連那個來路不明的小四都能撿回家當親弟弟疼，面對這個親哥哥，她很有放棄小我的決心，反正跟著他，不愁生計。

小孩兒家的話不經思索，梁遇知道當不得真，但於內心深處，也感到一絲安慰。

「難得妳有這份心，我也領妳的情，不過姑娘大了總要嫁人的，我不能耽誤妳。」他悵然說著，指尖在赤紅色的金剛菩提間慢慢撚弄，上下打量她一遍，「爹娘不在了，我少不得代他們替妳打算。妳放心，日後哥哥一定給妳挑個好人家，這滿朝文武多的是想巴結攀親的，就算妳要進宮做娘娘，也不是不能夠。」

月徊頓時有種老鼠落進米甕裡的感覺，就在昨兒，她還在為天冷封碼頭後的嚼穀操心，沒想到今天居然時來運轉了。嫁個做官的女婿，或是乾脆進宮做娘娘，換了以前可連做夢都不敢想，如今有了這樣的哥哥，似乎什麼都是觸手可及的。越容易得到，就越不珍貴，她忽然又覺得那些都不重要了，自己沒什麼野心，只要能吃飽穿暖，其他都隨緣。

她低頭瞧瞧手裡的銀票，一張一百兩的面額，都夠她置辦兩艘小貨船了。她長出了一口氣，「我剛認親，不著急嫁人，就是有件事，想求哥哥答應。」

梁遇道好，「妳說。」

「我認了個乾弟弟，這您知道吧？就是叫小四的孩子，您先前還拿他的腦袋威脅我來著。」月徊笑著說：「我和他自小一塊兒長大的，那時候窮，他偷了個饅頭，情願自己餓著也要留給我，我不能撇下他。哥哥讓我帶上他吧，像書上說的，狗升發了還不忘貧賤之交呢，我不能連狗都不如。」

梁遇看著她，慢慢皺起了眉頭，「是茍富貴，勿相忘。此茍非彼狗。」

月徊道：「管他什麼狗，反正我到哪裡，小四就到哪裡。」

梁遇有些無奈，念在要求不算過分，便鬆口應下了，「這麼大的宅子，不差一副碗筷。不過我應准了妳，妳也要答應我一件事，明兒起我打發人來教妳規矩體統，妳要好好學。」

月徊倒也爽快，「都聽您的。您也說了，爹是進士出身，養出我這麼個胡天胡地的姑娘來，實在對不起爹娘，我不能丟爹娘和您的臉。」

她願意聽話，這點很讓他高興，「再有一樁，女紅可以不學，讀書寫字一定要會。

萬一將來走了遠道兒，互相見不著了，能通一通書信很要緊。」

或許是受夠了音訊渺茫的苦，他的話裡總有一種前程未知的憂傷。關於哥哥小時候的種種，月徊還有一些記憶，曾經也是秋月春風等閒度的少年啊，眼下弄得這樣，錢有了，權也有了，可一輩子卻葬送了。

她暗暗嘆息，臉上卻笑得坦蕩，「哥哥在宮裡，是不是專管調理人的？世上還有比您更好的老師嗎，要是您親自教我，那我就好好學。您也知道，我在外頭混慣了，怕尋常的師父嬤嬤管不住我，回頭我再把人打了，還得哥哥替我善後，那多不好。」

她這樣，想是指著兄妹能多多相處吧！梁遇看著她，燈火裡的姑娘年輕鮮煥，十七歲，正是琉璃般通透的年紀，眉眼彎彎瞧著他，滿臉藏著希冀。他原是想著，宮裡的太監都是野泥腳杆子出身，何謂調理，無非打罵，他怕自己教不好她。可再細想，失而復得的妹妹不因多年不見而刻意疏遠，她在跟前，彷彿那十一年時間從來不曾失去，她還是一樣依賴他。

他說好，「我不在府裡的時候，妳且跟底下人學著，等我回來，再親自教妳。」

月徊笑著點頭，揚了揚銀票揣進懷裡，「這個權當哥哥給我的見面禮，我就收下啦。」邊說邊朝門外張望，「這府裡沒有旁人做主吧？我把小四帶回來，要不要先給人家拜門頭兒？」

梁遇明白她的意思，太監建了宅子，十個有九個要養女人。這號人身上雖殘缺了，心裡還把自己當男人。沒有女人不算家，所以即便弄回來做擺設，也要講究個齊全。

「府裡沒有第二個做主的人，只有我，用不著和人拜門頭兒。妳帶那小子回來可以，但有一條，身世內情不能向他透露，也不許和他同吃同住。我會命人另給他安排去處，如今妳也大了，只要是男人，不拘年紀大小，都要避嫌，否則……」

「否則您就砍了人家的腦袋，」月徊吐了吐舌頭，「我知道。」

第二章 青絲繞懷

找見了親人，往後再也不是沒人管的野孩子了，河堤邊的那個小屋當夜沒能回去，哥哥給她的院子又大又漂亮，她舒舒服服受用了一夜，第二天才折回去找小四。

雪暫停了，天還是灰濛濛的，府裡下人把她送到岸邊，她從轎子裡下來，觸目滿地蕭瑟，天和河面是一樣的顏色，分辨不清哪裡是雲，哪裡是水面。

跟前伺候的嬤嬤躬著身腰上來攙她，「姑娘，天兒不好，風又大，您還是在轎子裡等著吧，讓底下人去找就成啦。」

月徊卻搖頭，「我們小四兒膽子小，看見腰裡別刀的人就害怕，他們吆五喝六的，沒的把他嚇得跳河。」

那個牙尖嘴利的男孩子，因為有她這個拜把子的姐姐護著，養成了一副窩裡橫的毛病。雖然有時候人嫌狗不待見，但月徊還是盡心盡力顧念著他。都是苦出身，相互扶持著活到這麼大，太不容易了。

「你們在這兒等著我，我自己去。」月徊囑咐一聲，攏著暖袖往長堤上去了。

臨水的地方沒遮沒擋，風比岸上還大點兒。回想以前，西北風一起刀子似的，連腦袋都不敢探出去。現在呢，穿得暖和，有厚厚的大氅，腦門上還戴個臥兔兒，餘光裡只看見絲絲縷縷的狐毛迎風招展，風透不過狐裘，人裹在底下，像站在生了炭爐的屋子。

小四見她打扮成這個樣子，不定怎麼驚訝呢。月徊齜牙笑起來，沒準能唬住他，騙他磕兩個響頭。

越想越高興，加緊步子往前去。他們住的那個窩棚，搭在三面臨水的一處半島上，因為住得久了，一年年添改，也有模有樣拿籬笆插了個小院子。月徊興沖沖進屋沒找見人，不由洩氣，嘴裡嘀咕著，「真是個沒良心的小子，又上哪兒野去了！」

屋子面東建造，南邊山牆背風，天冷的時候兩個人都愛在那裡曬太陽，她繞過去瞧了一眼，沒想到他真在那兒，手裡提溜著一遝紙錢，垂頭喪氣站著，背影看上去甚是落寞。

他八成以為她死了，月徊惆悵地想，還算有良心，知道給她燒紙錢。

她清清嗓子叫了聲小四，那小子一回頭，呆怔了一下，眼睛裡驀地蹦出光來，「月姐，您一夜沒回來，真給人做妾去了？」

畢竟她今天改頭換面穿得不一般，牙色玫瑰團花對襟襖下一條鐵銹紅撒亮金刻絲馬面裙，外頭罩了件灰鼠斗篷，單這一身行頭，抵得上他們三年的進項。

月徊嘖了一聲，「你就不能盼著我點兒好？」邊說邊瞧他手裡的紙錢，「這是給我的？」

小四點了點頭，「妳是被番子抓走的，我在東廠衙門外候了一夜也沒見妳出來，料妳八成沒命活著了。看在咱們拜把子的份上，我得捎點兒盤纏給妳，讓妳下去過得寬裕點。不過現在用不上了……」說著當風一揚，那金黃色的一個個小圓餅子乘風飛出去，灑得滿河皆是，小四搓了搓手說，「咱們進去吧，外頭怪冷的。」

怎麼從窮得叮噹亂響變成現在穿金戴銀的模樣，這個必須好好說道說道，月佪把昨天的際遇都告訴他了，末了帶著遺憾跺腳長嚎：「那麼漂亮的人兒，怎麼是哥哥呢，做哥哥太可惜了、太可惜了……」

小四一向知道她貪色，見她惆悵直咋舌，「人家是您哥哥，您對哥哥起邪念，還是人嗎？」

月佪聽得生氣，虎著臉說：「我還對弟弟起邪念呢，少廢話，快收拾東西跟我走。」

她一腳踹過來，小四挨了踢，悻悻摸了摸鼻子。這屋裡稱得上家徒四壁，也沒什麼可收拾的，他在地心轉了兩圈，扭頭問她：「您要帶我上哪兒去呀？」

那還用說嗎，一人得道雞犬升天，月佪說：「我認了門好親，不能放著你不管。你這個年紀還能讀點書，要是實在學不進，想轍混個差事，總比上河堤扛鹽袋子強。」

小四是那種長手長腳的孩子，又趕上長個子拔條兒的時候，看他扛鹽糧爬臺階總覺得晃悠，叫人替他捏把汗。

其實他真不是幹粗活兒的長相，能被月佪撿回來的孩子，必長著一張好看的臉。照月佪的話說，「世道如此艱難，我再弄個醜的擱在身邊噁心我，怎麼那麼想不開呢」。

小四是那種風吹日曬都不顯粗糙的肉皮兒，別人大夏天曬得渾身冒黑油，他光膀子一身白肉，混在污濁的人堆裡實在格格不入。好馬得配好鞍，月徊琢磨好了，等他再長大點，求哥哥弄身錦衣衛的衣裳給他穿上，他有了出息，也不枉自己小時候養活他一場。

小四隻收拾兩件換洗衣裳，就跟著她出門了。他斜揹包袱，對插袖子雙眼望天，破了口子的衣擺處棉絮招展，「您說，我會不會是哪位王爺的私生子？鬧得不好哪天也有人找上門來，磕著頭請我回去襲爵呢。」

月徊瞧了他一眼，「能做夢是好事兒，那就委屈您先跟著我，等將來襲了爵，您再上我這兒贖身。」

小四一聽不幹了，「我也沒賣給您呀。」

月徊把眼一瞪，「你五歲到我跟前，是我拉扯你長大的，怎麼不要贖身？你都當上王爺了還那麼摳門兒，少說也得送三萬兩銀子給我，報答我的養育之恩。」

這下小四沒話說了，天知道的養育之恩，九歲以前確實是跟在她屁股後頭跑，九歲之後自己給人拾糞搖煤，勉強也能掙飯吃。倒是她，學人跑單幫，賠的多賺的少，最窮的時候連個饅頭都吃不上，還是他省下口糧接濟她。女孩兒就愛死要面子搶功勞，他晃了晃腦袋，橫豎說不過她，什麼王爺、襲爵、三萬兩，也全是白日做夢，依著她就對了。

「是是是，不光三萬兩，我還要給您置個三進的大宅子，連帶著把我自己也送給您。」他慷慨地說，私心想想，這樣也挺好的。

月徊打起轎窗簾子嫌棄地打量他，「身板單薄，飯量挺大，三萬兩最後又叫你吃回去了，你當我傻？」

兩個人吵慣了，一路拌著嘴回到提督府。

白天的提督府，相比晚上更顯高大氣派，門簪聯楹用的是百姓不可及的規格，就連下馬石前的地面，都是磨磚對縫，半點也不馬虎。

小四看看這大紅門，唏噓著：「往常這種地方，咱們在門前多站一會兒都是殺頭的罪過。」

可今時不同往日，這回非但能站，裡頭主事的也親自迎了出來。

梁遇府上用的基本都是太監，太監無牽無掛，辦起事來要比尋常人更細緻。這裡掌事的叫曹甸生，原是司禮監的隨堂，因汪軫在時犯了點小事險些被打死，梁遇求了情，討出來放在府裡替他看守門戶。曹甸生是個知恩圖報的，這些年兢兢業業，比在宮裡時更周到。月徊出門他就留意著，等人回來，還沒進衚衕口，他已親自帶領底下人出來迎接了，分毫不差。

「姑娘。」他垂著手上來，笑道：「天兒冷，姑娘在外頭走了這麼長時候，沒的著了涼，快進屋暖和暖和。」

曹甸生因家裡窮，打小就淨了身，因此那條嗓子說話時輕聲細語，透著溫存。月徊對於太監的認識，以前都停留在大奸大惡上，並不知道他們除了弄權，還有那樣仔細的一面。心裡正愁梁遇昨兒不許她和小四同吃同住，曹甸生便替她想了個折中的法子，

「小的把飯擺在西邊花廳裡，中間拿屏風隔一道，相互是看不見的。因著姑娘才回來，這位小爺又是初來乍到，今兒還能討個特例，下回就不成了。您二位先換衣裳，宮裡管教化的嬤嬤奉督主的令兒，已經在府裡了，回頭姑娘用飯，就讓她過來伺候。」

以前野慣了，誰也不在乎她怎麼活著，到如今得從頭開始調理，想是昨兒哥哥對她的言行有了審度，今天才著急打發人過來教規矩吧。

月徊訕訕說好，瞧了瞧小四，他擠眉弄眼，分明存著看熱鬧的心。也是的，他們這些年沒正經吃過一餐像樣的飯，窮家子有口吃的就不錯了，哪還顧得上什麼規矩體統。

月徊這人除了貪財好色，剩下倒有一宗好，就是說話算話。既然答應了，學就學吧，人有了規矩才能掙體面，於是她朝小四指點了下，「你也給我好好聽著，往後謀了差事見人，別鬧笑話。」

其實飯桌上能有多少學問，無非就是吃，應該不難應付。她收拾停當了上花廳裡坐著，曹甸生指派的四個丫頭在她身後一字排開，面前桌上擺了滿滿一桌菜，可她舉著筷子，又有些無從下手了。

教化嬤嬤在一旁站著，到底是調理人的，就算臉上帶著笑，舉止神情也自有一股威嚴，掖著手說：「姑娘，奴婢奉了掌印之命，斗膽來給姑娘指點指點，倘或有失當的地方，還請姑娘見諒。」

這話一出口，就知道是要先禮後兵，月徊忽然發現，自己竟連怎麼使筷子都不知道了。

好不容易伸出手去，筷頭才點著盤沿，嬤嬤就出聲了，「要說吃飯，人人都會，可怎麼吃得有體統，裡頭大有講究。吃飯不吧唧嘴，喝湯不出聲，這是首要一條。不把筷子插在米飯上頭，插上那叫『倒頭飯』，不吉利。筷子不能把碗勺碰得咣噹響，會敲碗的都是花子，有規矩的人家不這麼幹。」

月徊聽完憋著一口氣，小心翼翼夾了片百合，因那百合離得稍有點遠，夾完就覺得不大對勁，果然挨了嬤嬤的訓。

「夾菜時，只取向己的一方，不向碗盤頂心取菜取湯，這點姑娘要記好。宮裡有規矩，主子們用膳，再好吃的菜只嚐三筷，民間雖不強求，但往來不住也不雅，更別提越過跟前的盤兒，伸長胳膊夾遠處的了。」

好吃也不能多吃，這點實在折磨人。月徊看看這滿桌佳餚，遠的地方又不讓搆，那上這麼多幹什麼，只上一道不就完了。

她洩了氣，吃菜講究太多，吃飯總可以吧！低頭挪過筷子，還沒碰著米飯，嬤嬤又一笑，「姑娘，吃飯不能挑著吃，得拿手把碗端起來，拇指扣著碗沿，其餘四指托底。有的人愛拿整手托碗底子，這是家裡沒教好，擱在有體面的人家，大人見孩子這麼著，鞋底子就抽上去了。」

所以她是吃得錯漏百出啊，再好的菜色在跟前頓時也沒了胃口，她愁眉苦臉說：

「難怪小姐們看著都不胖，原來見天餓著，吃不飽飯。這麼活著還有什麼趣致，大碗喝酒大口吃肉，那才痛快呢。」

這種謬論以前很少聽到，能進宮的都是良家子，從沒哪個會抱怨規矩重餓死人的。嬤嬤礙於梁遇的緣故不好說什麼，只是含蓄道：「梁掌印既託付奴婢，是看得起奴婢，奴婢必要把這些不中聽的都告知姑娘，將來到了場面上，才不叫人背後說嘴。」

「那我想吃那盤清蒸武昌魚，可怎麼辦？」

嬤嬤道：「吃魚不翻身，姑娘也要記下……」

規矩太多太複雜，自己怕是一輩子都學不會了，正在她看著滿桌菜色興嘆時，屏風那邊傳來一聲響亮的飽嗝，小四壓根沒往心裡去，他已經秋風掃落葉般吃了個盡夠，這愈發讓月徊覺得難過。

愁腸百結調開了視線，她得分散精力才能壓住饞蟲。花廳外是個玲瓏小院，有漂亮的太湖奇石堆疊的假山，天上的雪從勾頭瓦當外大而寂靜地落下來，觸目所及都是迷迷滂滂的。

然而穿過紛揚的雪，忽然發現對面抄手遊廊上站了個人，披著烏雲豹的氅衣，烏紗帽沿盤金滾繡，襯得那面目皎皎異常明朗。他正往這裡眺望，臉上帶了一點笑，眉間有種慈悲和善的味道。

管教嬤嬤噤住了，立刻斂神垂首退到一旁，月徊終於鬆了口氣，站起身，歡實地叫了聲「哥哥」。

梁遇從廊子那頭佯佯過來，風吹動了曳撒的下擺，無數褶皺開闔，夾著繁複的金絲繡雲氣紋，像一片起伏的水浪。

月徊迎上去，笑著問：「哥哥中晌怎麼回來了？衙門裡得閒？」

司禮監衙門從早到晚有忙不完的公務，大到票擬批紅，小到宮苑門禁，沒有一樣不要他過問，就算逢年過節官員休沐，他也閒不下來。今天是特特兒抽了個空，把那些事物交代承良等照管，心裡惦記這個妹妹，也不知她學得怎麼樣，服不服管，索性回來看一看。

邊上曹甸生替他解了斗篷，卻行退到一旁，他在桌前坐了下來，「今兒閒在，回來瞧瞧妳學規矩。」一面轉頭問管教嬤嬤，「姑娘學得怎麼樣？」

管教嬤嬤的身腰又矮下去半分，恭恭敬敬道：「回掌印的話，姑娘很聰明，學得也快……」

這是客套話，關於月徊的種種，底下番子一五一十仔細回稟了他，加上昨兒夜裡同她相處那麼長時候，他也瞧出來了，這是個混不吝，大而化之一身臭毛病，別人管束著她，起先也許還能買帳，三番五次下來，她不掀桌子已經是大造化了。

梁遇點了點頭，「妳辛苦了，先下去吧，剩下的咱家親自教。」

嬤嬤得了特赦，忙道是，跟著曹甸生退出花廳。這小小的廳堂裡攏著炭盆子，梁遇垂手在炭火上取暖，一面朝月徊遞了遞眼色，「我瞧妳沒吃什麼，還不坐下？」

月徊「噯」了聲，原本粗枝大葉的姑娘，在他面前還是有些放不開，裝模作樣拿半個屁股挨著凳子，探頭問：「哥哥吃了麼？」

炭是上好的紅螺炭，燒出來的火焰是藍色的，只有薄薄一層灰燼下似有紅光隱現。梁遇的手纖瘦，因外頭冷，略略泛出青白，顯出一種清高孤冷的美。金剛菩提下的琥珀墜腳遇熱，彌漫出清冽的松香味，他摘下來擱在桌上，垂著眼道：「我特意回來吃的，這是咱們團聚後的頭一餐，就算團圓飯罷。」

月徊有點不好意思，「那您怎麼不打發人回來說一聲兒，我就不動筷子了。」

他說無妨，收回手端坐著，示意邊上丫頭上來伺候。

那四個丫頭是曹甸生精心挑選出來的，拿古琴名重取了名字，送到月徊院子裡照顧她的起居飲食。月徊對琴棋書畫一竅不通，綠綺秋籟，松風玉振，她花了好半天，才記住她們誰是誰。

「自己家裡頭吃飯，原沒那麼多講究，讓人教妳規矩，是為應付場面上的應酬，將來總要見人的，不出錯就成了。」梁遇慢慢說著，牽起袖子替她布菜，「妳也不必拘著，想吃什麼，讓侍膳的送到妳面前，壞不了規矩。種種禮節，乍聽好像繁瑣得很，等時候一長習慣養成了，自然就沒什麼了。」

月徊這才高興起來，「我就說了，還是哥哥親自教的好。嬤嬤這不許那不許，嚇得我連筷子都不敢伸，情願餓肚子。」

梁遇微一笑，命人送酒來，「我平時不大飲酒，今兒高興，和妹妹喝上一杯慶賀團圓。斟酒也有規矩，酒滿敬人，茶滿送人，酒須斟上十分滿，才是待客之道。」他探過手提起那把青瓷酒壺，一手持壺一手護著，穩穩替各自斟了一杯，然後捏起酒杯敬她，

「姑娘若不能喝，略抿一口就是了。」

這點顯然是多慮，月徊跑船的那些年，別的沒攢下，攢下一身好酒量。不同之處是粗豪的人吃燒刀子，府門裡頭多吃某某釀，像蜜餞兌了水似的，甜絲絲的，沒什麼力道，對她來說毫不為難。

她端起了酒杯，「我敬哥哥。」頗有梁山好漢的豪邁。

誰知梁遇卻避讓開了，「同上司或長輩碰杯，自己的酒杯須低於對方的，千萬不能忘了。」

月徊聽了，忙小心翼翼將杯口往下壓了壓。真是奇怪，要是那個嬤嬤來說教，沒準她已經把杯子撂下了。可這個人換成哥哥，她倒也不是畏懼，就是順理成章照著他的話做，彷彿骨子裡的順從，沒有半句抱怨。

後來用飯，椿椿件件也算有章程，月徊拿捏不準的地方，就暗暗瞧著哥哥臨摹。梁遇長於詩禮人家，和那些窮家子養不起了淨身入宮的內監不一樣，他的端穩矜重是與生俱來的，因此汪軫領著他給當時的皇后過目，皇后一眼就瞧準了他，下令讓他近身侍奉楚王。

所謂「大伴」，面兒上是伺候皇子的，私下卻如師長一樣，皇子不對的地方要加以提點，若不聽話，往上頭告上一狀，皇子就得吃掛落。梁遇那年調到楚王跟前時，楚王也才五六歲光景，他是伴著楚王一同長大的。後來淳宗病重，楚王晉封太子，不久承襲大統，他的地位也水漲船高，雖官銜遜汪軫一籌，但司禮監的實權，早握在他手上。

一時飯罷，梁遇擱了筷子，下人送茶水來，他慢悠悠將那串金剛菩提繞回手腕上，就著綠綺伺候的動作告訴月徊：「茶七，飯八，酒十分，斟茶後壺嘴不能對著客人，也不能當客人的面把茶潑在地上。潑茶即為逐客，懂事的一見妳這麼幹，頭也不回就走了。」

月徊只顧答應，府門宅門裡用的茶具不像平常百姓家，又是蓋碗又是碟，那精瓷胎質嬌脆得像玉一樣，端在手裡都怕它碎了。她只能眼巴巴瞧著梁遇，看他左手捧著托碟和碗，右手纖細的三指將碗蓋掀開一個縫，然後儀態優雅地舉到唇前，輕輕嘬了一小口。

杯身和碟要固定好不是件容易事，又不能兩手捧著杯子，一但傾斜就出溜。月徊姿勢尷尬地試了好幾回，笨手笨腳的模樣看得梁遇發笑，他倒也不惱，只說慢慢來，「了不起多砸幾回杯子，沒有學不會的。」

月徊終於彆彆扭扭吃完了那盞茶，到這會兒想起小四來。那小子隔在另一邊，老實得連半點聲都不敢出，她心說終於有個人能鎮住他了，便對梁遇道：「哥哥，您見見我那弟弟吧。」

她管小四叫弟弟，情分自是不同尋常。梁遇擱下茶盞頷首，她忙把小四招呼過來，笑著給他們引薦，拿手一比梁遇，「這是我哥哥，提督東緝事廠，當著好大的官兒，底下人管他叫督主。」又一比小四，「這是小四兒，沒正經名字，打小隨我一起長大的，我拿他當親弟弟。」

一個是哥哥，一個是弟弟，但彼此間沒什麼交集，見這樣閒雜人等，也是瞧在月徊的面子上。梁遇靠著椅背，淡聲道：「這些年是你伴在姑娘身邊，咱家要多謝你。」

小四知道東廠和錦衣衛的厲害，先前姐弟倆閒談不覺得什麼，眼下見了真佛，光聽那條單寒的喉嚨，就知道是個目空一切的主兒。他行禮作揖的手加在額上，有點不大自在，躬身道：「我自小全憑姐姐拉扯，欠著姐姐一份情呢，不敢在督主面前邀功。」

一個鄉野間長大的毛頭小子，能識眉眼高低，又會說兩句討巧的話，倒也算難得。梁遇「嗯」了聲，「你的事，姑娘和我提過，你到如今還是不知道爹娘在哪兒？」

這回小四不做襲爵的夢了，老老實實說：「回督主，我沒爹沒媽也活到今兒了，小時候既沒養育，長大了何必上趕著認親給人當兒子。」

梁遇識人多了，從他字裡行間聽出些桀驁的意思來。不願給人當兒子……可不嘛，他給汪軫當了十一年兒子，著實是噁心壞了。看來這小子性情還算灑脫，道理也懂幾分，愛屋及烏，勉強能入眼。

不過留下可以，規矩還是要做一做的，梁遇道：「姑娘想讓你跟著一道進府，咱家顧念姑娘，願意給你個安生之所。不過醜話要說在前頭，你往後敬著姑娘，實心對她，咱家拿你當自己人。要是讓我知道你逾越，或是玩虛的，那咱家就砍了你兩條腿，扔到永定河裡餵王八，記住了？」

他的語速很慢，清冽的聲線敲金戛玉般，絲絲往外冒著寒氣。小四嚇得耳根子滾燙，鼻尖也沁出汗珠子來，愈發躬了腰道：「請督主放心，小四不是喪良心的人。我和姐姐擎小兒相依為命過來的，這輩子我對不住誰，也不會對不住她。」

月徊站在一旁看著，才發現男人間原來是這麼說話的。她從來不知道，小四也有俯首貼耳的時候。他只要不犯渾，活像一氣兒長大了，她聽他表了心意，忽然覺得老懷甚慰，這些年到底沒有白疼他。

梁遇對他的回答尚算滿意，「讀書還是習武，自己挑一樣，將來好安排個差事自立門戶。」

小四一聽，忙抬起頭說要習武，「習了武不挨人欺負，我能吃苦……」後半截話漸漸低下去，不為旁的，只為座上的人當真長了一副驚人的美貌。

別瞧月徊幹什麼都是半吊子，眼光從沒出過岔子。難怪她回來捶胸頓足說可惜，這麼清貴的人缺了一塊，怎麼能不可惜！

小四瞧完了梁遇，再瞧月徊有點納悶。雖說月徊長得也體面利索，可兄妹兩個的五官並不相像，梁遇似乎還要勝她三分。

月徊明白他的意思，錯牙瞪他，一個像爹一個像媽，不成嗎？

他們打眉眼官司，梁遇並不理會，抬手擊掌，外面很快進來個番子，叉手道：「聽督主示下。」

梁遇指了指小四，「帶他去見馮坦，安排個師父好好調理他。」

番子道是，領著小四去了。

月徊目送他，喃喃道：「男孩兒總跟著我，確實不成事，還是得入行伍，才不耽誤他的前程。」

梁遇輕飄飄朝外瞥了眼，「這孩子不錯，生得眉清目秀，將來妳要是進宮，讓他近身伺候，必定忠心。」

月徊吃了一驚，訝然回頭看他。宮裡除了皇帝都是太監，讓小四進宮，怎麼進宮？

他沒再說下去，盤著菩提一笑：「他小妳兩歲，年紀差得不算多，倘或調理出來了，妳想留他，就留下吧。」

月徊發了一會兒愣，忽然明白過來，他所謂的留，有另一層含義。

難道她對色相的執念過深，讓他誤解了？他一定以為她拉扯小四，是為了給自己當童養夫，可天地良心，她就算再糊塗，也不能做出這麼混帳的事來。

她尷尬地摸了摸前額，「我對小四沒有非分之想，就是拿他當親弟弟來著。我和他是一塊兒苦大的，他的醜樣子我全見過，實在下不去那嘴，哥哥千萬不要誤會。」

梁遇也不過拿話一探罷了，世上的事本就說不準，如果他沒有認回她，兩個小兒女越長越大，找外人婚嫁未必能有好結果，或者日久年深，當真搭夥過日子了。可如今月徊既然回到他身邊，好多事都不會照著原來的軌跡發展，他問明白了，她對小四沒有那個意思，那將來的安排就是另一種說法，不會傷筋動骨，不會對誰造成傷害。

他笑了笑，唇邊一點清淺的笑紋，像三月裡落花激起的漣漪，「這樣也好，將來各有各的前程，不必捆綁成一家子。多份人情多條出路，我手裡握著那麼大的衙門，身邊卻沒個信得過的人，倘或小四是塊材料，好好栽培，有他出人頭地的機會。」

月徊總算放心了，自己雖然只比小四大兩歲，但大多時候像他的老母親，填飽了肚子就開始盤算，這孩子怎麼才能有出息。眼下大鄴的官場不容易進，要麼悶頭死讀書考取功名，要麼家裡有祖蔭——連錦衣衛都是世襲的。小四要什麼沒什麼，如果不是她意外認回了這麼個哥哥，他大概只能憑著好皮囊做小倌，或是勾引好人家的姑娘，給人當上門女婿了。

月徊笑著說：「我原本是有這個打算，想求哥哥替他周全的，誰知哥哥懂我，沒讓我開口就把事辦了。」

梁遇輕揚了揚唇角，「梁家人由來重情重義，別人待咱們七分好，咱們自要回報他十分。」

他說著，站起身踱到門前，看外頭雪花紛揚，落在烏色的瓦當上，慢慢長出一口氣道：「這個宅子，是我當少監那年建的，到如今總有三四年了，我留宿的次數屈指可數。因為家裡沒人，回來也是門庭冷落，愈發讓我覺得孤單，所以情願在值房裡過夜。今兒我在衙門，接到外埠的題本，有人參奏永寧郡王嫁妹逾制，忽然就想到了妳。我原是抽不出空來的，可又擔心底下人伺候不周，擔心嬤嬤教導不好妳，這才撂下公務回來瞧瞧。」他偏過頭，溫軟地看了她一眼，「雖說我如今走了這條道兒，多分牽掛多分危險，可妳放心，哥哥會盡最大的努力保妳無恙的。」

月徊本來是個粗枝大葉的人，聽他這麼說，鼻子也發酸。

她站在他身旁，猶記得小時候個頭矮，只到哥哥齊腰，這些年雖長高了些，勉勉強強也才及他肩頭。宮裡當差的人，每一處都透著精細，她看見他磊落的鬢角，線條清晰的下頜，喉結處微有起勢，卻別有一種伶仃的淒涼味道。

不是至親骨肉，沒法子對他的心思感同身受。月徊覺得哥哥還是有些清瘦，就算權大勢大，身處這樣的位置，恐怕也日夜懸心，不能像尋常人那樣踏實吧！

她還如幼時一樣摟住他的胳膊，仰頭說：「咱們的命是撿來的，當年要不是您帶我跑出來，我也活不到今兒。人說富貴險中求嘛，您只要保住自己，就是保住我了。」

她軟軟地偎著他，一道輕柔的份量落在他臂上，這麼多年了，他官場上叱吒來去，本以為厭惡所有人的碰觸，原來不是。按理說她如今大了，也該講究男女授受不親了，可話到嘴邊又捨不得說出口，不單是顧念手足才團聚，更是為滿足自己渴望親近的心。

月徊有個問題憋了好久，這時才壯膽問：「哥哥今年二十五了，怎麼不找個伴兒？老是一個人孤孤單單的，也不成事啊。」

梁遇淡淡的，「我是個太監，找伴兒做什麼？」

「是找不著麼？」她開始費勁地琢磨，「宮裡那麼多宮女子，全歸您管，怎麼連個合適的都找不著？」字裡行間滿含同情。

梁遇有些無奈，「不是找不著，巴結的人多了去了，要女人還不容易！我只是沒那個心思，身子不中用了，誰能同你交心？一頭躺著，各懷鬼胎，倒不如一個人清淨自在。」

其實那也未必，月徊嘴上不好說，心裡暗忖，單這張臉也能看上一輩子，身子中不中用，有什麼要緊！

不過有些苦處只有他自己知道，再說下去徒增傷感，便忙去扯開篇了，「曹管事的替我預備了一間書房，我帶哥哥瞧瞧去？」

邊上丫頭上來伺候，梁遇抬指示意她們不必跟著，和月徊各自打著傘，信步走出了花廳。

雪下得大，扯絮一樣落下來，落在傘面上，沙沙一陣輕響。月徊穿了件素色妝緞狐膁褶子，衣裳的腰身剪裁合體，從背後看上去纖纖的，很有如蘭似桂的韻致。她不時回一回頭，像小時候得了寶貝，急於帶他去開眼界，嘴裡絮絮說著：「我以前很羡慕哥哥有自己的書房，後來流落在外，連飯都吃不上，這個念想就澈底斷了。今兒曹管事領著我去瞧了，其實我覺得受之有愧，畢竟大字不識幾個，用著那麼好的文房，實在糟蹋。」

梁遇跟她邁上臺階，抖落了傘面上的積雪，將自己的傘闔上，又去接她手裡的，「東西是死物，原就是讓人用的，只要妳落了筆，用多少都不算糟蹋。」言罷頓了頓，垂眼道：「要是家裡沒有遭逢驟變，妳也會是個飽讀詩書的姑娘，哪裡會像現在這樣……好在我找見妳了，一切都不算晚。」

曹甸生準備的書房布置得很雅致，沒有華美的裝點，一桌一椅一琴臺，古拙間極有禪意匠心。月徊很喜歡，對那些東西都存著敬畏，小心翼翼一樣樣觸摸過去，摸完了站在那裡，滿眼希冀地望著他。

梁遇想了想，「今兒不教妳別的，先教妳寫自己的名字。」他探過手去，就著窗下一片天光壓紙蘸墨，在宣紙上端端寫下兩個字，「月徊」。

她的名字筆劃算少的，學起來並不難，只是她尚未入門，連握筆的姿勢都透著古怪，他示範之下她還是不得要領，他只好手把手地教她。

「五指執筆，每根手指各司其職。」他將筆管嵌在她的中指和無名指之間，「擫、壓、鉤、格、抵，筆在指間不能僵硬，須得能靈活轉動，才能寫出好字來。」

他教她，教得十分盡心盡力，可月徊卻神遊太虛，一雙眼睛全用來欣賞他的手了。美人在骨，梁遇的精緻蔓延到了指尖。他有一雙漂亮的手，根根骨節分明，且勻稱修長，拇指上一截赤金鏨花的扳指，愈發襯得那十指素淨優雅。月徊有個怪毛病，她瞧一個人，頭一眼是臉，第二眼便是手。有時候臉不那麼好看沒關係，只要手長得夠美，在她眼裡也照樣算齊全。

有點大逆不道，但真的垂涎三尺，她回頭道：「哥哥，咱們等會兒練字，我先給你看看手相。」

梁遇愣了下，「看手相？」

她齜牙笑，點頭說對，「我會看手相。」然後不由分說一把抓住他的手，翻轉過來摸了個盡夠。

梁遇哪裡知道她賊心不死，只覺得姑娘大概是血虛氣弱，手涼得厲害。他蹙了蹙眉，「回頭讓曹甸生叫個大夫來，開兩劑補藥替妳補補身子。」

月徊說用不著，「我結實得很。是藥三分毒，我沒病沒災的，吃什麼藥！」

梁遇見她執拗也沒法子，耐著性子讓她盤弄，她嘖嘖了半天，他問：「看出什麼來了？」

「白手起家，多受譭謗，一朝得志，青雲直上。」她虛頭巴腦地說：「哥哥的坎坷，坎坷在太聰明上，聰明人心思細膩，難免活得累，要放開心胸才好啊。還有這姻緣線，哥哥是個一條道兒走到黑的人，這輩子不動三妻四妾的心思，專一得很吶。」

這點就算不看也知道，他要是願意三妻四妾，也不會等到這會子。

他收回手，覷了她一眼，「我的姻緣怎麼樣，暫且不知道，可我知道一點，妳想蒙混，所以拽著我胡諏。」

這卻是冤枉她了，月徊忙說不是，拾起筆重新擺好了架勢。

梁遇寫的是正經小楷，筆鋒娟秀挺拔，月徊兩個字擱在眼前，照著臨摹小菜一碟。她提筆運了口氣，本來是很有成算的，可誰知筆尖落到紙上，發覺不好掌握。單單一個月字，已經被她寫得七倒八歪，連私塾裡六七歲的孩子都不如。

她「嗚」一聲，「有沒有硬筆？我寫不了狼毫！」

梁遇還算有耐心，「初學都是這樣，熟能生巧，好字是靠練出來的。」他替她掀開上層的宣紙，抬了抬下巴，「再來。」

結果月徊依舊寫得盤曲如長蟲，這回不單字醜，筆順還顛倒，一片兄妹情深，怕是要毀在這一教一學之間了。

站在她身後的梁遇不住搖頭，無可奈何捉住她的手。她坐他站，他不得不彎下腰來，將她半圈進懷裡。

「橫平豎直……」他喃喃說，見她愈發拘謹，納罕道：「寫字又不是砍頭，妳哆嗦什麼？」

月徊歪著脖子小聲囁嚅：「哥哥，您拽著我頭髮了……唉，疼……」

梁遇這才低頭看，果然見自己胸前領釦勾住她的髮髻。

牽一髮動全身，那細細的青絲繞在珊瑚釦邊緣的縫隙裡，他試圖將頭髮解出來，但細微處的牽扯使不上力，拽一下她就直喊疼。最後沒有辦法，他只得解開領釦，把那兩圈頭髮褪了下來。

「別擱筆，接著寫。」

他任由領口敞著，照舊握住她的手，一遍一遍教她運筆，「腕子太僵，放鬆些……再放鬆些……」有了他的引領，狼毫筆尖在月徊手裡逐漸通了靈性，那兩個字終於有模有樣，至少筆順不再出錯，漸漸也運轉自如起來。

從實握到虛攏著，最終半鬆開，他一直替她鼓勁兒，「比前一個又好了些，再來……」

月徊嗅著他領下散發出來的香味，暈陶陶心花怒放。

他的語調裡帶了點輕俏，想來還算滿意。月徊對聲音的解讀比一般人更靈敏，梁遇的嗓音和曹甸生的不同，也許是因為大了才進宮的緣故，有些東西定了型，就不會再更改了。梁遇說話時，隱隱約約帶著點鼻音，那種聲氣兒是他獨有的，清高、倨傲，且暗藏攻擊性。如果隔著一道屏障單聽他的聲音，眼前會出現一個白衣勝雪的公子，右手執劍左手拈花，唇角含笑，眼風卻銳利如刀。

她有點走神，結果手肘上招來一記敲打，他站在一旁提高了嗓門，「練字最忌分神，這會兒什麼都別想，只盯著自己筆下的字就好。」

月徊忙定定神，宣紙上密密匝匝一排寫下來，寫到最後，竟有些不認得那兩個字了。

自覺已經有他三分神韻，她把最得意的遞給他看，「哥哥掌掌眼，還成嗎？」

他的挑剔不用在她身上，很賞臉地說：「明兒再練一天就差不多了。」

她聽了很高興，前傾著身子道：「您的名字呢，怎麼寫？」

他提筆蘸了蘸墨，懸腕寫下大大的「日裴」二字。

月徊把她的名字拽了過來，四個字擺在一起，一看就是自己人。

她有些惆悵，喃喃說：「我已經不記得爹娘的樣子了，小時候好像只有個奶娘跟著我，見天兒問『姑娘餓嗎、姑娘渴嗎』。」

關於爹娘，時隔多年回憶起來，像上輩子的親人。梁遇因進了宮，自覺愧對父母，大仇雖得報，梁家的香火大約也要斷在他這一代了。他儘量不去想以前的事，把月徊弄丟後，更是虧心得不敢直視。直到現在兄妹團聚，他才慢慢從那種無邊無涯的困頓中掙脫出來。

他擱下筆，直起了身子。

「爹爹的個頭和我一般高，自打我記事起他就留著鬍子，穿的那一身文官的公服，既硬朗又有氣派。爹爹二十歲中進士，是十里八鄉出了名的青年才俊，據說年輕那會兒做媒的差點踏平門檻，爹爹眼界頗高，一直沒有定下親事。後來有一回，爹的馬蹄濺濕了一位姑娘的裙裾，那位姑娘又美又豪橫，連訛帶哄的，把自己嫁給了爹。」他的目光在她臉上遊移，澀然道：「妳和娘長得很像，尤其是眉眼。娘到三十八歲那年，眼睛裡頭也沒有世故，她一輩子明明白白的，和爹是最般配的一對夫妻。」

可是彩雲易散琉璃脆，得罪了東廠，可沒人管你是不是好官。當初淳宗在位時，因國庫空虛大肆開礦，司禮監奉的是皇帝的旨意，收拾個把擋道的，皇帝根本不會過問。

梁家就那麼散了，連個鳴冤的人也沒有，從世上消失得乾乾淨淨。起先他也鑽牛角尖，也想過告御狀，然而越踏入官場越是懂得，這世道是黑的，文武百官個個重利，好官早就死絕了。

月徊摸著自己的腮幫子，「我長得像娘……」聽他這麼描述，她甚至覺得脾氣也是一樣的，看臉行事，豁得出面子。

梁遇見她恍惚，又添了一句，「不過娘很有學問，傳家也是書香門第，娘會作詩，還寫得一手好字。」

月徊琢磨了下，一拍大腿說：「我也會作詩啊，上年我有感而發作過一首，我念給您聽。」

這倒是奇事，梁遇洗耳恭聽，只見她挺了挺胸，仰著脖子長吟：「家家吃鹹菜，財主卻不然，清晨用點心，晚晌吃糖丸。夏天打鹵麵，雞蛋帶肉湯，麻汁調涼粉，各樣材料香。」居然還是五言八句，頓時把梁遇念得怔住了。

這丫頭打小就愛作怪，過了這麼多年還是一樣。

他退後兩步，倚著書架輕聲笑起來，這一笑真如春陽瀲灩。月徊先前也見他笑過幾回，但他總是不開懷，笑裡藏著三分自矜，甚至他的笑是習慣性的一種應對，沒有實質內容。可這回不一樣，他瞇著眼睛仰著唇，她能看見他齊整的牙齒，邊緣兩顆尖尖的，露齒的時候竟有少年般的純真味道。

她得意洋洋，「哥哥快說說，我這詩作得怎麼樣？」

梁遇仍是給予肯定的，「對仗工整，韻腳也不賴，詩雖歪了點，但妳沒念過書，這樣已經是極大的天分了。」

她高興了，又坐回去，執起筆照著他的範本描摹，寫一個字便拖著長腔吟誦：「日……裴……」

這個名字已經荒蕪了太多年，現在從她口中叫出來，實在別有一番滋味在心頭。

他慢慢踱開了，踱到月洞窗前看外頭的景致。金絲竹簾半垂著，一株梅花攲伸過枝椏，橫貫窗角的步步錦格柵，枝頭綻出三兩花苞，小小的，頂端透出一點嫣紅。

他撫撫腕上菩提，回頭望了她一眼。

「月徊……」

月徊的心思全在寫字上頭，隨口應了一聲。

梁遇負著手，緩步踱了回來，探究地望著她道：「這些年妳在外頭，究竟是怎麼活下來的？運河碼頭在錦衣衛和東廠管轄下，我知道那裡一年之中只有三季能掙嚼穀，冬天水面冰封，漕船也停運了，是你們生計最艱難的時候……妳和小四兩張嘴，前頭三季的進項不會有太多盈餘，妳是用什麼法子，才撐到開春的？」

月徊手上頓住了，偷偷瞥了他一眼，有點心虛，「哥哥怎麼忽然問起這個來？」一面訕笑著敷衍，「城裡頭有的是飯轍，只要肯幹，還能餓死大活人嗎。」

可是這樣的話，壓根沒法子在梁遇跟前糊弄。

大鄴朝到了如今，朝廷怎麼樣，外頭街市上怎麼樣，沒有人比他更知道。東廠掌全國上下密報，京畿一代的民生，其實並不如想像的好。官員要貪墨，要刮油水，遍地的賭場煙館，大冬天裡路邊上盡是倒臥，撿屍首有的是，要掙飯轍幾乎是不可能的。

她沒有說實話，他站在書案前，心平氣和道：「妳曉得東廠番子最拿手的是什麼嗎？當初奉我的命找妳，既然能把妳帶回來，自然也會將妳的底細盤摸清。我聽說妳擅擬人聲，有沒有這回事？」

月徊「啊」了聲，快快紅了臉，「連這個您也知道？」

認真說，這也算個絕活兒，但用處並不光彩。月徊在十四歲那年，忽然發現自己長了這樣本事，就像梁遇寫下兩個字，她能依葫蘆畫瓢地臨摹一樣，只要是她仔細分辨過的人聲，她就可以學上七八分像。她也說不上是為什麼，彷彿喉嚨裡開了無數個單間兒，每個單間兒都儲藏著不同的聲音，透過氣息和聲線的擠壓，她可以做到以假亂真。小四曾經笑話她，說她是鸚鵡錯投了人胎，不留神把舌頭帶來了。他們那時候也想過演雙簧掙錢，可惜京城每樣行當都有掌舵的，你不是這個派別的，自己要是扯大旗立門戶，非被人活活打死不可。

冬天就像梁遇說的，是最難熬的一季，從小雪起就得勒緊褲腰帶，等到來年雨水河道復甦，他們才能找到活兒幹。人兩個月不吃不喝，那得死，他們走投無路時只好行騙。

京城裡頭窮人多，腰纏萬貫的也不少，只要盯上一個摸準了音色，騙底下人送十兩八兩銀子來，不費吹灰之力。當然經驗需要積累，頭幾次失敗居多，真正得手的也只兩回。有了那兩回，月徊自覺有了一技傍身，正運足了氣打算幹第三回，誰知那次歲了泥，遇上了微服的錦衣衛。

好險啊，錦衣衛畢竟和尋常商人不一樣，他們交談中有很多慣用的暗語，什麼外卦內卦，響卦變卦……那回要不是跑得快，只怕已經死在那裡了。

後來小四就不讓她幹了，這項手藝在錦衣衛面前點了眼，接下去恐怕大事不妙。於是月徊金盆洗手，今年冬天打算老老實實準備挨餓，不曾想時來運轉，認回了失散多年的哥哥。

無論如何也算官宦之後，騙人到底丟份子，這種事讓無關痛癢的人知道了至多臊一回，讓最在乎的人知道，那還怎麼見人！

月徊屈起手肘，把臉埋了進去，「老黃曆了，不提也罷。」

梁遇卻問得仔細，「這件事除了妳和小四，還有誰知道？」

月徊說沒人知道：「又不是什麼長臉的事兒，說出去招人笑話不算，還會惹麻煩，我當然誰也沒告訴。」

梁遇放心了，頷首道：「不說的好，咱們自己的能耐，自己知道就成了。」

月徊的通透，是多年在碼頭上廝混練就出來的，平時看著糊塗蟲似的得過且過，緊要關頭她也會覷人臉色。

「哥哥掌管那兩個衙門，上頭要應付皇帝，下頭又要安撫百官，必然有分身乏術的時候。倘或忙不過來了，哥哥想著我吧！」她衝他眨了眨那雙天真無邪的大眼睛，「您如今不是掌印麼，提拔我當個火者也行啊。我跟在哥哥身邊當差，既能進宮長見識，緊要關頭還能給哥哥分憂，您瞧一舉兩得，可好不好？」

第三章　鸚鵡喉舌

梁遇失笑，「進宮當太監？妳知道紫禁城是什麼地方麼？」

月徊想了想，托著腮幫子道：「我知道那是個富貴窩兒，裡頭住著皇帝老爺子，一大堆嬪妃伺候他，他喜歡哪個就點哪個的卯。那些主子們，用的是金碗銀筷，連挖耳朵勺兒都是象牙的，那得多有錢啊！還有宮裡出來辦事的太監們，一個個吆五喝六，把誰都踩在腳底下，動不動啐人一臉唾沫星子，別瞧在宮裡是奴才，出了宮門全是爺。」

梁遇聽她說完，哂笑一聲，「所以妳覺得做太監不是壞事，天底下養不起兒子的窮家子也這麼覺得。最後心甘情願讓兒子淨身入宮，還指著將來升發了，能接濟接濟家裡。」

月徊說是啊，「我以前認得的一戶人家就是這樣，家裡窮得揭不開鍋，想讓兒子進宮發財。可淨身的師傅動一回刀要價很高，就找了給豬羊去勢的人幫忙，孩子差點連命都丟了，結果因為沒門道，最後也沒能進宮，眼下人廢了，整天瘋瘋癲癲的，看著真可憐。」

可憐……天底下可憐的人多了，要論不值，太監確實能占一半。

「妳只瞧見風光的太監，沒瞧見宮裡最低那一等，過的是什麼日子。」梁遇垂著眼，無情無緒道：「那些窮孩子，過得連豬狗都不如，幹最苦最累的活兒，一月拿兩個大子兒一升米，連掌事的太監都見不著，更別提伺候主子貴人們了。就算冷桌子熱板凳一步一步升上來，能不能活著也得看造化。有時候說錯一句話，邁錯一條腿，都是掉腦袋的因由，宮裡頭內監的地位還不如宮女子，六根不全的不算是人，懂麼？」

他的語調雖平常，可月徊聽出了一絲悲涼。她不敢再拿太監這個詞說事了，怕觸及他的痛肋，忙言歸正傳，笑著阿諛：「剛才咱們說什麼來著……我說想進宮，只是想跟在哥哥身邊，給哥哥打打下手，伺候伺候哥哥吃喝罷了。」

孩子有心，又依賴你，擱在誰身上都硬不起心腸。梁遇抬了抬眼，窗外天光倒映在他眸底，一小簇菱形的光，生動了他的眉目。

「家裡頭的事，外人暫且不知道，咱們的身世也不便公之於眾，免得有心人挖出梁家前情，拿來做文章。」

月徊說明白，「太監不是愛認乾爹嗎，我管您叫乾爹，他們就知道咱們是一夥的了。」

她是個百無禁忌的人，梁遇卻斥她胡鬧，「亂了輩分，那還了得？」

月徊不由泄了氣，咬著筆桿子嘟囔，「您讓我做深閨裡的小姐，讓我讀書寫字，時候一長我怕是會鬧出病來的。再說我只服您的管教，把我帶在身邊，也好時時看顧我，不好麼？」

可惜他並未被說動，拒絕也拒絕得不留情面，「司禮監和東廠，都是見不得光的衙門，我不想讓妳看清哥哥有多醜惡，妳要是時時跟在我身邊，有朝一日妳會怕我的。」

月徊詫然望向他，他面上波瀾不驚，只是慢悠悠瞥了瞥她身前的宣紙，「接著練字吧，再寫上兩百遍，也就差不多了。」

他負著手走出書房，聽見身後人絕望地嘆氣，他忖了忖，兩百遍而已，不算多吧……

曹甸生迎上前，悠著聲氣兒問：「督主今晚不回衙門了吧？」

梁遇「嗯」了聲，信步往他的院子去。府裡人伺候起來極為仔細，早早兒在屋裡拱了炭盆，半人高的鏤空金絲爐罩前擺著躺椅，只等他回來，有現成的地方歇著。

天兒寒浸浸的，他在椅上落座，左右侍從忙跪地，拿狐裘替他包住腿腳。一旁矮几上放了幾本雜書，他隨手挑了一本，半倚著引枕，漫不經心打開了扉頁。

「那個小四，著人仔細留意，言談舉止要是審慎就留下，倘或不成事，遠遠兒打發出去，別讓他留在京裡。」

曹甸生道是，「看著挺機靈模樣，不像那種不識眉眼高低的。姑娘也是真心疼他，畢竟一塊兒過了那麼些年，事事都顧念著他。」說罷又一笑，「督主往常不在家，這府裡冷清，小的守著個空院子，整日間也無所事事。如今姑娘回來了，府裡顯見的活泛起來，我讓玉振打聽姑娘口味，回頭置辦好了送進姑娘院子裡。姑娘寫字寫怨了，有口可心的吃食，心裡就高興了。」

梁遇大多時候除了衙門裡那套，不問人間事，難得聽一回家常，心頭倒也融融。

「讓人盡心伺候，要是誰惹得姑娘不喜歡了，咱家扒了他的皮。」

曹甸生呵腰說是，略頓了頓，將左右的人支了出去，細聲道：「爺爺明年要立后，聽太后跟前的桂生說，那些大員們千方百計把家裡閨女的畫像往慈寧宮送，只怕皇后的人選要從裡頭拔出來。」

梁遇牽唇冷笑了聲，「那點子伎倆，還想瞞天過海？畫像進了慈寧門，能不能進慈寧宮可就兩說了。宮裡上下如今哪一處不捏在咱家手裡，繞過咱家行事，可見是沒把咱家放在眼裡啊。」

曹甸生了然，掖著手附和地笑了笑。官場上那些大臣們猶如黃豆，才從豆莢裡打下來，裡頭不免混進雜質。東廠就像個大篩子，一遍一遍篩選，把裡頭沒用的廢料淘澄乾淨了，剩下就是一心的人。

他又俯身，小心翼翼提點：「姑娘和爺爺一般兒大，明年也是十八……」

梁遇沉默了下，半晌捲起書撐住太陽穴，闔眼道：「你去吧，咱家頭疼。」

曹甸生領命，退了出去，他聽著腳步聲漸漸去遠了，撫著額頭長出了一口氣。

司禮監掌印、東廠提督，早前那麼多輩兒，沒幾個有好下場的。居安當思危，再強的鐵腕也有鬆懈的時候，若沒有血親作為後盾，想呼風喚雨一輩子，斷無可能。這世上，他唯一的親人只有月徊，他找了她很久，一則是為骨肉團圓，二則是為多條膀臂。

他倒是想過，替她安排個光輝的出身，送她進宮為妃為后。將來龍子繼承大統，舅舅可比大伴親多了，甚至一半江山都得姓梁。這些不帶感情的盤算，在沒有見到她之前已經有了雛形，然而真的把人找回來後，似乎又要重新斟酌了。

到底還得以她為重，骨肉至親難得，他喪良心的事辦了許多，月徊是他最後的底線。她倒也主動表示想進宮，不過不是去當娘娘，是要跟他去做太監……

罷了罷了，不去想。他把書展開蓋在臉上，午後愜意，薰籠燒得一室如春，睏意陣陣襲上來。那些繁雜公務和罵名都拋到了腦後，他呼吸勻停，從這混亂的塵世掙出來，跳進另一段無為境界。

那廂月徊練字，也算練得一絲不苟，兩百個名字穩穩寫下來，將到傍晚時分已經小有所成了。

把自己寫的展開，和梁遇寫的並排比對，已然沒有太大分別，正想送去給哥哥過目，門外松風通傳了聲，說「四爺回來了」。

這聲四爺叫得妙，月徊移過鎮尺把那還宣紙壓好，打起簾子迎出去，站在簷下打趣招手，「四爺，來來……」還像以前一樣，得了好吃的要留給他，指指桌上剛送來的喇嘛糕和杏仁酥酪，「吃吧。」

小四進了東廠，換上了番子的行頭，尖帽直身，腳上穿皂靴，論打扮算不得好看，但勝在他有一張漂亮的臉，把平淡無奇的衣裳穿出一股磊落的味道。

他在桌旁坐了下來，平時天塌也擋不住他的好胃口，今天不知怎麼，搖頭說不餓，一臉菜色呆坐了半天，齉聲齉氣感慨：「官家這口飯，怕是不好吃。」

月徊有點納悶，「哥哥不是指派了師父，讓人好好帶著你嗎，這是怎麼了？」

小四兩條胳膊對扣著擱在桌上，看了她一眼，垂頭喪氣說：「我是拜了東廠千戶做師父，師父待我也不賴，不叫我做什麼活計，只說頭天先帶我各處走走看看。我也沒想那麼多，他走到哪兒，我就跟到哪兒。起先還行，衙門各處值房庫房轉了一圈，後來就不對了，他帶我下大獄……天爺，您是沒去過那地方，就像河口買賣市的屠宰場，地上血混著泥垢，把磚縫兒都糊住了。師父還衝我笑，說帶我去見見世面，今天正好審個京官，據說作了反詩給拿住了，裡頭預備上大刑。」他說著，哭腔都出來了，「師父下令讓他們『彈琵琶』，我琢磨獄裡怎麼還有這等好興致，誰知道是我想岔了。他們拿肋叉子當弦兒，番子用刀在上頭來回刮，刮得人皮開肉綻，那個血，跟潑水似的往外滲。」

月徊坐在那裡愣神，半晌道：「你還記得那年城門上掛的人皮麼？說是貪官昧了賑災的銀子，剝皮揎草就是為了警示文武百官，那活兒也是廠衛幹的。」

說到這裡，兩個人對望了一眼，都有點發瘆。

月徊才想起來，難怪剛才梁遇不讓她跟著，說日子久了擔心她會怕他，畢竟他掌管的衙門辦的都是下黑手的案子，要論這人間美事，他們是渾身上下半點不沾邊的。

月徊巴巴兒望小四，「那你有什麼打算呢，還習不習武？要是改主意了，就回來念書吧。」

可小四又有一股擰勁兒，挺腰桿子說：「我不回來，番子幹得了的事，我也幹得了。我今年十五了，靠念書出人頭地，那得熬到多晚？東廠的事由來錢快，我得自己養活自己，不能樣樣指著您。」

月徊「呀」了聲，「好小子，有志氣！」說罷探過手去，在他的腦袋上揉了一把。

小四直皺眉，「您別老摸我頂心，不知道我梳這頭廢了多大工夫！」

月徊卻不愛聽，小四的頭髮很柔軟，跟女孩兒似的。老話說了，頭髮軟的人心也軟，她一摸他腦袋，就覺得這孩子將來一定會好好孝順她。

當然了，一個不讓摸，一個偏要摸，最後指定得打起來。

正在他們互不相讓扭作一團時，門外有人咳嗽了一聲，月徊心頭作跳，忙拽著小四起身。丫頭打起門簾，一片繡著金妝花雲蟒紋的襞積邁進門檻，梁遇面色尋常，但這樣的人，即便眉目平和，也有不怒自威的震懾。

他倒也沒說什麼，在窗前官帽椅裡坐了下來，抬手撫撫袖口袖襴，淡聲道：「既在東廠習學，眼下天兒冷，就不必頂風冒雪回來了。咱家命人替你安排了值房，明兒起留宿那裡，潛心跟著他們好好學，等明年開春經辦個把案子，就正經升司房吧。」

對於一個沒有根底的孩子來說，進了東廠就能領差事，這是做夢也不敢想的。小四大喜過望，忙向梁遇揖手行禮，「多謝督主。請督主放心，小四一定好好學，絕不給督主丟臉。」

梁遇「嗯」了聲，看著他們一唱一和擠眉弄眼，微蹙了蹙眉，調開視線。頭前月徊要帶小四回來，他就已經提醒過她，男女有別不能過分親暱，她嘴上雖答應了，可見並沒有往心裡去。如今人領回來了，他倒不是沒有容人的雅量，只怕日久年深，大而不自覺，總是這麼打打鬧鬧，實在不成體統。為免將來出紕漏，還是先下手為強，東廠也好，錦衣衛也好，掌班、百戶、千戶，任免都在他一句話，賞小四個差事，讓他離月徊遠著點就成。

好在月徊很領他這份情，哥哥叫得又甜又脆，挨在他身邊說：「既然要正經當差，還請哥哥賞他個名字，老這麼小四小四地叫，多沒面子。」

也確實，從提督府出去的，日後少不得平步青雲，回頭當了官，還讓人這麼阿貓阿狗地稱呼，豈不叫人笑話。

梁遇偏過頭，見書案上放著一本《樂府詩》，隨手翻了翻，「南風知我意，吹夢到西洲，就叫傅西洲吧。」

小四對這名字滿意至極，歡天喜地朝月徊蹦躂，「月姐，我有名字啦，我叫傅西洲！」

月徊也跟著一塊高興，「西洲啊，這名字可太好聽了，配你正合適。」心裡自然明白，哥哥讓小四隨了母親的姓，算是不圓滿中的一點安慰。

小四有了名字，底氣很足，沒留下吃飯就回東廠去了，著急把各項錄檔上的名字改了，便於明天別人稱呼他。

梁遇把人打發完了後顧無憂，站起身整了整中單的衣領道：「原想在家過夜的，可惜宮裡有消息傳出來，說聖躬違和，我得趕緊進宮一趟。」

月徊不懂那些文縐縐的詞兒，歪著腦袋問：「聖躬違和是什麼？」

「就是皇帝生病了。」梁遇走到門前，小太監躬身呈烏紗帽來，他接過戴上，正了正冠服道：「皇上年少有為，只是身子不大好，這兩年盡心調理過，雖有些起色，但逢著天寒歲末還是極易著涼。」說著回頭叮囑，「天兒冷，夜裡別練字了，早早歇下吧。缺什麼短什麼吩咐下頭人去要，別忍著，也別委屈自己，記著了？」

月徊「噯」了聲，「那您多早晚回來？」

梁遇望著漫天靜靜落下的雪，長嘆了口氣道：「要瞧皇上病勢如何，明兒能見好，就明兒回來。」曹甸生舉著黃櫨傘上來接應，他微偏了偏頭道：「外頭冷，進去吧。」一面提袍下了臺階。

月徊站在廊上目送他，他的烏紗帽下戴了網巾，兩根細細的棕繩垂在背後，尾梢懸掛珊瑚和藍晶石墜腳，每走一步，撞著底下香色蟒袍，一片玲瓏輕響。

天色漸晚，宮門前掛了巨大的白紗燈籠，那點迷濛的光照不進幽深的門洞，只看見押刀的禁軍，旗杆似的立在風雪裡。宮牆內外各有兩路人馬把守，待宮門內側落了鑰，甬道那頭輝煌的世界才顯現出來。

司禮監的人早就在門上候著了，見他來，拱肩塌腰叫了聲老祖宗，「爺爺找老祖宗，已經問了好幾回了。」

梁遇「嗯」了聲，「太醫瞧過了？怎麼說？」

楊愚魯道：「老症候上又添風寒，才吃了藥，要看今兒夜裡怎麼樣。」

「太后那裡通稟沒有？」

楊愚魯說沒有，「老祖宗不回來，底下人不敢擅作主張。」

大鄴十五朝皇帝，有半數不是正宮娘娘生的，隔層肚皮隔座山，就算面上母慈子孝，也要分一分輕重緩急，什麼當講什麼不當講。

皇帝的母親原是劉淑妃，入宮後得寵時間不長，默默生下孩子，又默默地死了，淳宗是在楚王四歲時，才想起有這個兒子的。既然想起來，就不能不聞不問，於是交代皇后多加看顧。皇后自己雖只生了一位帝姬，但極看重成順妃的兒子晉王，成順妃和皇后是嫡親的姐妹，外甥比起丈夫和別人生的孩子，關係自然更為親厚。

原本那麼多位皇子裡頭，最有可能繼位的就數晉王，可晉王失德，品行不好，十四歲被勒令離京就藩，太子名冊上永失了資格。剩下幾位皇子，畢竟生母都在世，捧了哪一位將來都是威脅。梁遇挑了個機會向皇后諫言，幾番活動之後，才換來了楚王冊立太子的機會。

可惜楚王自小沒得好照顧，身底子不強健，到如今還是動輒抱恙。梁遇也常為這個憂心，一朝天子一朝臣，他是當今天子的大伴，倘或皇帝有個好歹，江山換了他人來坐，那麼汪軫就是他的前車之鑑。

皇帝又病了，這件事得捂住，不能讓太后知道。他腳下匆匆穿過夾道，進了乾清宮東暖閣，遠遠見皇帝高臥著，便趨身停在腳踏前，低低喚了聲「萬歲爺」。

皇帝臉色發白，顴骨卻一片潮紅，聽見他的聲音才睜開眼，「哦」了聲道：「廠臣來了。」

梁遇又上前半步，「主子眼下覺得怎麼樣？」

皇帝輕咳了聲，歪在枕上道：「也不覺得怎麼樣，才吃了藥，發了點汗，不像先前那麼熱了，就是口渴。」

梁遇忙招宮女送茶水來，自己親自登上腳踏餵皇帝，和聲道：「臣看了太醫檔，還是肺熱引發的症候，不是什麼要緊的病。不過眼下時機上頭有些掛礙，內閣正擬主子親政事項，怕這點小岔子，會橫生枝節。」

皇帝何嘗不明白他的意思，他是十六歲登基的，太后拿捏他，口頭上不承認稱制，但政務卻時時要干預。好不容易忍到年滿十八，太后再也不得以任何藉口干預政事，誰知到了這個裉節兒上，自己的身子卻不爭氣。

「怪朕病得不是時候。」皇帝慘然一笑，蒼白的唇色有種羸弱的氣象。頓了頓道：「倘或這兩天有起色，事兒還能遮掩過去，要是病氣兒一時半刻不散，只怕太后那裡不好敷衍，到時候還需廠臣想法子……」說罷又是一陣乾咳。

梁遇替他拍背順氣，寬解道：「主子放心，這件事臣自會料理。眼下入了九，正是最陰冷的時候，又連著十來日沒見太陽，不留神受了寒也是有的。好好養息，旁的事兒都撂下，有臣在，臣當上這掌印，就是為替主子分憂的。」

皇帝聽了點頭，仰在枕上緩緩舒了口氣。

梁遇替他掖好被角，頓了頓問：「主子心裡，對皇后人選可有什麼想法？」

皇帝有些懨懶，撫額道：「皇后與朕同體，選後當慎之又慎。朕沒有特別的人選，只要是忠良之後，不和太后一夥兒，就成了。」

梁遇略斟酌了下道：「主子不豫，這事原不該現在提，可情況迫在眉睫，又不好隱瞞主子……臣接著密報，說朝中素日維護太后的幾位臣工，偷著往慈寧宮送畫像。選后這樁事上，太后必然要做主，臣唯恐不經主子首肯，慈寧宮擅自把人選定下。」

皇帝不說話了，沉默良久，調轉視線望向他，「廠臣手中有刀，朕將這大權賞你，只願廠臣忠君事主，一切以大鄴江山為重。」

梁遇等的就是這句話，畢竟那些重臣輔佐過先帝，要著手處置，總得討皇帝一個示下。如今皇帝鬆了口，那麼一切就都好辦了，誰有罪，誰該死，全憑他定奪。

「臣遵旨，剩下的事交由東廠處置就是了。主子好生靜養，今兒臣為主子上夜，主子有什麼吩咐，臣就在外頭聽著。」

皇帝微點點頭，閉上了眼。拋開身分不談，其實他也就是個十七歲的少年，側臉略帶青澀，鬢角汗毛絨絨的，仰臥在寬大的龍床上，因氣息急促，被面團龍急劇起伏。

梁遇退出正殿，西南角有內奏事處值房，平時作司禮監辦差之用，白天人員往來絡繹不絕，到了夜裡只剩四人對班輪值。今晚他要留在乾清宮，裡頭當值的早就退到廊下侍立了，這兩天因私事耽誤了不少公務，到了月尾，宮門進出檔要檢點，臣工題本要查閱，內闈燕褻要過目，怕是忙到明早也盡夠了。

腳下擺了薰籠，他在案後坐定了，一大摞冊子堆得像山一樣高。一旁伺候的秦九安道：「該核對的底下人早前都核對過，督主酌情抽驗幾本，大晚上的，寒氣直往骨頭縫兒裡鑽，何必受那份累！」

司禮監自他掌管就極少出岔子，差事分攤到每個人頭上，倘或有疏漏，醋打哪兒酸，鹽打哪兒鹹，總有個來由。不過掌事的太好糊弄，底下人就作妖，梁遇少不得勞苦些，該查驗的還是要查驗，直忙到子時前後，御茶房送果子茶水來，他才稍稍歇了會兒。

夜很深了，雪還在下，穿過空闊的廣場看正殿，簷下燈籠搖曳，窗屜子裡透出橘黃色的光來，正大光明殿也像遠處的住家。

他呷了口釅茶，舌根上一片苦澀。探手取過彤冊，這是記錄帝王御幸起居事宜的，皇帝還未立后，妃嬪位也都出缺，只有早前東宮伺候的四位女官侍奉。那些女官說穿了就如大家子少爺跟前的通房，是作皇帝學本事用的，將來是去是留，全看皇帝的心情。

上半月召幸稀鬆，下半月……十七日、二十三日、二十六日均有記檔。他的視線落在二十九日上，這一夜幸了司寢司帳兩位，怪道身子不成就了。

梁遇闔上彤冊，倚著圈椅扶手道：「那四個的藥停了吧，也是時候了。」

秦九安應了，只是不解，小心翼翼道：「這會兒停了，萬一遇喜，怕壞規矩。」

梁遇哂笑了聲，「規矩是人定的，擱在哪朝哪代，帝王家子嗣興旺都是好事。真遇了喜，太后還能掐死皇孫不成？」

他做了皇帝十來年的大伴，皇帝的一應事物都由他安排，包括這四位女官。早前皇帝太年輕，未冊立皇后之前有了皇子，必叫那些酸儒說嘴。如今開春就要親政，立后也在眼前，掐準了時候先占了皇長子的缺，朝野上下誰又敢置喙？

說到底，還是皇帝身子太弱了，不得不未雨綢繆。

他的指尖在彤冊上摩挲，曼聲道：「吩咐那四個，也要略盡勸解之職。皇上年輕，多少陽氣也經不得她們吸，別弄得盤絲洞似的。」

秦九安「嘿」一聲笑，笑完了忙捂住嘴，訕訕道是，「小的明兒就傳話。」邊看看西洋鐘，撫膝說，「老祖宗，時候不早了，您瞇瞪會兒……」

話音才落，外面傳來皂靴蹉地的聲響，御前太監停在門上向內傳話，「老祖宗，萬歲爺像是有些不大安穩，您瞧瞧去吧。」

梁遇趕過去的時候，幾個太醫正輪番給皇帝號脈，看皇帝氣色，擰著眉頭呼吸急促，他抓過一個太醫質問：「吃了藥不見好，反倒愈發沉重了，你們當的什麼差！」

掌班的太醫見他搓火，忙上來支應，拱著手說：「梁大人，皇上這症候總有反覆，以前的藥用了，壓不住勢頭，請大人容咱們再合議藥方兒。大人也不必著急，病症不凶險，皇上又是春秋正盛，拉燈晚兒的時候略重些，到後半夜漸次會轉輕的。」

梁遇聽了，手上方鬆了鬆，一把推開那個太醫道好，「咱家後半夜就等著瞧了，要是不見好，你們可別怪咱家手黑。」

這話絕不是嚇唬人，幾個太醫忙一疊聲應是，掌班的跪在腳踏上施針，直忙了半個時辰，皇帝的熱症才逐漸退下來。

這樣的風波每隔三五個月總要經歷一回，皇帝打小就是如此。梁遇還記得當初向太后諫言，太后坐在南炕上，涼笑道：「楚王？那孩子身子骨不結實，將來要是繼了位，再有個好歹……社稷經不得這樣折騰。」

很多人不看好皇帝，甚至覺得他能不能平安活到弱冠都是未知，所以這兩年的太醫檔得準備陰陽兩份，皇帝真正的看診次數對外是絕不宣揚的。又病了……每個人得知皇帝欠安，病了之前必要加個「又」，親政之前大病，要是叫太后知道，那就是個話把兒，也許會換來一句「皇帝病著，不宜太操勞，親政之事暫緩」的慈諭。

皇帝緩過來，偏頭看了梁遇一眼，「廠臣，朕沒事。」話裡帶著一絲慶幸，甚至是邀功的味道。

梁遇忙上前，呵腰道：「是，主子安然無恙。」

扶持一個病弱的皇帝，實在需要很大的耐心，皇帝貴為天子，心思比一般人更警敏，每當這個時候總有自輕自賤之感，害怕身後空無一人，連大伴都放棄他。

只是病勢雖穩定了，他的中氣卻大大不足，才說一句話就要張口喘氣，明天的晤對怕是不成了。

梁遇把跟前的人都遣了出去，猶豫片刻方道：「明兒內閣要進來奏事，臣倒是能夠抵擋一陣子，但只怕那些閣老們聽不見主子發話，不好打發。」

內閣的人最擅鉤纏，且一兩句未必能繞得過去，皇帝強撐著撫胸說：「朕明兒盡力……」

可是彼此都知道，內閣覺察出異樣，消息即刻會傳進慈寧宮，要不了一炷香，太后就會親臨探望。

事情緊急，也是天意如此吧，梁遇道：「主子曾問臣，這兩日在忙什麼，臣沒有向主子稟明實情。臣在入宮前，有個失散的妹妹，前兒終於找回來了……」

皇帝「哦」了聲，「好事兒，恭喜廠臣了。」

梁遇俯身謝恩，計較再三才又道：「臣這胞妹流落在民間，學會了一項絕活兒，她擅擬人聲，只要聽過的，總能學個八九不離十。臣原是想，這不是什麼好本事，身懷奇技猶如臨淵而行，難免招人忌憚，若不是到了這樣境地，臣是絕不會向主子提及她的。」

皇帝艱難地喘了口氣道：「朕明白你的顧慮……你放心，朕絕不是那種……背信的人，你讓她進宮，見朕。」

總是將來用得上的時候多了，他有這個病根，正缺另一條喉嚨來替他傳話。

梁遇領了命，從暖閣裡退出來，實心地說，他並不願意月徊以這樣的姿態進入皇帝的視野。今日你有用，人家抬舉你，待他日塵埃落定了，焉知你不會成為別人的心頭刺？可眼下是顧不得了，先穩住了大局，將來才好施為。小皇帝這三五年內還需仰仗他，三五年，足夠他把持內閣，將東廠推向極致了。

時候不多，再有兩三個時辰就要天亮，得趕在宮門開啟之前把人接進宮。好在冰盞衚衕離紫禁城不遠，他親自回去，乘著一片呼嘯的北風進了二門。

外間有丫頭值夜，曹甸生扣著門扉壓聲喊：「綠綺、綠綺……快醒醒！」

裡頭掌起了燈，悉悉索索的腳步聲到了門前，綠綺隔著門問：「管事的，姑娘正好睡呢，出什麼事了？」

曹甸生也不和她多解釋，只說開門，「趕緊給姑娘收拾起來，督主要接她進宮。」

綠綺吃了一驚，忙拔下門栓打開門，果然見梁遇在廊下站著。隨侍的小太監挑著燈籠，圈口的光映照著他的臉，詭譎莫測，又無懈可擊。

裡間秋籟不敢耽誤，忙進去通傳，跪在腳踏上綿綿喚姑娘，「您快醒醒，督主回來接您啦。」

月徊正睡得朦朧，撐起來「唔」了聲，「什麼時辰了？」

秋籟看看座鐘，「快丑時了。」

正要拽過夾襖給她穿上，綠綺托著一件墨綠葵花補子的圓領袍進來，往前遞了遞，

「讓換這個。」

秋籟展開看，訝然望了綠綺一眼，「這不是宮裡太監的公服嗎？」

綠綺搖了搖頭，示意她別多嘴，橫豎是督主的令兒，照著做就是了。

月徊任她們盤弄，腦子還是糊里糊塗的，等穿好夾襖蹬上皂靴，看見鏡子裡的自己才「咦」了聲，「三更半夜讓我扮太監……哥哥改主意了？」

梁遇靜靜坐在正屋燈下，聽見她的話，澀然閉了閉發燙的眼睛。

底下人忙替她梳頭，她坐不住，帶著揪住她頭髮的秋籟跑進了正屋，笑道：「我都收拾好了，這就能進司禮監點卯。」

她是個急性子，即便被牽住了腦袋也還撲騰。梁遇在外頭專橫無情得很，見了她卻發作不出來，招手讓她坐下，接過秋籟手裡的髮帶和網巾，仔細替她束好髮，戴上內侍紗帽。

「宮裡遇著了難處，想求姑娘幫著解個圍。」他替她正了正帽子，燈下看她，那雙大眼睛是擋也擋不住的機靈。

月徊笑得訕訕，「宮裡到處是能人兒，還有用得上我的地方？」

梁遇「嗯」了聲，「這事非妳不可，妳先跟我進宮，回頭自然知道。」

沒見過世面的窮孩子，巴不得有機會長見識，況且自己的親哥哥又是司禮監頭把交椅，幾乎沒有什麼後顧之憂。月徊歡蹦亂跳說好，摸摸袍子又摸摸牙牌，跟著梁遇登上馬車。

她是頭回進宮，宮裡雖有很多太監是擎小淨身，沒能長出男人模樣，但和正經姑娘還是不一樣的。梁遇諸樣囑咐她：「對外別讓人知道咱們的關係，宮裡最忌出頭冒尖，要人不注意妳，就得儘量窩著點兒。遇人問話自稱奴婢，別仰臉瞧人，低頭回話總錯不了。」

月徊說是，聳著肩垂著手，抬眼一笑，「您瞧這樣行麼？」

梁遇打量了一眼，溫聲道：「忍著點吧，熬過了今明兩天，後兒就讓妳出宮。宮裡不是久留之地，多待一日就多分危險。」

月徊偏愛抬杠，嬉皮笑臉道：「您前兒還說我能進宮當娘娘的呢，哥哥忘了？」

梁遇被她回了個倒噎氣，慍聲道：「進宮做太監，和進宮做娘娘是一樣的麼？妳別顧強嘴，好歹記住我的話。」

月徊吐吐舌頭，知道再胡扯要惹哥哥生氣了，便正色問：「大半夜的，哥哥到底為什麼接我進宮？要我解圍的，究竟是什麼事兒？」

梁遇垂眼捋了下膝上褶皺，淡聲道：「也不是多為難的事，皇上病了，明兒應付不得內閣的人，要借妳的嗓子說兩句話。」

月徊愣住了，耳朵裡嗡嗡作響，這還不是為難的事，多大的事才算為難？

她有點怯，支吾著：「這可不是鬧著玩的，那位可是皇上！再說我這嗓子也不是人人能借的，有的我也學不好。」

梁遇說不礙的，「妳先進去見一面，能不能學成不強求。皇上開了春要親政，可他身子不好，怕人挾制，奪他手裡的權。哥哥眼下雖執掌司禮監，提督東廠，但朝野上下不對盤的人不少。我是新官上任，還沒肅清政敵穩固地位，要是不能保皇上親政，這太監頭兒也當不長。」

月徊聽到這算是明白了，他們是一根繩上的螞蚱，幫了皇帝就是幫了哥哥。

怎麼辦呢，到了這個份上，這頂帽子不戴也得戴。她吸了口氣道：「我試試吧，要是不成，還請哥哥擔待。」

馬車駛過長橋，在順貞門前停下來，月徊是極有眼力勁兒的丫頭，她蹦下車立在車轅旁，向上架起了細細的胳膊。梁遇像尋常那樣，扶著她的胳膊，踩著小火者的背下了車，昂首走進門洞。這紫禁城太大了，夾道甬道錯綜複雜，漆黑的夜裡小太監挑燈引路，月徊躬身垂首跟在他身後，不能抬頭四顧，只好就著夜幕籠罩，悄沒聲息地拿眼尾餘光偷瞧。

夾道寬而直，兩邊高牆對起，割得這天頂也只剩窄窄一線，人走在底下很覺逼仄。深夜的皇城四處下了鑰，滿世界靜悄悄的，彷彿一座空城，只有官靴踏在青磚上，發出一點輕微的聲響。

小太監在前頭開道，臨近一座隨牆門便勻勻擊節，門裡值夜的聽見了，隨即落鑰放行。月徊數不清過了多少道門，直到視野之內亮起來，她微抬了抬眼，才發現已然到了一座巨大恢弘的宮闕前。

乾清宮是皇帝住的地方，梁遇帶她從月華門進去，這是有品級的官員才能走的道兒，若是宮女太監行走，只能從乾清宮月臺前丹陛下的老虎洞通行。

月徊一直謹記哥哥教誨，進了宮必要比太監還像太監，因此一直老老實實盯著自己的腳尖。身旁內侍列著隊來去，一色雲氣紋滾邊的官靴，看來都是有頭有臉的，見了梁遇俯首貼耳叫「老祖宗」，然後恭敬讓到一旁。月徊在家時看哥哥和顏悅色，除了頭回見面有些怕，後來並不畏懼他。到現在跟在他身後旁觀，才知道他在外頭不可一世，這闔宮上下當差的，沒有一個敢不賓服他。

他摘下身上斗篷，隨手扔給一旁侍立的人，快步穿過正大光明殿往東次間去。月徊低頭尾隨，殿裡暖意融融，也不知燃了什麼香，香得那樣沁人心脾。

梁遇停在檻前回稟：「皇上，人帶來了。」一面牽了月徊的手領到龍床前。

月徊心裡哆嗦，實在是這輩子沒見過這麼大的人物。正慌得不知怎麼好，聽梁遇說了句「給皇上行禮」，她噗通一聲就跪下了。

暖閣裡鋪著巨大的雙獅戲球栽絨毯，手觸在上面也不覺得涼。屋裡頭寂靜無聲，好半晌才聽見皇帝的嗓音，說：「起來吧。」

皇帝的嗓音聽上去很儒雅，像月徊早前在碼頭時遇上的大鹽商家的公子，不驕不躁，透著一股養尊處優式的從容散淡。要論年紀，應該不大，但出於自矜身分，字裡行間總帶著三分清高。

月徊不太懂得宮裡的規矩，甚至連謝恩的時候該說什麼，她都不知道。她只知道磕頭，腦門在栽絨毯上叩了一下，然後撫膝站起來。皇帝就躺在不遠處的龍床上，餘光能瞥見一個模糊的剪影，但她還是老老實實管住自己的眼睛，不讓它瞎瞧。

梁遇上前，輕聲道：「主子，這是舍妹月徊，前兩天才找回來的。因自小長在民間，規矩體統一概稀鬆，要是有糊塗的地方，請主子管教。」

皇帝疲憊地點了點頭，「廠臣兄妹一心為朕，朕……心裡都知道。」說罷又喘口氣，「妳抬起頭，讓朕瞧瞧。」

月徊應個是，這才仰起臉，滿室的華貴燦爛撞進眼裡。她看見床上的皇帝臥在一片妝蟒堆繡之間，果然很年輕的模樣，有點瘦，但臉架子清秀美好。因身上餘熱未消，眼梢和眼皮有些發紅，那樣濛濛看人一眼，竟有一種欲說還休的味道。

果然紫禁城裡的風水養人啊，月徊暗想，外頭那些面朝黃土背朝天的小力笨兒，哪個也不能長得這麼細皮嫩肉，當然他們家小四是個例外。不過這位終究是皇帝，她感慨之餘也不敢多瞧，只是垂著眼，任皇帝打量。

女扮男裝的太監，皇帝也瞧個新鮮勁兒，瞧完了心裡有衡量，到底是梁遇的妹妹，長得很漂亮，究竟怎麼漂亮法兒呢，大概就是把他身邊的女人都比下去了吧。

「朕該怎麼做？」剛才喝下去的藥起了藥效，他這會兒略有了點精神，強撐著問，「要朕背書嗎？」

月徊說不必，「皇上尋常說話就成了，奴婢聽著，能學個大概。」

皇帝其實不太相信這世上真有人能擬別人的嗓音，就算能，學上個四五分，想必已經頂破天了。

梁遇的消息原本也是從番子那裡得來，並沒有親自見證，便轉頭對月徊道：「皇上剛才那兩句，妳能學成麼？」

月徊微呵了呵腰，抬起袖子掩住嘴，「朕該怎麼做？要朕背書嗎？」

琵琶袖後的嗓音響起，竟讓人有汗毛炸立之感，那條嗓子的主人明明正躺在床上，可聲音卻在隔了兩丈遠的地方響起來……梁遇暗舒了口氣，轉身向皇帝拱手待命。

皇帝有些不可思議地看向月徊，到這時才信大千世界無奇不有。心裡緊著的弦鬆懈下來，慢慢點了點頭。

梁遇道：「這兩日就讓月徊留在御前伺候吧，待主子好些了再讓她出去。」

皇帝「嗯」了聲，闔上眼，再不說話了。

看看外面天色，離西華門開啟也只個把時辰，梁遇讓殿外侍立的人進來，自己帶著月徊進了內奏事處。

內閣奏對時少不得花樣百出，月徊沒有經歷過那些，要糊弄過去不太容易。梁遇在地心踱了兩步，回身道：「妳只要記好一句話，『朕今日倦怠，題本交司禮監合議後，再送朕過目』，就成了。」

月徊道好，照著他的吩咐操練了兩遍，待梁遇認可了，差事才算領了一半。

可她還是有點怯，支吾著說：「萬一被那些人瞧出來了，那可怎麼辦？我冒充皇上發話，這是殺頭的大罪吧？」

一個糊里糊塗的丫頭懂得憂心掉腦袋，也算一項進步。梁遇見她細細蹙著眉，便安撫道：「別怕，到時候我也在，有什麼變故，我自會抵擋的。」

月徊這才放心，背著手繞室走了一圈，笑道：「這紫禁城可真大，從宮門到皇上的院子，走得我腳底下起火。沒想到我這輩子還有造化進宮吶，回頭我得告訴小四，好好給自己長一回臉。」

可惜她這樣的打算，並不得梁遇支持，「這件事誰也不能告訴，就算小四跟前也不能說。」見月徊茫然，他嘆了口氣道：「哥哥明白妳和小四以前的不易，也知道你們比至親手足還要親，可妳要記好一點，同患難不易，共富貴更難。因為吃不飽的時候一門心思全在糊口上，等吃飽了就會騰出心眼兒來琢磨別的事，這世上除了哥哥，所有人都得提防。」

月徊「喔」了聲，應得有些低落，在哥哥眼裡，小四終究是個外人。

梁遇轉身望向門外漆黑的夜，喃喃說：「我今兒帶妳進宮，也不知是對是錯。我這樣的人，時時走在刀尖上，不知道什麼時候不留神，就給劈成兩半了。讓妳摻合進來是解燃眉之急，等這急救完了，哥哥可能要送妳去別的地方……」

月徊呆了呆，「我不和您分開。」說得氣急敗壞，一蹦三尺高。

梁遇失笑，孩子果然是孩子，想得不長遠，說風就是雨。他只好寬慰她，「我是信口一說罷了，不到萬不得已，不會送妳走的。」

月徊臉上還有餘怒，嘟嘟囔囔盤著牙牌說：「都丟了十一年了，還沒丟夠……既要打發我，找我回來幹什麼！」

姑娘使性子，讓人招架不住，最後還是楊愚魯送了點心和油茶進來，才讓她息了怒。

窗紙漸漸泛起一點藍，外面的夜色在燈籠下也不顯濃稠了，五更的梆子響起來，篤篤地，一下下敲在人心上。

梁遇站起身道：「走吧。」領月徊重入東暖閣。皇帝的病症折騰了大半夜，到這會兒人昏昏沉沉，只顧閉著眼睛睡覺。梁遇安頓她在一旁侍立，壓聲囑咐她照著先頭的話去做，待這裡都預備好，外頭的臣工也該入正殿了。

往常皇帝召見內閣，養心殿或乾清宮都有之，天兒冷的時候一般設在暖閣裡，閣老們邁進殿門輕車熟路就要往東暖閣去，不曾想在門前被梁遇攔住了。

梁遇一派和煦氣象，含笑道：「諸位，皇上昨兒受了涼，怕把病氣兒過給閣老們，今日的奏對就隔簾呈稟吧。」

內閣的人見他攔路，只得悻悻收住了腿。

梁遇弄權，仗著是皇帝大伴隻手遮天，內閣人人心中有數，只是礙於他手握錦衣衛和東廠，到底忌憚他幾分。如今朝中局勢是如此，皇帝倚重司禮監和廠衛，內閣倚仗太后，兩兩對抗也算勢均力敵。皇帝繼位兩年來，沒有過隔簾奏事的先例，眼下正是親政的當口，不見臣工，難免叫人起疑。

武英殿大學士宋鶩唐掖著笏板，慢騰騰道：「臣等微賤之軀，若怕過了病氣就隔簾參奏，是對皇上大不敬。皇上既受了寒，臣等憂心皇上龍體，還是當面向皇上請安才好。」

內閣那幫文人，最不缺的就是抬槓的熱情，往慈寧宮送畫像的名單裡頭也有這位宋閣老一份。梁遇調過視線來，輕慢一笑道：「宋大人此言差矣，內閣是朝廷股肱，多少政務需仰仗諸位，宋大人自稱微賤，縱是其餘諸位答應，咱家也不依。皇上體諒諸臣工，是皇上的恩典，宋大人非要往裡頭闖，驚了聖駕反倒不好……」邊說邊瞧了首輔張恒一眼，「張閣老道是不是？」

張恒是個懂得審時度勢的人，雖然不知梁遇葫蘆裡賣什麼藥，卻明白因這種小事頂風而上沒必要。他笑了笑，樂得和稀泥，「梁大人說得是，皇上體恤，是臣等的福澤，隔簾奏事也一樣的。」

然而宋鶩唐不肯甘休，昨晚順貞門開闔數次，其中必定有其緣故。先前在西朝房，大夥兒就因這個消息合計過，料著又是聖躬違和了。現在晤對，皇帝不肯露面，難道叫他們對著門簾子長篇大論，人在不在裡頭還不知道呢！

「今兒的奏對不新鮮，前兩天已經呈過題本的。依著我說，挑兩個人進去回話也成。」宋鶩唐似笑非笑對梁遇道：「梁大人是司禮監的老祖宗，東緝事廠的督主，知道為臣者奏事必面聖的道理。倘或皇上違和，差遣御前的人下令息朝就是了，到底皇上帶病理政，我等也心疼。」

「宋大人這是在質疑皇上勤政的心麼？」梁遇偏頭睨著他，「咱家聽說宋大人和夏連秋夏大人關係匪淺，看來宋大人今兒是有心叫咱家為難啊。」

內閣的人眼見梁遇動了怒，忙出來打圓場，雞一嘴鴨一嘴地說合，「不是什麼大事，何必傷了和氣……」

「看來朕的話是不管用了。」

正在劍拔弩張時，門簾裡傳出皇帝的嗓音。閣老們原本篤定皇帝病了，且病得不輕，暗想鬧一鬧也不賴。誰知一聽這聲氣兒，分明沒有半點病勢，當即就打了退堂鼓。

「臣等惶恐，請皇上息怒。」閣老們紛紛舉著笏板躬下身子。

裡頭的月徊聽見哥哥被人頂撞氣湧如山，原想藉勢罵他們兩句的，但想起他先前的叮囑，只得勉強按捺住了。

「朕今日倦怠，題本交司禮監合議後，再送朕過目。」簾內的嗓子無情無緒道，想想心裡頭憋屈得慌，又擅作主張追加了一句，「朕聖躬違和，自有太醫替朕調理，你們一個個不依不饒，打量朕好性兒，不治你們的罪是不是？」

此話一出，梁遇無可奈何，那些內閣官員卻驚懼，呼啦啦跪倒了一大片。

皇上息怒、皇上恕罪……皇上在他們眼裡到底還是皇上。

梁遇站在一旁道：「諸位大人，聖意已下，就不必在這裡蹉跎了，都按皇上的意思辦吧。」

閣老們不好再多說什麼了，朝著厚厚的門簾子長揖行禮，魚貫退出正大光明殿。

月華門外，宋驚唐依舊覺得不平，「梁遇不過是個內官，如今仗著皇上寵信，擋起內閣的道來……」

眾人亦搖頭，還沒來得及說話，迎面見司禮監的秦九安率一隊錦衣衛到了跟前。

秦九安皮笑肉不笑，抱著拂塵對宋驚唐呵了呵腰：「宋大人，東廠承辦的案子移交錦衣衛，人犯供出了幾樁罪證都和宋大人有關，咱家是沒法兒，只好大清早的來麻煩宋大人了。大人也別憂心，不過是請大人上錦衣衛衙門吃碗茶，問幾句話，等問完了，自然放大人回去。」說罷一使眼色，那些押著繡春刀的錦衣衛上前，惡狠狠比了比手，「宋大人，請！」

宋驚唐是文人，文人在武夫面前，連半點反抗的能力也沒有。嘴上不屈叫嚷「我是命官，你們好大的膽」，結果招來一記悶拳。

這是司禮監第二回正大光明捉拿內閣官員了，閣老們眼神驚惶面面相覷。秦九安見了囫圇一笑，世上事總是如此，凶的怕狠的，狠的怕不要命的。

他掖了掖鼻子，一條尖細的嗓子拖著長腔，陰陽怪氣敲缸沿：「這是趕上好時候啦，什麼鳥兒都出來叫喚。自己的屁股還沒擦乾淨呢，倒搶著報頭功，這可好，兔兒爺掏耳朵——崴泥了吧。這宋大人啊，活了一把歲數還不曉事，可見書都讀到狗肚子裡去了。」一邊說邊回身踱著方步騰挪，拂塵一甩，馬尾毛揚起老高。

一種山雨欲來的預感悄悄從四面八方爬上來，眾人皆惶惶看向張恒。張恒嘆了口氣：「司禮監坐大，梁遇不是汪軫。諸位，往後留神吧。」

第四章　獨憐幽草

梁遇打簾進來，趨身上前瞧皇帝。先前的動靜大，月徊的嗓門也大，想是把他吵醒了，那雙無神的眼睜開一道縫，艱難地喘了口氣，「人都散了？」

梁遇道是，牽起琵琶袖摸了摸皇帝的額頭，輕聲道：「主子身上還有餘熱，但比昨兒夜裡已經好多了。眼下沒有精神頭兒，不礙的，讓他們好好調理。您安心將養兩日，很快就會好起來的。」

皇帝點了點頭，因半夜咳嗽得厲害，嗓子啞了半截，問：「內閣的人……瞧出什麼沒有？」

梁遇看了月徊一眼，垂首道：「主子放心，臣在外頭聽不出異樣，那些閣老們縱是懷疑，也不敢置喙。」

「太后那頭……」

「臣在永康左門上加派了人手，內閣官員凡有出入者，一概叫免，乾清宮的事兒傳不進慈寧宮。」說罷在腳踏前跪了下來，深深磕了個頭，「臣有罪，教導妹子不力，險些讓她壞了大事，請皇上責罰。」

月徊到這時才惴惴起來，知道自己的一時衝動可能要闖大禍了，忙在梁遇邊上跪定，俯首道：「一切都是奴婢自作主張，和我哥哥不相干。奴婢錯了，皇上要殺就殺奴婢，饒了我哥哥吧。」

兄妹兩個泥首頓地，月徊因懼怕瑟縮著，小小的個頭穿著太監的袍服，往下一低頭，帽子就磕到地上。

皇帝吃力地喘了口氣道：「起來。妳非但沒罪，還有功……那些話，朕早就想說了。」

他要當明君，必須接受文官各種刁鑽刻薄的諫言，就算心裡再不痛快也得受著，兩年下來早受夠了。泥菩薩尚有三分泥性呢，要是依著他的性子，那些有意為難唱反調的大臣都該狠狠收拾，收拾得服服貼貼的，天下就太平了。可是解氣的話他沒法說，也不能在臣工面前輕易發火，內閣小刀嗖嗖的時候，他就端坐在腥風血雨裡頻頻點頭。皇帝得戒驕戒躁，虛心受教，有時候覺得這皇帝當得，跟孫子似的。

月徊是個直爽性子，他看出來了。其實那時自己已經醒了，見她握著拳紅著臉，那雙眼睛裡滿含憤怒的光，他忽然發現能像她一樣活著也挺好。她喝斥那群元老，雖然狠勁兒只使了三分，但也不錯了。皇帝覺得借著她的膽兒出了口惡氣，如果今天應付內閣的是自己，怕是做不到那樣硬氣。

他輕輕牽了下唇角，「只是妳有個地方說錯了，皇帝不說朕聖躬違和……」他緩了緩才又道：「說朕躬……朕躬違和。」

月徊起先提心吊膽，怕自己莽撞連累了哥哥，沒想到皇帝和善，並不因這個怪罪她。

她覷覷梁遇，梁遇連瞧都沒瞧她一眼，「還不謝皇上恩典！」

她忙道是，「奴婢受教了，謝皇上恩典。」

皇帝微頷首，才說了幾句話便耗盡了力氣，偏過頭闔上了眼。

月徊跟著梁遇退出來，照舊退回內奏事處，一路上瞧他臉色，他的側臉在風雪裡顯得寒涼，深濃的眼睫交織著，猜不透他心裡在想些什麼。

「哥哥。」月徊輕輕扯了扯他的袖子，「您還惱我呢？」

梁遇不說話，嘴唇抿得緊緊的，腳下也走得匆忙。

月徊心裡撕扯起來，囁嚅道：「皇上又沒治我的罪，哥哥就別生氣了。再說我也是替您鳴不平，誰讓那些人頂撞您！」

是啊，終究是她捨不得見哥哥受委屈，是她的一片手足之情。梁遇平了平心氣，垂眼看她，「那些人頂撞我，我自然叫他們吃不了兜著走。可我先頭和妳說的話，妳全忘了，這宮裡每走一步都要仔細，倘或任性胡來，多少腦袋也不夠砍的。」

他又要念叨，月徊趕緊敷衍，陪著笑臉道：「這回我一定記下，不該說的話不說，不該辦的事兒不辦。不過皇上人是真好，我犯了這樣的錯，他也能擔待。」

黃櫨傘下有細碎的雪沫子颸進來，翻轉飄浮，撞進人眼裡，梁遇微含起眼，涼涼一笑道：「那是天底下最尊貴的人，生殺予奪全在他一念之間。他和咱們不一樣，皺一皺眉頭，咳嗽一聲，多少人都得喪命。好？不要因為眼巴前的見識，就輕易斷定一個人的好壞。」

大約是苦了這些年，早就看透了世間百態，梁遇對任何人或事的解讀都留有三分，不達極致。月徊太年輕，她眼裡的惡只局限於碼頭上所受的委屈，窮人間的欺壓都是赤裸裸的，很少有誰願意花時間弄那些彎彎繞。而有權有勢的人不同，未必喊打喊殺，把臂之間卻刀刀見血，她沒有領教過，所以她不懂。

橫豎哥哥的話總不會錯，月徊諾諾應下了，仰臉問：「咱們什麼時候回去？我在這裡，總不大自在。」

梁遇悵然望向乾清宮，呼出的氣在眼前凝結成煙，「興許明兒吧，得看皇上什麼時候緩過來。宮裡么蛾子多了，說不定還有用得上妳的時候，且再等一等，等皇上發話吧。」

一入宮門身不由己，月徊只好對插著袖子嘆息。梁遇在前面走著，她在後面尾隨，才到廊下，一個穿朱紅曳撒的人過來，低眉順眼叫了聲老祖宗，「事兒都辦妥了。」

梁遇「嗯」了聲，「給內閣一個下馬威，看他們服不服，要是不服，就接著給咱家敲山震虎。」

承良道是，「秦九安親自押人進昭獄，橫豎姓宋的別想活著出來。還有那些送畫像的，名額全給他們留著呢，老祖宗瞧，接下來是讓番子逐個敲門還是怎麼，聽老祖宗的示下。」

承良一口一個老祖宗叫得歡實，一旁的月徊覺得有些好笑。哥哥才二十五，這樣的年紀被人稱作老祖宗，沒的把人叫老了。可瞧瞧他們，一個敢叫一個敢應，且這宮裡太監似乎都是這樣稱呼，想是人到了一定地位，不做人祖宗對不起頭上這頂烏紗。

梁遇說不急，「離過年還有一個月，剩下的三位勻著點兒收拾，我要讓內閣人人自危，不知這橫禍接下來會落到誰頭上。」話說完，忽然想起月徊還在身邊，他一驚，擔心這樣的算計嚇著了她，誰知她眉眼彎彎，正含笑看著他。一本正經的謀算在她面前，忽然變得滑稽起來。

承良看看他，有點尷尬，之前找人這件事是他承辦的，雖不知道掌印和這女孩之間有什麼關係，但單憑猜測，也知道絕不一般。

他掖著手道：「那什麼……老祖宗的話我記下了，全照老祖宗的吩咐辦。小的這頭沒旁的事了，小的告退。」臨走前還朝姑娘呵了呵腰。

梁遇瞥了月徊一眼，「進去吧。」

月徊跟在他身邊，笑呵呵問：「他們為什麼都管您叫老祖宗？」

「這是司禮監歷來的規矩，大概因為太監斷子絕孫，底下的人獻媚，搶著給上頭當孫子吧。」

月徊「哦」了聲，開始瞎琢磨，「我當著人面兒可怎麼稱呼您呢，也跟他們叫老祖宗？」

這比拜乾爹更複雜，梁遇蹙眉說別，「妳是我的小祖宗，我可不敢承妳這一聲。」想了想道：「就跟著宮人叫掌印吧，人前人後警醒著點就成了。」

月徊說「得嘞」，答得十分乾脆響亮。她是那種扎在哪裡就能落地生根的人，這一天在司禮監廝混，冷了烤火，餓了吃果子。掌印值房裡有個小小的隔間，外人是不能進的，她就踏踏實實在裡頭待了一整天，還嚐了大內專供掌印的膳食，直豎大拇哥，「可比東來順的廚子強多了！」

她不是正經宮裡人，不能在乾清宮點眼，因此皇帝那頭情勢怎麼樣，她也不知道。等到將夜的時候，御前的人來回皇帝病勢，據說比上半晌又好了些，已經能坐起身進東西了。

梁遇舒了口氣，回身對月徊道：「看來用不著等到明兒了，回了皇上一聲，我打發人送妳回去。」

月徊暗裡有些可惜，難得進一回宮，昨兒半夜來，今兒掌燈又出去，沒能著實開一回眼界。不過宮裡步步凶險，她還是早早出去的好，也省了哥哥的麻煩。

於是跟著一塊上乾清宮去，預備給皇帝請個跪安就告退。穿過細密的雪沫子，暮色中巍峨的宮闕豎立在廣袤的天街前，一溜宮燈高懸著，把簷下的和璽彩畫照得熠熠發光。

皇帝還在東暖閣，門上垂掛的金絲絨簾子打起來半邊，隱約能聽見裡頭的動靜。皇帝正用酒膳，膳桌上排得滿滿當當，但他胃口欠佳，只點了一盅金絲燕窩粥捧在手裡，慢慢拿金匙舀著吃。

門上有人進來，他抬了抬眼。月徊見過他幾回，頭前他都是躺著的，看不真切長什麼模樣。這會兒坐起來了，一條攢珠的眉勒束在額上，底下兩道眉毛長得又黑又長。皇帝的眼睛是丹鳳眼，月徊印象中的單眼皮大多伴有腫眼泡，但皇帝不一樣。他的丹鳳眼是古畫上王昭君的眼睛，眼角上翹且狹長，要是斜著瞧人一眼，那了不得，很有眉目傳情之感。

月徊還算自省，她懂得欣賞美，但也要看一看對方是誰。這位是天字第一號，她不敢放肆，很恭順地跟在哥哥身後，一切聽哥哥安排。

梁遇的語氣裡滿含慶幸，「臣仔細問了當值的太醫，主子病勢消退了大半，這回竟比以往利索得多。」

皇帝嘆道：「是啊，早前總要纏綿三四日。」

「臣瞧主子精神頭很好，當真是病去如抽絲。既這麼，臣就讓月徊回去了……」他回頭瞧了瞧她，「宮裡人來人往，免得夜長夢多。」

原本隨口一句應，這事兒就結了，可皇帝卻不然。他微微偏過身，尋找梁遇身後的人，叫了聲月徊，「這趟進宮太匆忙了，妳願不願意再多留兩天？」

月徊大覺意外，茫然看向梁遇，哥哥面色如常，連半點波動也沒有。

若拒絕，皇帝是什麼人呢，既然發了話，哪裡是詢問的意思，分明是下令。月徊掖著手，斟酌了下道：「承蒙皇上抬舉，這是奴婢的福氣。只是奴婢不懂宮裡規矩，只怕不留神捅了簍子，給皇上添麻煩。」

皇帝也才十七歲，少年人臉上總有一段真摯的神氣，笑道：「妳不懂規矩不要緊，橫豎其他人都懂，他們自然與妳方便。」

這回是不能再推脫了，月徊不知接下來是吉是凶，忐忑地拿眼瞄哥哥。梁遇見她遲疑，也不好說旁的，輕聲道：「這是皇上恩典，快跪下領旨謝恩吧。」

月徊的「謝主隆恩」說得山響，聽上去真是感激不盡的模樣。可是留在宮裡總要物盡其用，這帝王家雖闊，也不養閒人。讓再留兩日，時候倒是不長，只是不知道皇帝要做什麼。她有這樣一條嗓子，是福也是禍，她心裡隱隱知道，接下去只怕難得太平了。

「奴婢自小不講究地長大，粗鄙是粗鄙了些，但奴婢端茶遞水還是可以的。」眼下最要緊一樁是攬點活兒，只要不讓她再去蒙那些大臣就好。月徊扶正帽子笑了笑，「或者伺候文房也成，奴婢會研墨。」

皇帝卻說不必，「朕跟前不缺伺候的人，妳留下陪朕說話，解解悶兒，就是妳的功績了。」

留下說話解悶，這裡頭學問很大，月徊平時懂得察言觀色，但對於那些達官貴人們高深的話，理解上頭還是差點意思。她朝皇帝笑得沒心沒肺，梁遇心裡卻有些懸。他不得不預先替她請一回罪，說：「山野間長大的孩子難免魯莽，要是言行上有失當之處，請皇上恕罪。」

皇帝倚在被褥捲成的靠背上，看了月徊一眼道：「大伴不必憂心，朕留她沒有旁的意思，就想聽她說說宮外的見聞，看看朕治下的江山是個什麼樣兒。」

皇帝自小在宮裡長大，大鄴有十四歲開牙建府的規矩，輪到他的時候恰好淳宗皇帝晏駕，他轉頭就登基繼位，因此沒有上外頭走走看看的機會。也許留月徊兩天是實心的，畢竟她和那些太監宮女不一樣，不是從最底下一層層爬上來的，也沒有受過嬤嬤總管的調理。她不會謹小慎微，更不至於在皇帝面前連大氣也不敢喘，有些話她敢說，說得真真兒的，一點也不摻假——皇帝愛聽真話。

梁遇依舊是一副寵辱不驚的神情，鞠身道：「臣是怕她口沒遮攔，在主子跟前放肆。既然主子瞧得起，且讓她伺候著，臣先告退了。」

他說罷卻行，緩緩退出暖閣，只聽皇帝同月徊笑談，「大伴是怕朕吃了妳。」

月徊的語氣輕快，答得也機靈：「哥哥是心疼奴婢，那時候我們家窮，吃不飽穿不暖……後來走散了，哥哥天天兒的想奴婢……」

這丫頭，胡諏起來倒有兩把刷子。梁遇踏出前殿時唇角含著笑，這笑一時沒散開，被站在簷下的承良看見了，他覥臉上來搭話：「老祖宗遇著高興的事兒了？」

梁遇沒理會他，披上斗篷大步往內奏事處去。承良在後頭琢磨，就算不說他也知道，掌印花大氣力找來的姑娘被萬歲爺留下了，御前四個女官再加上這個，勝算又大三成。

既然是欽點，將來後宮論資排輩兒，怎麼著也是個選侍。承良對插著袖子嘿嘿一笑，快步跟了上去，「老祖宗，資治少尹劉棟家前兒才死了個閨女，因他們家老太太還沒落葬，他又是丁憂出缺，姑娘悄沒聲兒的就給埋了，外頭沒一個人知道。那劉棟，原和太后還沾著點親，要是往那上頭靠一靠，咱們姑娘的第一步算是走扎實了。」

梁遇腳下略慢了些，「劉棟？這人慣會趨吉避凶，倒是個不錯的人選。」

承良說可不，「資治少尹好歹是從三品的銜兒，姑娘要是入宮應選，借著劉家的勢，準錯不了。」

這些狗腿子揣摩上頭心思，真揣摩出花兒來，梁遇哂笑了聲，「你瞧她是個當后妃的料麼？」

承良斟酌了下，很虔誠地說：「依姑娘這貌，可有什麼說的。爺爺既出口相留，自是有幾分意思。」

梁遇沒再多言，邊走邊想，真要送上去也不是壞事，畢竟他向皇帝舉薦月徊時，確實有一霎動了那個心思。皇帝是他看著長起來的，要論心性，他還知道幾分，即便年歲越大算計越深，只要他牢牢把持住司禮監和廠衛，這地位便不可動搖。

可是月徊……真填了那個窟窿，他又覺得可惜。站在至親的立場上看，皇帝身子骨太弱，萬一有個好歹，姑娘年紀輕輕的往後艱難，將來也許會恨他這個做哥哥的。

其實要論這步棋，走得很險，月徊既可成為埋在皇帝身邊的眼線，稍有不慎也會成為皇帝牽制他的手段。左思右想都懸心，罷了，還是順其自然吧。

內閣的題本一摞摞送上來，他定了定神坐下蘸筆批紅，一面悠著聲氣兒說：「皇上抱恙，這兩天越性兒做絕，把內閣面聖遞本子的權奪下來，一律由司禮監代呈。規矩是做出來的，早前的票擬雖由咱們貼，但還是有人越過次序往皇上跟前送，這是不拿司禮監放在眼裡，是尋事挑釁，咱家不慣他們這個臭毛病。這回把內閣兩個好事的處置了，對其他人也是個警醒，往後只要題本捏在咱們手裡，該往御案上送的送上去，要是小事兒，咱們能代勞的就代勞了，到底皇上身子要緊，不能委屈了聖躬。」

承良一聽就明白他的意思，什麼叫小事，大小還不全由掌印定麼。前頭幾朝司禮監固然風光，手上實權卻也有限，這輩兒只要穩穩拿下來，那也是功在當代利在千秋的創世之舉。

「這麼著，往後連內閣都要敬咱們幾分。等這規矩坐實了，張恒張首輔見了老祖宗，怕是還得給老祖宗磕頭呢。」

值房裡幾個隨堂都笑起來，一副勝券在握的模樣。

梁遇哼笑了聲，「那些朝廷大員們向來瞧不起咱們，藉著這回畫像的由頭立個威，也讓他們知道知道厲害。橫豎想入仕的人多了去了，只要聽話就給官做，你瞧將來朝堂上還有人敢不敢唱反調。」

他從不無的放矢，所以每一句話都令底下人深信不疑。早前汪軫在時只圖小利，他就算有一展拳腳的心，也礙於受人壓制不得實行。不論哪個行當，新舊交替時總有人戀舊不滿，他這一招是讓整個十二監揚眉吐氣，也澈底堵住了那些人的嘴。

事情既然定下了，就按著這個路數去辦，差事自有底下人出頭料理，那些隨堂一個個摩拳擦掌急於表現，畢竟秉筆的位置如今空了出來，若是辦事得力些，自有他們出頭的時候。

人漸次散了，巡視宮門的巡視宮門去了，上東廠和錦衣衛夜審的也得趕著出宮，值房裡只剩兩個小太監伺候筆墨。梁遇忙時暫且把外面的事撂下了，等手上的題本都批完，才發現戌時了，月徊竟還沒回來。

他轉頭問侍立的人，「今兒哪個輪值乾清宮上夜？」

小太監道：「回老祖宗話，是御前掌班趙小川。」

梁遇擱下筆站起身，「你去乾清宮瞧瞧，皇上這會兒就寢沒有。」

小太監道是，壓著帽子提著袍角，匆忙跑了出去。

他有些忐忑，皇帝大病方愈，照理說不會出什麼岔子的，可再一想彤冊上的荒誕記載……誰知道呢。但願不要如他擔心的那樣，他想起年幼跟他漂泊到異鄉，抱著他的腿大哭想家的孩子，心裡無端一陣抽搐。這宮裡太多迫於無奈的女人打他手上過，事兒不落在自己頭上不知道疼。現在他似乎隱約明白了些，越是明白，就越是彷徨。

他從案後走出來，在地心來回踱步，外面風雪肆虐，乾清宮隔著一個巨大的廣場，從這裡看去渺渺茫茫。御前值夜是有定例的，到了時候不相干的人必須清場，她留在那裡不合規矩。

終於外面有腳步聲傳來，料是小太監來回話了，他定眼瞧門，門簾子一掀，進來的卻是月徊。

她是順著廊廡過來的，雖沒淋著雪也凍紅了鼻子，進門直跺腳，嚷嚷著好冷。

梁遇鬆了口氣，讓她到炭盆前坐著，自己倒了杯熱茶遞過去給她，「怎麼留了那麼長時候，皇上和妳說什麼了？」

月徊吹開茶葉啜了一口，「也沒什麼，就是閒聊，聊廟會、琉璃廠什麼的。」

「沒說旁的？」梁遇拋了顆棗兒進炭火裡，「鬆口什麼時候讓妳回去了麼？」

炭盆上熱氣升騰，帶著棗香的熱浪隨即擴散開來，屋子裡甜意瀰漫。月徊說沒有，一縷頭髮從帽子邊緣落下來，她抬指繞到耳後，「不過放了恩典，明兒領我四處逛逛。」

梁遇不贊同，「身上才好，天寒地凍不宜走動，萬一因妳再受風寒，任誰也吃罪不起。」

月徊從炭火上抬起眼來，那面色因灼熱薰得桃花一般，「哥哥放心，我推辭了，也不知能不能讓皇上打消念頭。等明兒我再辭一回，就說我怕冷，不願意出去，謝謝皇上好意。」

梁遇這才點頭，頓了頓問：「妳能擬聲這事，後來提起過麼？」

月徊笑道：「誇我來著，說怎麼那麼大本事呢，學得挺像。」言罷略一猶豫，怯怯望向他，「哥哥，我知道這不是好事，皇上會不會提防我將來假傳聖旨？」

梁遇愣了下，原來這孩子通透得很，他的左右兩難被她一語戳破，其實早在他向皇帝舉薦她時，她就沒有第二條路可走了。

他嘆了口氣，「所以妳要讓皇上信任妳，咱們終究人在矮簷下，有些時候不得不委曲求全。不過妳的那手絕活，確實稀奇得很。妳是單會學一類人呢，還是男女老少都能行？」

月徊搓著手說：「年輕男女學得像些，上了年紀的得琢磨琢磨。」

梁遇也是一時興起，試著問：「學我呢？能行麼？」

月徊眨著那雙大眼睛，裝模作樣道：「那得琢磨琢磨。」

梁遇一愣，才發現自己被她繞進去了。

把梁掌印氣了個仰倒，月徊頓時大為得意，瞧他平時四平八穩的，原來也有發怔的時候。但他的聲音需要雕琢是實話，這種涼薄貴公子的味道很難學，不像皇帝還是少年音色，容易模仿。

她站起來掐腰吊嗓，架勢擺得很足，梁遇抱胸看著她，好奇她能學成什麼樣。

結果她穩穩拿捏住他的嗓子，「咱家有的是銀子，笑一個一錠，脫衣裳百兩……咱家問你，脫是不脫？」語氣惡狠狠的，說完齜牙，朝他一笑。

這是掌印大人喝花酒去了呀，那語氣聲調惟妙惟肖，要是沒看見臉，就算是他最貼身的下屬也分辨不出來。

梁遇驚詫之餘又有些氣惱，板著臉叱了句胡鬧，「誰讓妳挑這句說的，叫人聽見像什麼話！」

月徊還是嬉皮笑臉，「您讓我學，又沒讓我說哪句，我愛說什麼，您管得著嗎。」言罷話鋒一轉，又講起情義來，「我是想著呀，您怪寂寞的，給您找點樂子。我那天問了曹管事，問哥哥平時靠什麼解悶吶，曹管事想了半天，說沒有，了不得就是看看經書，再抄抄經書。您說您和經文較勁有什麼意思，您得看看外面。」她說得眉飛色舞，在自己胸口拍了拍，「哥哥，我知道很多好玩兒的去處，等開了春，我帶您去逛逛。什剎海那片，到天兒暖和了有畫舫遊湖，以前我和小四窮，只能趴在欄杆上瞧……裡頭好多漂亮姑娘啊，梳著墮馬髻，敞著胸懷……」說到最後發現不大對勁，偷著覷覷他，忙住了口。

梁遇不由嘆氣，「妳是為了看漂亮姑娘，才鼓動我去喝花酒的？」細想想，自己這麼威嚴一個人，往常個個都怕他，誰知她回來了，胡天胡地什麼都敢說。

月徊笑得訕訕，「我就是想跟著哥哥見世面，也給哥哥解悶兒。」

梁遇依舊不悅，「皇上那頭呢？妳也是一頓天花亂墜，說那些喝花酒的事？」

月徊心虛起來，她沒法子告訴他，皇上真被她說動了，約好挑個晴朗日子出去長見識。

她支吾了聲，退回杌子上坐著，蹬了靴子把腳抱在懷裡，東拉西扯著，「宮裡小太監過得真不易，這鞋還是單的……哎喲，可凍壞我了。」

梁遇看她那模樣，再也不指望她有什麼閨秀風範了。不過鞋是單的，這樁倒是真忘了，忙揚聲喚人送厚棉襪來，讓她加在靴子裡頭。她收拾腳的時候，他不便看，轉過身去歸整案上題本，一面叮囑：「在我面前隨意些不要緊，在皇上跟前千萬留神，別什麼話都說，也得知道凡事留三分的道理。還有妳那條嗓子，我知道妳有能耐，能耐該顯的時候顯，該藏的時候也得藏著。要是皇上再讓妳學別人，記好切不可大包大攬，就是能也得說不能，因為會的越少，活得越長，知道麼？」

月徊其實什麼都明白，就算他不吩咐，她也不打算再在皇帝面前顯擺了。皇帝話裡話外也曾打聽過，問她會學哪些人，她笑著說：「我這嗓子學年輕爺們兒還行，學旁人可就不成了，要是天底下人我都能學，那不成神仙了！」也算藏拙吧。

心裡明明都知道，但她有時候願意悶著，不肯說出來。這些年在外頭漂泊，讓她知道裝傻充愣才能明哲保身，要不是番子消息靈通，打探出她的這手絕活兒，她甚至連哥哥都想瞞著。

哥哥和小時候那陣兒，確實大不一樣了，經歷得太多，會忘了自己是誰。她轉過頭瞧，他背對著她，玉帶束出纖細的腰，下裳是雲錦織成的，暨襉間有環身的膝襴，襯著那緞面，在燈下迴旋出虛浮的銀芒。

這麼美的人啊，真可惜了。她撐著臉問他：「您這大官兒當的，高興嗎？」

梁遇手上微頓了下，他也問過自己這個問題，最後發現高不高興並不重要，重要的是活著，進而掌握更大的權利，攪動起大鄴王朝的風雲。

他將手裡的朱砂墨放進盒子，啪地一聲關上盒蓋，垂著眼睫道：「人活於世，常被無量眾苦所迫，人生來就是受苦的。我不在乎活得高不高興，我只在乎活得好不好，自由自在三餐不繼，還快活麼？既喘著氣兒，就該幹點什麼。」

月徊遲遲道：「我以前在碼頭上混，鹽商糧商們見了廠衛，活像見了太歲。他們罵那些緹騎和番子，也罵背後掌權的人，那時候我還沒認您，覺得他們罵得對，現在越想心裡越不好受，原來他們罵的是您，我還跟他們一塊兒罵來著，真是罪過。」

梁遇回身一笑，「這世上有不挨罵的官麼？辦了壞事百姓罵，辦了好事權貴罵。百姓罵至多耳根子發熱，權貴罵可是連腦袋都保不住，孰輕孰重，妳是聰明人，不會不明白。我知道妳在琢磨什麼，見了內閣咄咄相逼的陣仗，想讓哥哥捲些錢財辭官，上外頭逍遙快活，是不是？」

月徊說是啊，「我想讓您從良，別留在宮裡了。」

她很機靈，但有時候用詞實在古怪，梁遇無奈道：「那不叫從良，窯子裡的粉頭才從良呢，那叫致仕，叫退隱。」

「管他叫什麼，橫豎不做東廠提督了。」月徊唉聲嘆氣地說：「其實我們罵錦衣衛，暗裡也眼熱那些吃公糧的人，所以我想讓小四走那條道兒，挨罵也沒什麼，不挨罵長不大嘛。可我瞧見您，在這宮裡也不那麼自在，那些讀書人擠兌您，他們八成打心眼裡的瞧不起您。」

這話說到梁遇心縫裡去了，也只有最親的人，才見不得他受委屈。

「那個擠兌我的人，這會兒已經見閻王去了。還有那些瞧不起我的，用不了多久我就讓他們跪在我腳下，管我叫祖宗。」他踱過來，在她肩頭拍了拍，又長嘆，「我身在其位，這輩子都沒法抽身了，外頭仇家太多，今兒辭官，明兒就有數不清的人撲上來，喝我的血吃我的肉，為了活命，我也得繼續在這位子上霸攬下去。再說我從秉筆到掌印，花了整整六年，六年裡多少血淚，拿一輩子的榮華富貴來償也償不盡，讓我抽身……絕無可能。」

他說這話的時候，臉上帶著陰冷入骨的神情，看來想勸他挾資遠遁是沒戲了。她倒也不是失望，只是覺得東廠頭目不好當，她雖不在乎名利，也擔心他遺臭萬年。她倒算了，那麼長遠的事，擔心不過來。她調過視線，又見他腕上那串金剛菩提，倒覺得有些奇怪，「哥哥怎麼會信佛呢？」

看經書，抄經文，連府邸都建在寺廟旁，不大像他的作風。

梁遇道：「因為惡事做得太多，盼佛祖保佑我下輩子做個好人。」自覺風趣。

月徊聽了訕笑，也算笑得賞臉，但哥哥說笑話的本事實在不怎麼高明，他還是板著臉教訓人更合適。

梁遇也有自知之明，尷尬地摸了摸鼻子。外面雪還在下，到明兒早上大約又要堆積起來了。這寒冷的夜，屋裡生著火，也沒有外人，倒是難得的愜意。

「等天暖和些，別去看人喝花酒了，我帶妳去見個朋友，他叫煉心，是寒山寺的和尚。」

「和尚？」月徊覺得不可思議，他這樣的人，會有個做和尚的朋友？

所以世上緣法就是這麼奇妙，梁遇負手道：「妳不是愛作詩麼，他也會。他給自己的法號找了個出處——一朝朱牆別傾城，杖上履下聽梵聲。草木江湖娑婆境，萬丈紅塵自煉心。將來你們要是有緣得見，可以以詩會友。」

月徊一聽舌頭都麻了，就她那首雞蛋打鹵麵，還是別上人家大師面前點眼了吧！

她連話也不敢應，含糊敷衍著：「我覺得……姑娘比和尚好看……哎呀，我今晚睡哪裡？昨兒半宿沒得好睡，您瞧我這眼皮子，都快耷拉到肚臍眼了。」

她不是宮裡當差的，既不屬太監也不屬宮女，安排起來確實不方便。倘或他放心，宮裡圍房多得是，隨便收拾出一間來足以安頓她，可這黑燈瞎火的，她除了他誰都不認識。宮裡那些挨了刀的裡頭，常有心術不正者，萬一驚擾了她，那怎麼好！

不必想別的去處了，梁遇道：「就睡這裡，後面有張榻，對付一夜，剩下的明兒再說。」

橫豎月徊是不挑揀的，這宮裡兩眼一抹黑，讓住哪裡都可以。

她起身往簾子後頭去，邊走邊調侃：「您不讓人知道我是您妹妹，又這麼處處顧念我，叫別人怎麼說？別回頭我在宮裡幾天，毀了您的一世英名，往後該有人往提督府送小倌了。」

她整天沒正形，梁遇也不拿她的話當回事，只說別胡鬧，叫人送了桶熱水來，放下金絲簾容她擦洗。

裡頭水聲嘩嘩，他一個人孤單了太久，即便聽見絞帕子的聲音，心裡也生出家常的溫情來。

宮裡一應都有人伺候，等她洗完，小火者把水桶撤了下去，月徊從簾後探出腦袋，「您睡哪兒？昨晚一宿沒闔眼，今晚不歇不成，啊？」

梁遇「嗯」了聲，「我在躺椅裡湊合一晚，妳睡吧。」

月徊聽罷舒舒服服躺下了，掖著被子說：「我記得逃難那會兒，我和哥哥睡在一處，沒想到這麼多年過去了，睡下了睜眼還能看見哥哥，可真好。」

那段年月現在想起來真是苦不堪言，好在都過去了。

梁遇怕她夜裡冷，摘下椅背上的斗篷進去替她蓋上。她睡在他的被臥裡，眼眸明亮地望著他，雖長到十七歲了，那張團團的臉上仍稚氣未脫。

「我這兒暖和著呢，您自己留著吧。」她這麼說，他還是把那件猞猁孫斗篷替她壓在被褥上。

「值房裡沒有炕，只怕後半夜涼，妳要是冷，我命人灌湯婆子來。」

月徊笑著應了，鼻子卻有些發酸。早前一直無依無靠，她沒受人這麼知冷暖地疼愛過，現在找到親人了，這輩子的福氣到這裡才又續上。

只是她也好面子，不願意讓他看出自己要哭鼻子，忙擰過臉撞進枕頭裡，擺手說：「我火氣旺，不怕冷。」一面使勁嗅了一口，「哥哥的被窩可真香！」

梁遇是個精緻人兒，對吃穿用度皆有講究，他用的薰香當然也不一般，傳聞是黃帝封禪時焚燒的香，燒上一截三日不散，有個名字叫沉榆。

月徊打從頭一回撲到他懷裡聞見這種香，就生出了覬覦之心，現在躺在這種香氣環繞的被窩裡，臉上神情簡直堪稱貪婪。

她鼻息咻咻，那模樣像個無恥的登徒子，鑽進姑娘的被窩要做盡無恥之事。梁遇有些無奈，這妹妹在市井裡廝混了太多年，剛回來那陣兒還知道裝一裝，現在可說是原形畢露了。

他嘆了口氣，把她的臉從枕頭裡挖出來擺正，「男人的香有什麼好聞的，等明兒我讓造香處把大內的香全搬來讓妳聞個痛快，喜歡哪樣就留哪樣，帶回去給妳薰衣裳。」

月徊笑得眉眼彎彎，她笑著的時候最好看，彷彿世上從來沒有悲苦，她是個在糖罐子裡泡大的孩子。

這笑能傳染人，也帶出了他的輕快，他替她挑開拂面的髮絲，輕聲道：「睡吧。」

月徊在哥哥面前永遠長不大，奇怪得很，即便十一年沒見，重逢那刻起她就開始全身心地依賴他。別人都說梁遇心狠手辣，可在她眼裡，他是世上最溫柔的人，他們詆毀他，只是因為他高高在上，他們怕他。

她老實闔上了眼，但眼皮子闔得不嚴，中間留了道縫兒，從那一線天光裡偷瞧他。

梁遇舉手投足間，總有一股不緊不慢的從容勁，那是風煙俱靜的澹寧，是濃麗優雅的富貴氣象，就是那種游刃有餘，很令月徊羨慕。她看他走到案前，把堆得高高的題本齊整碼好，由於睡榻和長案對角的緣故，瞧不見他的臉，只有一個側影，頭髮一絲不苟地束起，低頭的時候寬鑲領緣下露出一截脖頸和玲瓏下頷，這時候的掌印大人，清嘉得像一幅畫。

不過直盯著一個人，那人早晚會察覺，他忽然回過頭，嚇得她忙閉緊了眼。他猶疑地喚了聲：「月徊……」

她哪裡敢應，咬緊了牙關只管裝死，他略等了等，不見她有動靜，便作罷了。

值房裡值夜，不像尋常那樣講究，他草草洗漱後便和衣躺下了。月徊因自己霸占了他的床，又霸占了他的斗篷，怕他夜裡冷，想看看那個暖爐在不在他跟前。結果剛撐起身子，就聽他慵懶的嗓音響起來，「時候不早了，快睡吧。」

其實他一直知道她在偷看，卻好性兒地沒有戳穿她，月徊吐吐舌頭，「哥哥冷麼？」

梁遇說不冷，「妳料理好自己就成了。」

她「哦」了聲，想了想又問：「咱們明兒早上吃什麼呀？」

真是個囉嗦丫頭，梁遇閉上了眼，「想吃什麼都有，點心餑餑燕窩粥……」

「羊眼包子有沒有？」

梁遇開始頭疼，「別吃羊眼包子了，吃雞絲窩麵成嗎？我讓他們預備……」

「那個也成。」月徊琢磨了下說，「要加多多的醋。」

「好。」

「那明兒中晌吃什麼呀？」

孩子的聒噪有時候真讓人受不了，梁遇勉強壓下了要教訓她的衝動，耐著性子說：

「宮裡膳房有各路廚子，妳想吃什麼有什麼。梁月徊，妳剛才不還說眼皮子耷拉到肚臍眼了嗎，如今怎麼不睡，還有閒心在這兒琢磨吃的？」

這下子她不吭氣了，隔了好半晌才自言自語地嘟囔：「我就是想和您說說話……」

單這一句，就把心火澆滅了一大半。梁遇抬眼看著屋頂的稜子，心裡有些悵然，兄妹倆這樣親近的機會不多，將來她有了男人孩子，見了他至多笑一笑，說句「哥哥來了」，哪裡還會不依不饒問明早吃什麼，中晌吃什麼。

「月徊，要是這回皇上不放妳回去了，妳打算怎麼樣？」他試探道：「其實就算留在宮裡也沒什麼，橫豎我在……」

可是等了等，不見她回應，他撐身回頭看，見她擁著被子，已經睡著了。

雪下了一夜，將要天亮的時候才漸漸停了，乾清宮前的廣場上積了厚厚一層，風從上頭吹過來，嚴寒之上更添嚴寒。

月徊是頭一回看見宮裡掃雪的場面，幾十個小火者一字排開，推著半人高的木板刮過天街，後面又跟幾十人揮著竹枝紮成的笤帚清理磚縫。因天兒太冷，腳下的殘雪碾碎變成了薄冰，人在上面走過直打滑，才半柱香時候，接連有好幾個人摔了。

從最底下一步一步升上來，該有多不易！月徊站在簷下遠望，恍惚看見了十四歲的梁遇清掃天街的模樣，昨天他說的那些話，她到這會兒才咂摸出點滋味來。官場上升遷就像玩賭局，本兒下得越大，越不容易收手。這紫禁城真是個奇怪的地方，困住了那麼些人，跟個囚牢似的，偏偏這牢獄裡頭還要分出個三六九等來，有人坐在雲端上，有人匍匐在塵埃裡。

迴廊那頭有小太監抬著食盒過來，送的正是說定的雞絲麵。月徊一早上沒見著哥哥，不知道飯點兒上他去了哪裡，正四下張望，昨兒回事的那個太監抱著拂塵進來，笑道：「別等掌印啦，您自個兒先用吧。」

這人也算眼熟，月徊笑了笑，「請問公公，怎麼稱呼吶？」

那太監「喲」了聲，「可不敢承您一聲公公，您叫我承良就是了，我是司禮監的隨堂，專給咱們老祖宗打下手的……」說著把聲兒矮下去，四下看了看，見近處沒人，才壓聲道：「像找姑娘這件差事，當初就是我奉命承辦的。」

月徊立刻一臉感激模樣，「那我可得謝謝您。」手裡的蓋兒揭開了，待要動筷，又有點不好意思，拿手指了指，「您用過了麼？要不……一塊吃點？」

承良失笑，這宮裡上到太后老娘娘，下到宮女嬤嬤，沒一個像她這樣的，民間生過根的就是會來事。

「您快別客氣，我早用過了，候在這兒就為聽您差遣。」

這司禮監原不是等閒衙門，裡頭的人跑出去個個是爺，月徊早前怕這號人，這會子屎殼郎變知了，輪著他們來巴結了。可饒是如此，她也還是不大自在，僵著臉皮扮笑，說：「讓我差遣您，那我可不敢……怪我睡得死，早上起來就沒見著掌印，他老人家這會兒忙什麼呢？」

承良掖著手道：「不怪姑娘起得晚，是咱們這兒忒早了。宮裡歷來是這樣，雞起五更雷打不動，不光底下辦差的，連皇上也是一樣。今兒有朝議，卯初臣工們在朝房數人頭點卯，卯正萬歲爺擺駕保和殿，咱們老祖宗隨駕上朝去了。」說罷一笑，「不過打明兒起，可不是『隨駕』了，是正經官員上朝議事。您不知道，早前司禮監雖是十二衙門裡的大拿，可照著宮規家法還是奴才衙門，奴才只管辦差，不得和文武百官同朝。如今好了，咱們老祖宗開了這個先河，往後就是朝臣，能和內閣分庭抗禮。頭前內閣的那幫書蟲人五人六，姑娘也瞧見了，自打昨兒狠狠做了規矩，這回可老實了，皇上要提拔司禮監，誰敢說半個不字兒！」

月徊恍然大悟，怪道哥哥昨兒說，要叫那些反叛跪下叫祖宗呢，這才一天光景，事兒竟辦下來了。到這時不由感慨，權力果真叫人沉醉，撇開那些不長進的不說，但凡願意登高的男人，這東西可不是最有意思的玩意兒嗎？

雞絲窩麵吃得草草，胡亂扒了兩口就上外頭等好信兒去了。結果等了半天，沒等見梁遇，皇帝倒是先回來了。

冠服端嚴的皇帝和抱病時不一樣，年輕是年輕了點，但不減其帝王威嚴。一溜大紅吉服的太監抬著九龍肩輿從乾清門上進來，天光透過曲柄金頂繡龍黃金傘，瀉下一層金棕色的柔光。他在那片皇權庇佑的陰影裡坐著，起先無情無緒的樣子，但看見她，就露出淺淡的笑來。

「月徊。」皇帝叫她一聲，領班太監忙擊了擊掌，肩輿穩穩停下了。他倚著扶手居高臨下問她，「妳吃了麼？」

萬歲爺這一問，家常得不像話，彷彿村口每日經過的小秀才，見誰都是笑咪咪的——「您吃了麼？」

月徊忙鞠下腰，垂手低頭道：「奴婢給皇上請安。回皇上話，奴婢吃了，吃雞絲窩麵。」

「就這個？」皇帝因昨晚上和她相談甚歡，說話並不端著，盛情邀請她，「朕過會兒要傳吃的，妳來不來？」

月徊有點納悶，「您視朝前沒進東西，就一直餓著？」

皇帝說也不是，「朕吃了兩個竹節卷，沒吃飽，打算回來接著吃。妳呢？愛吃什麼，朕讓人預備。」

月徊到底是個姑娘，不好意思張嘴要吃的，只說：「奴婢才吃完，這會兒不餓，多謝皇上恩典。」

可皇帝想了一圈，這宮裡除了御膳，沒有別的能讓她品出好來了，不在吃上頭做文章，恐怕留不住她。

關於月徊，有種緣分叫一見如故，其實說來有些荒誕，這世上誰都能憑義氣辦事，唯獨皇帝不能。自小老師教他遵皇子風範，等到了登基時，太后又把他傳去結結實實教導了一通，要他時時顧全人君體面，因此他不常和人接近，更沒有一句閒話可同人聊。

若說最親近的，這些年就數大伴。梁遇是他六歲那年到他宮裡的，雖說本是個伺候人的宮監，但自己著實信賴他，倚重他。或許也是因為這個的緣故，見了梁遇的妹子，又是年紀相仿興趣相投的，就想留下她。

人慢慢有了年紀和閱歷，一些東西流水似的逝去，他每常回憶，深深眷戀，要是可以，情願不要長大。然此一時彼一時，人的身分變了，處境也得順勢而變。自己當了皇帝，大伴便得替他管著司禮監，管著東廠錦衣衛，這些權柄是皇帝的膽兒，沒有不成。大伴忙，於是身邊最要緊的那個位置出缺了，月徊成了最好的補給。她和梁遇是一根藤上下來的，且又有另一番風味，他的私心作起祟來，忽然明白一個道理，只要留住了她，梁遇就是栓了線的風箏，飛不高，拽得住。

因此皇帝極盡誘哄之能事，「早上吃不了，就想想晌午的膳食，白扒廣肚、菊花里脊、清炸鵪鶉、紅燒赤貝……下半晌朕閒著，還能教妳製香，怎麼樣？」

皇帝坐在高高的御輦上，低頭說話的樣子像路遇街坊，字裡行間透出脈脈溫情。

月徊不敢造次，謹慎地呵了呵腰，「奴婢不敢在皇上面前討吃的，奴婢只知道伺候皇上。皇上讓奴婢做什麼，奴婢就做什麼，奴婢聽皇上的示下。」

第五章　朱牆宮深

但是她不傻，她暗裡也覺得心驚，昨兒夜裡她和哥哥閒聊的那些話，有吃食也有薰香，今兒這麼巧，皇帝拿這兩樣來騙她，究竟是有人聽了壁角，還是皇帝蒙對了？

她是前兒半夜進宮的，也就昨天囫圇待了一整天，政局上那麼多的針鋒相對，她窺見的不過是冰山一角。皇帝病癒後留了她兩個時辰，她陪著說外頭的見聞，告訴他什麼叫「響閘」，碼頭上卸糧食的工人打著赤膊怎麼偷糧食，說得繪聲繪色，皇帝也聽得很高興。

這是關在富貴窩裡頭的金絲鳥，瞧著華貴，手握江山，但底層的那些辛苦他欠見聞，因此一遞一聲詢問也不拿大，很有虛心求教的意思。月徊願意和他說，說到高興處不覺得他是皇帝，就是年紀差不多的一個閒人，聊起來也是閒聊。可她好像真的有點兒忘形了，忘了人家是什麼身分，忘了這紫禁城裡的一切都隨他心意處置。她不知道哥哥有沒有察覺，橫豎她心裡先忐忑起來。昨天的沒上沒下，到這裡就該打住了，別因自己一時口沒遮攔，給哥哥招去什麼禍患。

沒見過豬肉，但她見過豬跑，乾清宮裡伺候以太監為主，司禮監又都是太監當值，那些辦差的怎麼說話，怎麼謹小慎微聽示下，她能學個十成十。

皇帝對她忽來的正經沒作什麼評斷，不過淡淡一笑，然後收回視線坐正身子，望著前方寬闊的廣場道：「過會兒來吧，還有些事，朕要和妳說道說道。」

月徊又彎下半截腰，帽子兩角的紅繩細纓垂下來，在晨風裡輕搖。

伺候鑾儀的太監們受過調理，他們穿著紫禁城裡最體面的吉服，每個人一樣高矮，每一步也是一樣大小，肩輿在他們肩頭穩穩的，上坡下臺階紋絲不動搖。一行人神氣活現抬著皇帝往乾清宮去了，月徊目送聖駕走遠，這才直起身問一旁的承良：「萬歲爺回來了，咱們掌印怎麼沒回來呢？」

承良說不急，「今兒才在前朝站穩腳跟，接下來還有好些事要處置。再說這宮裡主子多，像先頭老皇爺留下的老娘娘們，除了發落到陵裡守陵的，剩下的全養在壽康宮和壽安宮。十幾號人呢，要吃要穿還不愛找別人，專找老祖宗，老祖宗又不好推辭，少不得親自過問，實也艱難。」他搖了搖腦袋，「今兒八成又有鬧事了，依著我說，大海架不住瓢舀，這麼下去事多傷身，理她們幹什麼！」

月徊不好多嘴，只道：「能者多勞，宮裡老娘娘都有道行，是寧撞金鐘一下，不打破鼓三千。」言罷整了整冠服，笑道：「得了，我上皇上跟前伺候去了，回頭掌印要是問起我，請替我應一聲。」

她一併足，一頷首，簡直把太監行當的架勢學到家了。承良愣了一會兒，見她沿著御道旁的甬路疾步去了，要是不瞧臉，光看背影，像個沒長成的半大小子，沒頭沒腦透出一股子機靈勁兒。

御前的每一樣活計都有專人伺候，譬如上茶水，換衣裳，這些外人不能插手。月徊懂規矩，暖閣的簾子放著，裡頭一點聲響也沒有，她就在門旁侍立。等到托著黃雲龍包袱的太監退出來，裡間揚聲叫月徊，她忙應個「是」，垂手邁進暖閣。

皇帝才換上常服，鮫青如意雲紋曳撒的領緣鑲了一圈狐毛出鋒，襯得面色冠玉一樣。因前兒大病了一場，到昨兒入夜才緩過來，眼下還有青影，但氣色比之昨兒已經好了太多，人也顯得很精神。

他面前放著一盤棗兒，個個長得赤紅，往前推了推道：「這是回疆才進貢的，朕嘗了一個，很甜，料妳也喜歡。」

這樣節令還能看見棗兒，確實招人稀罕。月徊瞧了一眼，笑得有點靦腆，「這是御用的，奴婢不敢僭越，皇上自個兒吃吧。」

皇帝笑起來沒有稜角，從裡頭挑了個圓而飽滿的遞過來給她，「妳不必拘著，朕不常吃這個，怕克化不動，至多嘗個鮮。所謂御用，進了宮的都是御用，朕吃不完那些，還是得四處賞人。」

月徊只好雙手來接，一面托著一面謝恩。皇帝讓她吃，她沒法子，側過身，拿牙在上頭犁了一道。

「怎麼樣？」皇帝覷著她的臉色問：「甜麼？」

月徊對於山珍海味的品鑑差點兒火候，對地裡長出來的東西卻很有研究。她仔細品了品，「其實御供的東西不一定好。」

皇帝含著高深的笑，「怎麼說法兒？」

「您嚐過鹽鹼地裡長出來的果子麼？」她舉著棗兒搖了搖手，「奴婢早前……大概三年前吧，跟著鹽船上山東去過一趟，那兒一片連著十八個營，一色的鹽鹼地，地上長毛似的，遠看白茫茫一片，什麼莊稼也種不出來，唯獨能長棗兒。那種棗兒，有我拳頭那麼大，等長熟了，掰開直拉絲，就是那麼甜，比這貢棗兒可強多了。」

她痛快說完了，忽然發現太過耿直會讓萬歲爺下不來臺。人家好心請你吃棗兒，結果你不領情，還嫌它不夠甜，這可怎麼說話的！

她愣了下，怔忡瞧皇帝臉色，忙又尷尬地補救，「我不是說這棗兒不好，它瞧著油光鋥亮的，要論賣相比我說的拳頭棗兒好……我也知道御供，都得是吃口好又漂亮的……那拳頭棗兒上長斑，容易招蟲，果農摘它，爭如蟲口下搶食兒吃。卑賤東西自然上不得京，也沒法子得見天顏。」

皇帝聽了，慢慢頷首，「其實妳說得也沒錯，真正的好東西進不了宮門。譬如茶葉，縣官吃明前，州官吃雨後，皇上吃陳茶，這是官員們心照不宣的規矩。」

月徊不大明白了，「按理說新茶比陳茶好啊，怎麼讓您喝陳茶呢？」

皇帝眼裡浮起一點嘲訕的神氣來，「因為養刁了皇上的嘴，將來不好糊弄。倒不如打一開始就讓你喝陳茶，喝慣了陳茶的嘴不會挑剔，明前新茶數量有限，怕應付不了，只要皇上不知道世上有好東西，陳茶也全當好茶喝，地方官員可不輕省了麼。」

月徊才算開了眼界，原來做皇帝還有這樣的委屈。她一直以為皇帝是占盡天下便宜的人，誰知道七品芝麻官敢給皇帝喝下腳料，如此欺君罔上，竟還成了約定俗成的「規矩」。

她簡直有點同情他了，「您沒喝過明前？不要緊的，等奴婢回去，專請人給您踅摸。眼看年尾了，再等三四個月就能摘茶，到時候讓人候在茶園外頭，給您收頭一造兒新茶。」

皇帝聽了她的話，心裡升起一點小小的感動。他們倆是一邊兒大，一樣的年紀，沒有太深的心思，想起什麼就說什麼了，都是肺腑之言。

他輕輕嘆了口氣，「妳不用忙，跑得了茶園，治不完大鄴的黑心肝，所以朕要大伴這樣的膀臂，來替朕肅清吏治。」

月徊的胳膊肘到底是往裡拐的，既然話趕話的說到這裡了，要是不趁機替哥哥美言兩句，豈不是對不起這樣現成的機會？

只是還需掂量著些，要點到即止，不能顯得太過刻意，於是道：「哥哥老說我不懂，不願意和我細說朝裡的事，可我知道他對主子掏心掏肺。原本我這樣的人，哪來的福氣上萬歲爺跟前獻醜，哥哥那時候只想著救急，什麼也顧不上了……」她微頓了下，緩緩搖頭，「唉，前兒我也瞧出您的不易了，人吃五穀雜糧，還不許人身上不好……皇上要整頓吏治，應該的，哥哥能為皇上分憂，是我們祖上積了大德了。」

皇帝聽她字斟句酌，一個慣說果子鹽糧的人，這麼文縐縐談官場吏治實在難為她。

「朕知道大伴忠心，對朕忠心的人，朕願意抬舉他。」他說罷，抬眼又問，「你們家如今只你們兄妹兩個？沒有旁人了麼？」

月徊道是，「咱們是苦出身，親戚朋友多年不見，早散了。」

皇帝沉默了下，復又道：「朕這兩日正琢磨一件事，既然你們家裡沒人了，妳何不留在宮裡，上朕跟前做女官？朕是想，大伴經年累月在宮裡辦差，妳要是留下，兄妹兩個也好有個照應，妳說呢？」

月徊眨了眨眼，一時不知該怎麼回答。

留人這事，她心裡也有準備，畢竟妳一憋嗓子就能發御旨，是個人都不敢放妳出去散養。只是真進宮做女官，她又不大情願，她還想不時見一見小四，要是進了宮，這輩子可就交代了，像螃蟹撅斷了腿，最後只能被人蒸著吃嘍。

「宮裡選人不是都有定例嗎，奴婢空有報效的心，沒有報效的命。」

她推得很委婉，皇帝是何等聰明人，這一下就明白了。

月徊說完這話捏著心呢，照理說他這樣的人要幹什麼，犯不上和你商量，不過一句吩咐就完事了。這會兒特特和她說，其實這皇帝也不像戲文裡唱的那麼霸道。

她又細瞧他一眼，奇怪這樣的天之驕子，碰了個軟釘子，好像並沒有任何不悅的跡象。他甚至習慣性地笑著，只是這笑帶了點遺憾的味道，倒叫她不大落忍。

「也是……」皇帝道：「要進宮，非得仔細斡旋，朕該先問問大伴可不可行。不過朕也想聽聽妳的意思，到底宮裡規矩繁瑣，又成天圈著不得自由，怕妳心裡不情願。」

話說到這裡，似乎沒什麼退路了，好在月徊有隨遇而安的精神，留在宮裡也不要緊，只要哥哥在，吃不了虧。

她說也成，「早前奴婢見過官府招募宮女子，只要是平常好人家的姑娘都能參選。雖說我哥哥是司禮監出身，可也算得好人家，我怎麼不能呢。」

但是這所謂的「能」，也許只停留在女官的品階上，再也沒有更上一層樓的希望了。

皇帝輕吁了口氣，揚聲喚來人。門外站班的太監入內聽令，垂手道：「奴婢請萬歲爺示下。」

皇帝朝外瞧了一眼，「傳梁掌印來。」

小太監應了個是，匆匆出去傳旨，可不多會兒又進來回話，說慈寧宮也傳了梁掌印，掌印這會兒正在太后跟前伺候呢。

歷朝歷代的皇太后都住慈寧宮，如今的太后也不例外。

太后娘家姓江，父輩的官兒做得極大，在閨中時就是內定的太子妃人選。及到先帝淳宗爺即位，尊顯榮太后的令兒冊封皇后，江皇后在坤寧宮的后位上坐了整整二十年，這一輩子可說順風順水。

過於平坦的人生沒有紋理，江皇后管理後宮不太在行，但好在婆婆活得長。前頭顯榮太后活到景熙十七年才過世，江皇后真正像樣挑大梁，也不過短短三年時間。

三年光景，不夠一個慣會使小性子的皇后成長。升作太后的那天她不肯移宮，坐在坤寧宮裡大發雷霆，拍桌子摔碗暴喝：「我是皇后，我不當太后！」然後哭先帝，怪先帝讓她當了寡婦，她本可在這皇后的位分上一直坐下去，畢竟皇后比太后聽上去年輕，那年她才三十八，當上太后就老了，也算對年輕的不屈眷戀。

後來還是內閣元老們合力勸諫，她才勉勉強強讓出了坤寧宮，但這慈寧宮怎麼看怎麼覺得不順眼，甚至動過一個念頭，要把坤寧宮的牌匾摘下來保管。又是一頓軒然大波，沒人贊成她的做法，畢竟禮不可廢，乾坤本為一體，將來皇帝娶了親，那個匾額是給新任皇后的。江太后沒法子，讓人拿紙把慈寧宮的慈字蒙住下半邊，變成了茲寧宮。慈字沒了心，也不知是在發洩自己的不滿，還是在暗諷皇帝沒有孝心。

梁遇接了太后傳召，撂下手裡公務過來，繞過影壁就見西邊院兒裡堆了個很大的雪人，奇形怪狀的模樣，胸前插著一支拂塵，戴著命官的烏紗帽。太后慣會譏諷人，這裡頭又有一重意思，看來他入朝議政的消息，早就已經傳進慈寧宮了。

他一哼，提袍登上臺階。殿前站班的人見他來了紛紛施禮，他昂首邁進門檻，太后人在東暖閣，他人還未至，臉上便先掛起了笑。

「臣請太后安。」宮女打起簾子，他進門向南炕上的人作了一揖，「太后今兒好興致，臣剛才來時看見院兒裡的雪人，堆得倒有幾分俏皮。」

太后正盤弄她的大白貓，那隻套著赤金鑲寶龍鳳鐲的手，作養得精瓷水蔥樣，一下下慢慢捋著貓背，聽了他的話抬眼一瞥，涼笑道：「是下頭小子們閒得無聊，堆著玩兒的。先頭一陣風，把腦袋吹掉了，我就叫人拿頂烏紗帽給它戴上，要是它能消受，興許腦袋就保住了；倘或壓不住，可見是命賤福薄，沒那造化。」

梁遇聽得出她話裡有話，江太后一向是這麼格澀的性子，要是她哪天能好好說話，那定是太陽打西邊出來了。

姑且忍她，畢竟皇帝未親政，場面上還需這位太后撐一撐，就算聽出夾槍帶棒的味道來，也可一笑置之。

「這是太后娘娘慈悲，原本太陽一出就歸於天地的東西，不值得娘娘費這麼大的力氣。昨兒雪下得太大，今早各宮都指派小火者清掃呢，想是娘娘跟前的人辦事不力，竟在慈寧宮逗悶子抖機靈，全是臣監管不力，臣回頭一定好好教訓。」

他倒是會攀咬，太后被他將了一軍，臉上頓時悻悻然，寒聲道不忙，「今兒勞動廠臣大駕，不是為了這個雪人兒，我是聽說先前朝會上皇帝頒旨，准你往後上朝議政了？這麼大的好事，還沒給廠臣道喜呢。」

梁遇忙道不敢，「這是太后娘娘和皇上的恩典，臣無德無能，全憑主子們栽培。其實這事臣辭過一回，但皇上有皇上的思慮，每回外埠題本呈交總要先入謄本處，再至內閣司禮監，著實麻煩，越性兒臣在，好省了兩道手腳。」

太后撇唇一笑，「也就是外埠題本再也不必各路衙門覆核，全由你司禮監一家兒說了算？皇帝啊，如今是愈發出息了，不像先帝爺，一道政令頒布之前，愁得幾宿睡不好覺，必要權衡再三才敢實行，唯恐對不起祖宗基業。皇帝是少年天子，辦事手段雷厲風行，儼然要蓋過先帝爺去了，好好好……」她邊說，邊又剎住了笑，目光灼灼盯著梁遇道：「皇帝既然重用廠臣，廠臣可要實心報效主子才好。打先頭高宗皇帝起，內閣和司禮監便互為表裡，從沒聽說過司禮監壓內閣一頭的。不說遠的，就說你乾爹汪軫在時，兩個衙門也相安無事，怎麼汪軫一下臺就換了天了？你東廠接連扣押了兩位內閣大學士，弄得人家夫人上我跟前哭，廠臣如此霸道，怕是不妥吧？」

梁遇心裡有數，這兩天司禮監動作不斷，必會驚動她。她和內閣的淵源，遠比和司禮監深得多，當初選立楚王為太子，算是彼此唯一一次達成共識。後來嗣皇帝繼位，江太后一直不滿，也許要問她的心，怕是很後悔作了這樣的決定。可又有什麼辦法，如今木已成舟了，只要皇帝行端坐正，只要司禮監一力擁戴皇帝，那麼誰也不能奈皇帝何。

然而這位享了大半輩子福的太后不痛快了，要發一發脾氣，這個論誰也阻止不了。梁遇被她當面質問，也並不惱火，他還是一向從容的做派，拱了拱手道：「娘娘息怒，容臣回稟。東廠拿人，從來是依著大鄴律例行事，上月有人偷偷往題本裡夾帶密折，參奏內閣大學士夏連秋寫反詩，皇上得知後震怒，命東廠徹查，這才有了羈押夏連秋一說。後據夏連秋獄中交代，他這兩句詩是為宋驚唐的《大悲歌》作跋，既然又牽扯上了宋大人，少不得要請宋大人過堂應個審。」

也算說得有理有據，有鼻子有眼，可惜太后並不信他的話，揚手將貓從膝上趕了下去，哼道：「你是打量我不知道你們東緝事廠的好手段，再清白的人進了你們衙門，也能抹他一身老河泥，你們廠衛過了手的，還有乾淨人兒？眼下兩位大人算是折了，要翻案也不能夠，你們東廠辦過的案子，朝野上下沒人敢接，這是你們的本事。不過我心裡明鏡似的，夏連秋下獄是因他彈劾了司禮監，宋鶩唐連坐，是因他往我慈寧宮遞了畫像，是也不是？」說罷也不等他回話，嘆著氣道：「皇帝到了大婚的年紀了，俗話說成家立業麼，先成了家，才好幹出一番大事業來。他雖不是我親生的，我也如親生的一樣疼他，可依著眼下形勢看，倒像皇帝不大願意我過問選后的事啊。這卻奇了，天下婚嫁皆從父母之命，皇帝就算大到天上去，也不能越過這個次序，廠臣說，是不是這個理兒？」

梁遇是滴水不漏的性子，不因太后拿話蓋過去就翻篇。他掖著手，微俯了俯身道：「娘娘想是誤會了，東廠捉拿宋鶩唐是依著人犯供詞，和畫像不畫像的全無關係。臣掌管司禮監，闔宮上下但凡有一樁事是臣不知道的，那臣便失職，該自請責罰。內閣往慈寧宮送畫像，這原本沒什麼，太后為皇上挑選皇后人選也是應當應分的，臣只有聽太后的令兒辦事，哪有從中作梗的道理！」

江太后這麼聽下來倒也算稱意，不管他是不是心口合一，橫豎她等的就是這句話。

「好得很，廠臣只要忠心社稷，那我就放心了。」她一面說，一面朝邊上女官遞了個眼色，很快一卷畫像送到梁遇面前，「這是戶部尚書孫知同家的小姐，人品才學俱是一等一的好，依我看，很有母儀天下的風範。皇帝年輕，只怕看人不準，因此我今兒只召了廠臣來，你是皇帝大伴，自小伴著他長大的，他也願意聽你的。你瞧瞧，這姑娘可好不好？」

好不好的，但凡是江太后認準的，哪裡容人有不好一說！

梁遇展開畫卷看了一眼，其實憑畫兒能看出什麼來，就是月徊上了畫像，也是個溫柔嫺靜的可人兒。要緊一宗不是姑娘長得如何，是姑娘的出身，是她身後的背景家世。

戶部尚書孫知同的夫人，是江太后兩姨表妹，那孫家小姐就是太后娘家外甥女。後宮裡頭原就是如此，一個拉扯一個，恨不得代代皇后都是自家人。江太后打的什麼主意，他哪能不知道，因重新慢條斯理把畫捲了起來，笑道：「太后娘娘的眼光最是獨到，臣瞧著也甚好。」

江太后歡喜了，「既這麼，叫皇帝也瞧瞧？」

這是客套話，在皇帝還未親政前，婚事哪裡由得自己決定。不過是太后告知一聲，皇帝「謹遵母后懿旨」，就成了。

梁遇善於揣摩人的脾氣，他能走到今兒，自然不是橫衝直撞掙來的。太后有時候也蠻喜歡他的通曉人意，譬如早前斗膽來遊說，字字句句都圖雙贏，要是單聽他嘴上言語，實在巧舌如簧，且令人信服。

這回也不例外，他一下子說中了皇太后的心思，「萬歲爺年輕，誠如太后所言，只怕看人不準，到底還需母后多操心。臣平常和朝中官員也小有來往，孫大人為人審慎，家教必也嚴厲，姑娘擱到哪兒都是百裡挑一的，難怪太后喜歡。依臣的淺見，既是太后看準的，就此定下也不為過，皇上豈有不遵老例兒的道理？」

他這一番話說得江太后受用，她也早知道最後必會依著她的意思行事，但梁遇這回這麼爽快，反倒讓她心生懷疑。她側目看著他，那人慣是一張恭順的臉，越是這樣忍辱負重的人，就越是能辦大事。她笑了笑，「廠臣果真和我想的一樣？別不是緩兵之計，回頭又讓皇帝鬧出什麼事來吧。」

梁遇忙說不敢，「萬歲爺素來孝順，咱們大鄴歷代帝王也以仁孝治天下，不能到萬歲爺這裡就改了家風。早前主子也同臣提起立后的事兒，臣聽主子話裡話外的意思，還是要請太后做主。」言罷謹慎地微微一笑，「說句僭越的話，先立后再親政，這是祖宗定下的規矩，萬歲爺也知道其中利害。臣是打小伺候萬歲爺的，一心為著萬歲爺著想，就算主子有些個旁的想頭兒，臣也自會勸諫，請太后娘娘放心。」

江太后起先身子綳得直直的，到這會兒才鬆泛下來，懶懶靠向鎖子錦靠背，「那成，皇帝大婚的事兒是司禮監掌管的，你這頭先預備著，待我和首輔合議後命內閣草擬，到時候由你和張恒一塊兒上孫家宣召，到底立后是大事，這麼著也顯得莊重。」

江太后是兩手準備，就算梁遇這兒說妥了，她也斷乎不會放心，只有讓內閣同辦此事，才能保證完全按著她的主張實行。她好強了一輩子，皇帝雖是撿來的便宜兒子，母后的權利她得行使。眼下事兒辦成了，她很高興，一高興，扭頭吩咐外面宮人：「叫他們把雪人的腦袋裝結實囉，再給它加圈圍脖。」

梁遇暗哂，拱手行禮，卻行退出了暖閣。

慈寧宮外，楊愚魯見他出來忙迎上前，細聲問：「老祖宗，是為著畫像的事兒麼？」

梁遇邊走邊道：「畫像只是引子，後邊還有立后的事兒呢。」說著腳蹤慢下來，偏頭吩咐，「今兒慈寧宮要召見內閣，只管放人進去，過了今兒，就斷了內閣直面太后的路。」

楊愚魯忙應個是，齜牙笑道：「是時候該立規矩啦，一幫爺們兒在慈寧宮直進直出，總不是個事兒。太后寡婦失業的，也要顧一顧名聲才好。」

梁遇聽得發笑，掖著鼻子瞥他一眼，罵了聲「猴兒息子」。

隆宗門上有小太監疾步過來，到了跟前呵腰回話：「老祖宗，萬歲爺傳呢，請老祖宗過乾清宮一趟。」

梁遇也正要面見皇帝，交代楊愚魯幾句，便趲身往內右門去了。

今兒朝上種種，總體來說尚算滿意，平時中庸的皇帝發了話。也有一言九鼎的氣勢。原本內官參政，一向是暗裡實行，那些正經科舉出身的官員們，從來不覺得胯下二兩肉能和十幾年寒窗苦讀相提並論，司禮監縱然手握大權，在他們眼裡奴幾還是奴幾。可是打今兒起不一樣了，照著俗語來說，就是變了天了。這宮裡上下，朝野內外，還有哪一處是司禮監夠不著的？細想想，怕是沒有了吧！

總算不枉多年心血，小皇帝資質平平，勝在聽話，今日既起了司禮監上朝的頭，往後一步一步地來，像阿芙蓉膏上癮似的，只會越來越離不得他。

人逢喜事，梁掌印走出了六親不認的步伐。月徊在窗口遠遠看著，那件赤紅的飛魚服濃烈得火焰一樣，小時候她纏著哥哥要糖吃那陣兒，從沒想過有朝一日他會變成這個模樣。

皇帝也在一旁看著，喃喃說：「大伴這些年辛苦，早在太宗皇帝時期，宮裡就興結對食了，大伴怎麼從來沒想過要成個家？」

月徊忽然發現，皇帝其實也挺喜歡過問那些雞零狗碎的事兒。

她嘖了一聲，「奴婢也想不明白，白放著那麼好的宅子，情願它空著，也不往裡頭填個把人，又不是養不起。那回我倒是問來著，他說忙著給皇上辦差，無心成家。」說罷笑了笑，扯謊扯得臉不紅氣不喘。

皇帝有點感動，「差事要辦，找個知冷暖的人也應當，不說旁的，做個伴也好。」

「可不是嘛……」

月徊正感慨，聽見殿門上站班的通傳，說掌印到了，皇帝忙坐回座上，月徊則低眉順眼，老老實實站到一旁。

梁遇進門，先瞥了那丫頭一眼，見她臉上神色如常才放心，復向皇帝行禮，「主子傳臣，臣也正有要事向主子回稟。」

皇帝點了點頭，「太后傳你入慈寧宮，是為了今兒朝堂上的事麼？」

梁遇道：「這是一宗，傳過去磚頭瓦塊說上一車，臣早就習慣了。還有一宗事，臣要討主子示下，太后給臣瞧了一張畫像，是戶部尚書孫知同家的閨女。這孫知同的夫人原和太后沾親，姑娘論著輩兒的，該管太后叫表姨母。臣瞧太后的主張，大有內定皇后的意思，發話讓臣協同張首輔承辦此事……不知主子對皇后人選可滿意？」

「滿意？」皇帝冷笑起來，「太后真是好長的臂展啊，樣樣霸攬著，到底管到朕的婚事上來了。她是要把這大鄴的後宮，變成她江家的炕頭兒，先帝時她們姐兒倆壓得其他嬪妃喘不上來氣，如今又要聯合她江家外戚，逼朕走先帝爺的老路。」

梁遇早料到皇帝會是這樣反應，新仇裡頭夾著當初生母劉淑妃的舊恨，太后要替他安排後宮，就算是個金子捏的人兒，也必不得聖心。

梁遇沉吟了下，「臣一向知道太后的脾氣，眼下正在興頭上，誰拂了她的意兒，必鬧得一天星斗。臣且領了命，回來要討主子的主意，主子要是不樂意，臣再另想法子為主子分憂。」

他是謹慎人，一遞一聲都斟酌著分寸，皇帝每到走窄的時候，還有大伴能替他排憂解難，雖氣惱，心裡不受委屈。

「依著大伴，這件事該怎麼處置？」

梁遇略頓了下道：「最簡便的法子是辦了那姑娘，或是落水，或是遭劫，東廠有的是法子。不過這個對策治標不治本，縱是孫家姑娘出了岔子，太后另選一個也不費工夫，到時候后位還在江家手裡。依臣拙見，最一勞永逸的做法就是斷了他們後路，只要皇后人選昭告天下，太后吃了啞巴虧也不好聲張。所以臣問過主子，心裡可有合適的人選，屆時偷天換日，這事兒就成了。」

天下的難題，到了東廠手裡都不算難題，只是皇后人選不好定奪，梁遇細瞧皇帝神情，只見一道目光悠悠，移向月徊。

有這一眼就夠了，可惜月徊是個傻子，她光想當太監，沒琢磨過怎麼當娘娘。梁遇就這一個妹子，往後的路自然要替她打算，不過當下還不是時候，到底人心隔肚皮，皇帝會不會存心拿這件事作試探，誰也說不準。

隔了好半晌，才聽皇帝道：「太傅徐宿有個孫女，同朕年紀相當。徐家三朝帝師，對朕也算忠心，要是選徐家姑娘為后，大伴以為如何？」

梁遇道：「主子的想頭極好，徐家世代簪纓，門下子姪輩皆在朝為官，皇后出自徐家，既堵了滿朝文武的嘴，對天下人也是個交代。既然人選議定了，臣心裡便有了底，餘下的交給臣來處置就是了。」

皇帝慢慢點頭，「不過這事恐怕還需費些周章，太后令內閣插手，就是為了掣肘司禮監。張恒受命於太后，要是有點風吹草動，怕是瞞不過太后。」

江太后的任性妄為，可說是歷朝太后之最，這件事不讓她得知便罷，要是讓她事先知情，不把天捅個窟窿才怪。張恒呢，內閣首輔，和一般閣老不同，司禮監才收拾了幾個唱反調的，這會兒再動首輔，時機上不合適，反給人彈劾的把柄。因此要兩頭不驚動，悄沒聲兒地辦了，至少確保詔書頒布之前不出什麼亂子。

梁遇把視線調向月徊，皇帝立時便會意了，這是最不傷筋動骨的做法。

月徊不懂那些政事，橫豎皇帝娶個親也費老鼻子勁兒，她聽他們商議，像在聽天書。

原以為沒她什麼事兒的，她和牆上壁瓶，地心兒薰爐一樣是個擺設，沒想到那兩道目光齊齊看向她，把她嚇了一跳。

她愕著眼，「怎……怎麼？有用得上我的地方？」

梁遇沒有說話，不過掖手一笑，算不言自明了。

物盡其用，就是這麼個理。紫禁城裡除了主子不養閒人，月徊很識趣，朝皇帝虔誠地說：「奴婢為皇上鞠躬盡瘁，沒有二話。」

皇帝頷首，轉頭對梁遇道：「朕打發人傳你來，其實是為另一件事。朕欲留月徊在宮裡，又恐大伴不樂意，所以想問問大伴的意思。」

這還有什麼可問的，皇帝既然開了金口，便再也沒有轉圜的餘地了。

梁遇瞧了月徊一眼，那丫頭眼巴巴的，她對自己沒什麼主張，走一步算一步的人，遇見這樣的事全憑哥哥處置。

留下幾乎是毋庸置疑的，但以什麼方式留則大有文章。梁遇向皇帝輕呵了呵腰，「臣兄妹能侍奉皇上，是咱們的造化，主子既然說留，留下便是了。」

皇帝望向月徊，那張團團的臉上寫滿隨遇而安，他喜歡的就是她這股不爭不搶的泰然。宮裡的明爭暗鬥他見得太多了，越是出身高貴的越愛分出高下，連他跟前四個女官都愛爭個頭名。不如月徊這樣苦出身的，得了一塊酥兒印[5]就滿心歡喜，她知道好歹，容易滿足，皇帝看見她，比躺在床上任那些女人揉搓受用得多。

「月徊，妳的想頭呢？」皇帝同她說話時，聲氣兒都是軟的，「妳入宮，想幹什麼

5　酥兒印：以篦子做的傳統小點。

事由？是在朕跟前做女官，還是……」

還是什麼，卻不大好意思問出口。皇帝雖早知道男女之情，但這回隱約浮起情竇初開的彷徨，一則出於她是梁遇的妹子，二則還是因她合他的脾胃——餘生有個有趣的靈魂相伴，總不會太寂寞。

可惜月徊紙上談兵能耐極大，要動真格的就露怯了。她甚至沒有想到那一層，挺腰說：「就衝您請我吃棗兒，我也得伺候您，給您端茶遞水做女官。」滿滿一身江湖義氣，把胸口拍得邦邦響。

皇帝引導半天，全是無用功，不由洩氣，「可過年妳就十八了，朕怕妳在宮裡蹉跎，耽誤了妳。」

月徊說：「我們掌印二十五了還孑然一身報效朝廷呢，我才十八，不算什麼。」

皇帝摸了摸前額，發現很難把她引上正道，這是個不撞南牆不回頭的主兒，只好等她自己改主意了。

梁遇臉上淡淡的，對月徊的選擇未作任何表態，只是拱手道：「請主子容臣兩日，待臣安排妥當，即刻讓月徊進宮。」

從乾清宮出來，梁遇邊走邊問她：「妳當真願意進宮伺候人？」

月徊顯得無可奈何，「要不怎麼呢，皇上既發了話，咱們也不好回絕。我是不願意幹伺候人的差事，上富戶家裡做工，了不起扣嚼穀，上宮裡做宮女子，鬧得不好扣的就是壽元，我還不是怕您為難麼。」

她倒體人意兒，也不算傻，梁遇瞥了她一眼，「那皇上話裡話外的意思，妳聽出來了？」

月徊壓低了聲，「皇上立後宮的事，您二位商量了半天，我要是說我願意做娘娘，皇上該懷疑您的野心了。」

原來她什麼都明白，不過揣著明白裝糊塗罷了。梁遇不由一哂，「竊鉤者誅，竊國者侯，妳聽過這句話麼？妳要是真願意當娘娘也不難……」說著頓下來，又問她，「妳老實告訴我，是不是皇上的長相不合妳心意？」

月徊愣了下，才發現哥哥遠比她想像中的更瞭解她。不過要說她不願意做娘娘的原因是這個，那就猜錯了。

「不是有句民諺嗎，說『南宇文北慕容』，慕容家的人，再醜也醜不到哪裡去。我就是瞧這宮裡每個人都累得慌，不及我在外頭天地廣闊。眼下礙於那點小能耐在那位爺跟前現了眼，想走也走不脫，且慢慢熬著吧，等時候一長皇上淡忘了，我不就能順利出宮了嗎。」

說來說去全是那一技之長惹的禍，梁遇嘆了口氣，「這回恐怕還得麻煩妳一遭，既入了這個局，扮一回是扮，扮二回也是扮。」

月徊認命地點點頭，「這回是誰，您明說吧。」

梁遇向慈寧宮方向眺望，寒聲道：「江太后。」

上回扮皇帝，這回扮太后，做人做到這份上，一輩子算是「圓滿」了。月徊說成啊，「誰還能殺我兩回呢，多早晚讓我出馬？出馬前我得先聽聽太后的嗓子，能不能糊弄那些人，也得看造化。」

她說得爽快，梁遇倒有些不落忍，蹙眉道：「哥哥把妳帶進宮，讓妳攪合進政事裡頭，實在對不住妳。」

他低頭看她的時候，眸中煙雨迷濛，月徊最愛看他的眼睛，兄妹倆五官不像，但她堅持認為，自己的眼睛某種程度上和哥哥的一樣漂亮。

「憑您和我的交情，說得上這話？」她大度完了頭前後探看，見周圍沒旁人，一把摟住他的胳膊，笑嘻嘻說：「留在宮裡怪好的，別人捨身拋家進宮，腦袋別在褲腰上當差，我就不一樣，因為我有哥哥啊。哥哥在哪兒，我的家就在哪兒，離您近點兒，你一伸手就搆著我了，我遇不上險境。再說我招人心疼，皇上也挺待見我的，在宮裡喝肉湯，比在碼頭上稀粥溜牙縫強，您說是不是？」

梁遇人前的威嚴，認真說不比任何主子遜色，這些年他獨來獨往，和貼身伺候的人也不親近。如今來了一位興之所至就對他動手動腳的，他想把胳膊抽出來，試了一下沒能擺脫她。正打算說教兩句，前面龍光門上有小太監搬著題本進來，那些東西極有眼力勁兒，乍一見雷劈了似的，忙縮回門內，再也不敢露面了。

梁遇無奈地看著她，這回什麼也不必說了。她訕訕把手縮了回來，「是我不好，那些人該誤會您喜歡太監了。」

梁遇腦仁兒作疼，嘆了口氣道：「這些都是小事，底下人不敢亂嚼舌頭。」

她沒臉沒皮地笑了，「我也是這麼想，您看他們管您叫老祖宗，管皇上叫爺爺，您比皇上輩兒還大呢，他們怕您。」

她是什麼都敢說，儼然長了顆牛膽。梁遇不得不告誡她：「這話叫外人聽見要闖禍的，嘴上留神。皇上高坐廟堂，讓人敬畏就夠了，我的本分原就是讓人懼怕。人有高低貴賤，有些人靠感化是不成的，必要刀架在脖子上，要鞭子狠狠抽打他，他才知道什麼叫尊卑規矩。別以為只有下賤奴婢才需要管教，有時候主子們也一樣。」他說罷，牽著唇角涼薄一笑，「先前東暖閣裡議論如何處置孫家姑娘，妳聽了什麼想頭？覺得哥哥心狠手黑吧？」

月徊沒吱聲，當時他說或是落水或是遭劫，寥寥幾句，嚇得她心頭直打哆嗦。

好好的官家小姐，就因為太后要選她做皇后，鬧得不好命都沒了，細想多可怕！難怪哥哥不願意她跟在身邊，說久而久之她會怕他，好人確實幹不了司禮監的差事，別說皇帝立后，光是內閣，這兩天都連著出了多少事了。在他們眼裡人命根本不算什麼，只要是擋了道的，個個都該死。

年輕孩子，臉上藏不住事。梁遇細瞧她神情，過去十一年她雖挨餓受窮，離生死大事卻遠得很，她從來不知道，背光的地方有多險惡。

「走吧，先在值房歇會兒，申時三刻太后要上咸若館誦經，屆時我領妳過去。」

他負著手，慢悠悠走在夾道裡，出了長康左門，前邊就是御花園。園子裡人來人往，月徊這時不敢再妄動了，掖著手低著頭，亦步亦趨跟在他身後，進了司禮監衙門。

上半晌雪略停了一陣兒，進貞順門的時候又下起來，漫天扯絮一樣的白，從雕梁畫棟間飛浮墜落。要說這司禮監也古怪，那麼黑的衙門，卻有細膩的小情調，院子當間兒栽著一棵高大的海棠，太監們拿紅綢給它包裹上，另用舌紅緞子扎成海棠花，一朵朵墜在枝頭。進門乍一見，一樹繁花開得熱鬧，算得上紫禁城裡最喜興的景兒了。

月徊腳下蹉著邊走邊看，姑娘喜歡那些花了心思的東西。梁遇隨口道：「快到大年下了，原想今年陪妳在府裡過節的，現在看來是不成了。」

月徊說哪裡都一樣，「往年我們三十夜裡吃了飯，就爬到天寧寺塔上看焰火，到底離紫禁城遠，看不盡興。今年在宮裡，仰脖兒就能瞧見，可比費勁登塔強多了。」

她真是個擱到哪兒都能找見樂子的人，梁遇有些遺憾，原想過年把父母牌位請出來，一家子也算團聚，誰知臨了出了岔子。事已至此，暫且只能這樣了，等明年吧，明年總有機會的。

月徊琢磨的是別樣，喪氣地說：「可惜小四兒不好進來，要不還能吃個團圓飯。」

她一時一刻也不忘了小四，不知道的真要拿他們當親姐弟了。梁遇嘴角一沉，轉頭叫來人。一個小太監上前聽示下，他吩咐領月徊去圍房，自己沒再交代什麼，轉身入暖閣處置公務去了。

月徊跟著去了圍房，要在這裡等天黑，實在有點無聊。西炕上的窗戶推開就能看見衙門正堂，也不知道哥哥在忙什麼。其實她想纏著他來著，可惜人多眼雜不方便。百無聊賴只好找點事幹，於是研究了半天案上的西洋鐘，再舉著通條蹲在炭盆前，撥了好一會兒的火。

司禮監衙門不算太大，一圈樓閣圍繞，形成個高且深的天井，外面有點風吹草動都能聽見。月徊原以為這裡只有太監出入，沒想到隱約傳來女人的聲音，她忙扒在視窗看，見一個宮女子站在廊下，謙卑又謹慎地說：「我們娘娘不豫，不知怎麼，今兒吐了兩回，請梁掌印過去瞧瞧。」

生了病不請大夫，找到這兒來有什麼說頭？正納悶，門上有小火者送桔紅糕來，月徊就勢打探：「這位爺，我問您個事兒，分派太醫這種活兒，也要咱們掌印親自過問嗎？」

小火者茫然說不啊，「老祖宗公務巨萬，哪有閒工夫操心那些個！除了御前的差事，其餘都有底下人承辦……噯，您吃點心吧，這是老祖宗讓送的。」邊說邊打量她，「您瞧著眼生得很，才進宮的吧？在哪兒當差呀？」

月徊含糊應了聲，「是才進宮，派在萬歲爺跟前伺候。」

小火者「呀」了聲，「失敬失敬，原來是御前的人，怪道咱們老祖宗高看呢。」

月徊虛頭巴腦敷衍，眼睛一時也沒挪開，見梁遇現身，她偏頭朝小火者一笑，「梁掌印真好性兒，這種事還出來支應吶。」

小火者在宮裡久了，有些事門兒清，曖昧不明地笑著說：「您才來的，不知道裡頭緣故，當今萬歲爺還沒開設後宮，宮裡留下的全是先帝爺的老娘娘們。那些老主子活得多精細呀，實在不好糊弄，雞蛋裡都能挑出骨頭來，不是老祖宗經辦的事她們不能放心。」

月徊「哦」了聲，倒也覺得情有可原，「上了年紀的人都有這宗毛病。」

小火者失笑，「上了年紀？口頭上稱老娘娘是規矩，未見得加個老字兒就當真老了。宮裡是什麼地方呢，隔上三五年采選一回，皇上跟前常選常新。像老皇爺的宮眷們，裡頭最年輕的才二十出頭，就是打發宮女傳話來的那個王貴人。早前老皇爺殯天，那些無所出的除了殉葬，剩下的全打發到陵地裡守陵去了，王貴人本也該出宮的，恰巧那會子懷了龍種，這才留下。不過後來動了胎氣，龍種沒保住，念在她也算生育過，就養在延慶殿裡頭了。」

月徊一聽，覺得有點意思。宮裡下層太監都是碎嘴子，有個新人聽他們數一數家珍，就顯出他們的能耐和資歷，因此只要輕挖，他們自然倒豆子似的全抖露出來。

於是她裝模作樣感慨：「留下的全有子息，就王貴人可憐見兒，年紀輕輕的，沒個依仗。」

「所以得找靠山呐。」小火者囫圇一笑，「老娘娘們都是精刮的人，早前還爭寵，如今先帝爺都沒了，在這後宮裡活著就圖手頭寬裕，吃喝舒心。」

月徊琢磨了下，「您的意思是，老娘娘們也結交內官？」

小火者不說話了，搖搖腦袋以顯得嘴嚴，「這可不是我說的。」

月徊忙拿了塊桔紅糕遞給他，「來來，您也吃點。不瞞您說，我初來乍到，對宮裡人事兒半分也不知。您提點提點我，好讓我日後留個心眼兒，沒的糊里糊塗，得罪了誰也不知道。」

小火者得她一塊糕餅，好歹吃人的嘴軟，咬了一口道：「得，您既這麼說，我就給您指條道兒。像福宜宮夏美人、寶華殿宋康妃，您要是遇上了，千萬敬著她們點。她們一個結了秦九安，一個結了駱承良，雖說面上裝正派，擺老娘娘的譜，暗裡誰不知道他們那點事兒。橫豎傢伙什閒著也是閒著，擱久了生鏽，倒不如快活受用要緊。別瞧一個金貴人兒，私底下就如外頭小寡婦似的，找個相好的受些供給，既得利又解饞，舒坦一時是一時。」

月徊聽得愣神，「還能解饞吶？那咱們掌印，也叫那些老娘娘禍害了？」

小火者「嘿」一聲，「老祖宗不動心思，誰敢？不過也架不住那些人惦記，就像延慶殿那位，今兒冷了明兒病了，變著方兒地麻煩老祖宗。細想想也是的，王娘娘年輕，咱們老祖宗又是這等齊全人物，我說句打嘴的，但凡老祖宗鬆口，這宮裡頭還有不樂意和他老人家走動的？別說王貴人，就是太后娘娘……」後頭的話打住了，反正只可意會，不可言傳。

月徊這趟是真長了見識，以前滿以為太監結對食，了不得在宮女嬤嬤裡頭選，沒想到連皇帝的女人也能上嘴。照著小火者的話說，那些老娘娘虎視眈眈，梁遇就是塊肥肉。她忽然有點同情梁掌印了，女人被男人調戲委屈，男人受女人糾纏，難道就不委屈？

好在梁遇沒有親自去，否則她可要擔心哥哥被人糟蹋了。只是不便巴巴兒跑過去問他，點燈熬油等到申時，明間總算有了動靜，梁遇隔窗喚她，「差不多了，跟著來吧。」

月徊「噯」了聲，忙快步追出去。

從司禮監衙門到慈寧宮花園不近，換了平時他都是乘轎的，這回礙於月徊一身太監打扮，總不能自己坐轎，讓她在外頭跟著，所以乾脆陪她一同走過去。

「太后七日一禮佛，時間都有定規，咱們先她一步進咸若館，隔牆有個斗室，門常年鎖著，妳在裡頭聽周全了，回頭好辦差事。」

月徊嘴裡應著，應得心不在焉。不時覷覷他，因剛才聽了小火者的話，愈發覺得他秀色可餐，活脫脫的香餑餑。

梁遇發現她有異，轉過頭打量她，「怎麼了？心裡沒底？」

月徊說不是，憋了半天才道：「不是不能找，咱們找人得有挑揀，有家有口的不要，身不由己的不要，成不成？」

她的神來一筆叫他摸不著頭腦，但只一瞬他就明白過來，「有人在妳跟前說閒話了？」

月徊講義氣，堅決地搖頭，「沒有，是我自己瞧出來的。」

所以孩子也管起大人的事來，開始擔心哥哥遇人不淑了。

他走在朱牆下，在那片陰影裡輕輕發笑，探手捏了捏她的腮幫子，「別瞎操心。」

第六章　煙火渺渺

月徊囁嚅了下，猶猶豫豫地說：「我是為您好來著，尋常過日子，找個踏踏實實的就成了，這宮裡的娘娘都是腳上栓了鏈子的金絲鳥，她們離不開這裡，離開了準得死。男人娶媳婦幹什麼，不就是圖回家熱鍋熱炕，有個人陪著吃飯睡覺嘛，您要是和那些老娘娘……那麼的，不好。」

梁遇發笑，「妳還知道這個？」

月徊說當然，「我又不是孩子，您正經娶一房吧，別和寡婦勾搭，叫人說起來怪難聽的。」

梁遇有心逗她，「宮裡和外頭的不一樣，那些可是太妃，伺候過先帝爺的。少監們個個以此為榮，對食越有身分，於他們越是長臉。」

「這算長的哪門子臉，找個一心一意的不成嗎？」她有點著急，自己就這麼一個親哥哥，自然願意盼著他好。她比劃了一下，「您好不容易走到今兒，掙這份體面是為了和太妃走影嗎？宮裡那麼多眼睛瞧著，主子們不發難倒還好，萬一有人成心上眼藥，禍患就打這上頭來，多不值當！」

她思慮得很周全，一本正經的，天要塌下來一樣。梁遇獨自闖蕩多年，如今有了成就，身邊的人都挖空心思捧著，要說貼心，一個也難找。公事上頭有人分擔，逢著私情沒人商量，也只有這妹妹，怕他走錯了道，給自己找麻煩。

難為她一片心，他輕吁了口氣，淡聲道：「妳放心，哥哥沒那麼糊塗。男女之情對我這樣的人來說，連想一想都是不該，我眼下也沒那份心思……」一面搖頭，「還不是時候，離後顧無憂遠著呢。」

月徊總算放心了，和聰明人說話就有這宗好，他知道什麼該做什麼不該做，不像那些一條道走到黑的，提及一個「情」字，東南西北都不認了，愛之為其死，其他四六不管。

她腳下輕快起來，笑著說：「橫豎我也進宮啦，您別怕寂寞，我陪著您吶。」

梁遇點了點頭，「忍上一程子，容我再想想辦法，早晚把妳擇出去。」

月徊覺得既來之則安之，倒也不是急吼吼盼著離開這裡。她就跟在他身後，沿著甬道往前走，雪踩在腳下一片脆響，大冬天裡日短夜長，申時才過，暮色便隱隱升了起來。

慈寧宮花園很大，他們從角門上進去，這個時辰園子裡幾乎沒人了，只有咸若館那片因太后要禮佛的緣故，早早懸了燈籠。如今宮裡的門禁人事全憑司禮監指派，今兒值守的太監宮人都是事先安排好的，因此就算梁遇親自來，也不會走漏半點風聲。

承良在簷下鵠立，見人現身忙上來支應，垂著手道：「時候差不多了，老祖宗請。」

梁遇提袍邁進咸若館，三面高牆上建著通壁的金漆毗盧帽大佛龕，彷彿無邊的糜爛富貴裡辟出了清淨地，這是物欲橫流中唯一不染塵埃的地方。殿中常年燃檀香，他並不喜歡這種味道，地心的鎏金三足爐頂，有青煙嫋嫋透蓋而上，太過濃郁的味道聞著叫人頭暈，他從袖籠裡摸了方帕子掩住口鼻，轉頭對月徊揚了揚下巴，示意她往深處去。

所謂的斗室，還真是小得名符其實，大約就像大點兒的轎子，兩個人對坐著都要頂膝蓋。月徊閃身進去，原以為她一個人待著就成了，沒想到梁遇也跟著進來了。她「咦」了聲，「您不必……」話還沒說完，就聽外面傳來擊節的聲響，是慈寧宮擺駕，太后老娘娘禮佛來了。

承良很快掩上小門，在外頭落了鎖，心裡只管竊笑，萬年的鐵樹沒準兒要開花啦。掌印大人對這姑娘尤其上心，這些年到處找人，費了老大的氣力。要說連著親戚，瞧他們各長各的，不像一家子模樣。到底是什麼緣故呢，說不定這二位早年定過親，如今掌印有權有勢，特找回來再續前緣的吧！

湊在一間小屋子裡增進增進感情，這是下屬對上司的孝敬。承良還盼著升秉筆呢，多揣摩揣摩上頭的心思，只要馬屁拍得對，後面的路就好走了。

殿門外太后來了，忙上前相迎，他在司禮監也算是個人物，太后見他在，「喲」了聲道：「今兒太陽打西邊出來了，駱少監可是大忙人兒，怎麼勞動你在這兒伺候呀？」

承良賠笑，呵著腰道：「娘娘快別臊奴婢了，奴婢可算什麼大忙人兒，不過聽差辦事罷了。上回李娘娘說的，西邊的佛龕黯淡了，奴婢特過來瞧瞧，等天一響晴就打發人來上漆。且奴婢知道太后娘娘今兒要禮佛，越性兒恭候著，等伺候了娘娘再走。」

太后涼涼一笑，「可別耽誤了你的差事。」

「哪兒能呢。」承良在燭臺上點了香，雙手捧著呈敬給太后，笑道：「太后娘娘是主子，奴婢侍奉主子天經地義，就算老子打死了親娘，事兒也得往後挪挪，等奴婢伺候完了娘娘再說。」

奉承話說得漂亮，這是幹太監這行的功底，斗室裡的月徊瞧了梁遇一眼，對司禮監的圓滑表示讚嘆。

太監三寸不爛之舌，梁遇早聽得耳朵生了繭子，他只是向她遞眼色，讓她細揣摩太后的語氣聲調，別忘了來這的目的。

月徊會意，挨在門縫上仔細分辨，太后的嗓子還是年輕的嗓子，想是作養得好，至多二十五六光景。不過人人調門不同，太后愛拖腔，這種聲口有種慵懶傲慢的味道，不管身分多高貴，都很不討人喜歡。

外頭還在喁喁說話，太后問承良，梁掌印預備籌辦皇帝大婚事宜沒有，「譬如民間三書六禮，天子立后的禮節繁瑣。今兒內閣覲見，我也交代了張首輔，回頭要是有什麼拿不定主意的，讓你們掌印和張恒商議就是了。」

承良道是，「咱們這輩兒雖沒親手承辦過，但衙門裡頭老人還在，出不了岔子的，請娘娘放心。眼下正擬禮單，等一切預備停當，就送娘娘過目。」

太后「嗯」了聲，「皇帝那頭……」

承良笑成了一朵花兒，「娘娘瞧準的人可還有什麼說的，萬歲爺自然喜歡。」

不管這話是真是假，像錢扔進了水裡聽個響兒，太后也高興。

「成了，你去吧。」太后轉過身，跟前嬤嬤鋪排好了禮佛的用具上來攙她，她盤腿坐在蒲團上，一手捏著犍稚[6]擺了擺，「這裡不用你伺候了，立后的事你上點心，要是順利辦下來，我替你保舉，讓你們掌印升你做秉筆。」

承良「噯」了聲，應得十分響亮。

佛堂裡閒雜人等都散了，月徊透過細微的門縫，看見太后坐在一片赤金的光帶裡，一頭數著念珠，一頭誦讀經文。她聽聲臨摹，通常三五句話就有了根底，這樣長篇大論斟酌下來，及到用時必定可以叫人聽不出端倪。

梁遇輕聲問：「怎麼樣？能成？」

她齜牙一笑，「廠臣這麼問，看來是信不過哀家啊。」地地道道正是太后的嗓子。

梁遇無奈，「戲文裡頭才自稱『哀家』，太后是天下頂頂有福之人，是皇帝的母后，有什麼可『哀』的。」

月徊聳了聳肩，「男人都死了，能不『哀』麼。要不是閒著太無聊，誰願意坐在佛堂裡敲木魚。」

6 犍稚：寺院中敲打報時用的器具。

橫豎她有她的見地，只要正經晤對時別蹦出個「哀家」來就好。梁遇也不多言，禮佛得耗費一段時間，閒坐也是閒坐，於是褪下腕上菩提，慢悠悠就著太后的誦經聲禪定起來。

月徊是個沒什麼慧根的人，也從來沒打算結佛緣，百無聊賴坐了半晌，一個接一個地打呵欠。到最後實在睏得睜不開眼了，就勢一崴，靠在哥哥肩頭打起了盹兒。

她甫一靠上來，梁遇就察覺了，為了靠得舒坦，她還特意摘了帽子。小小的腦袋拱在他脖頸處，他微轉一轉頭，那亂蓬蓬的頭髮就戳他一臉。

這丫頭從來不講究，性子大喇喇，要不是仗著長得好，大約糙得像個漢子似的。他沒奈何，又不能動，只有一雙眼睛是自由的，視線落在殿頂上。咸若館裡用海墁花卉的藻井，這斗室的牆沒有修到頂，想是外面煙熏火燎的緣故，佛龕上方的和璽彩畫，比頭頂上這一片顏色要深得多。

他開始琢磨，等天暖和起來，該叫人重新打理一遍了。還有明兒得設好局，張恒是貨真價實的太后黨，慈寧宮發出的成命，只有太后親口傳令才能推翻……

忽然「咕」地一聲，在他耳邊響起，因為離得很近，聽上去尤為清晰。他怔了怔，疑心是不是月徊打呼嚕了，屏息凝神又等了會兒，下一聲愈發響。他慌忙拿手捂住她的口鼻，月徊落水似的掙出來，昂起腦袋，莫名其妙地看著他。

外面的誦經聲終於停了，錯綜的腳步聲來去，月徊湊在門縫上看，慈寧宮伺候的人進來接應，待太后又給一圈神佛上了香，這才挑著燈籠，前呼後擁往館外去。

簷下燈熄了，只有佛前一星油燈燃燒著，發出一點微弱的光。

「您剛才捂我嘴幹嘛？」月徊小聲問他，「嚇我一跳。」

梁遇語氣平淡，「妳打呼嚕了，我是怕驚動太后。」

月徊臉上一紅，「我打呼嚕？不能啊，小四說我從來不打呼嚕。」

「那是因為他比妳打得還響吧。」梁遇站起身朝外看了看，門是從外面鎖上的，得等承良來了才好出去。

可是等了好一陣兒，並不見有人來，月徊有點擔心，「您那手下，別不是把咱們忘在這兒了吧！太后都走了，還不給咱們開門？」

梁遇向來四平八穩，被鎖住了也並不著急。底下人辦事很靠得住，一時耽擱了，不是被哪個主子絆住了腳，就是自作聰明存心拖延。

「會來的，再等一會兒。」他又坐了回去。

月徊卻開始杞人憂天，「這麼冷的天兒，連床褥子都沒有，夜裡會凍死的。再說這地方這麼小，連躺下都不容易，沒法子過夜啊。您不是說我打呼嚕嗎，咱們倆不能一頭睡……」

其實她在哥哥跟前口沒遮攔慣了，剛認親那會兒還忌憚他，如今什麼叫畏懼，她全不知道。天性使然，自然而然地親近，心貼著心地親近，和小時候一樣。

然而說來也奇怪，不知是不是空間逼仄的緣故，說完竟不自在起來。怕哥哥不喜歡她胡諏，偷著覷覷他，他神色如常，不過垂下眼，悠閒地抻了抻琵琶袖。

這小小的隔間，伸展不開手腳，月徊覺得窩在裡頭難受得厲害。哥哥不搭理她，她只好繼續趴在門縫上往外瞧。整個咸若館暗下來，遠遠一盞豆燈明滅，因這斗室還隔著一道門，裡頭光線朦朧，像墜進一個混沌的夢裡。

「您說，要是有人告密，太后這會兒折回來了，那該怎麼辦？」月徊自己設想一下，背後頓時起了細慄，「會治咱們的罪吧？說咱們圖謀不軌，然後砍了咱們的腦袋？」

這種情況也許會有，但那是司禮監不能掌控整個大鄴後宮的時候。如今情勢，就算有人走漏了風聲，太后知道這斗室裡藏著他，也絕不會當面鑼對面鼓地來拿人。太監手黑，什麼事幹不出來？早前汪軫膽兒小，不管在外多招人恨，在宮裡對主子們低三下四，沒有不盡心的。梁遇呢，看著斯文好性兒，下起死手來比汪軫狠十倍。太后也挑軟柿子捏，以前能壓制這些內官，她縱情跋扈；現在紫禁城從裡到外都由著司禮監拿捏，心裡雖恨惡奴欺主，卻也不得不隱忍，免於正面衝突。

月徊膽小怕死，自己琢磨一圈，也能嚇得打擺子。梁遇看她傻得可笑，成心戲弄她，順著她的話頭長嘆：「古來陰溝裡翻船的事多了，今兒腦袋裝得好好的，明兒說不準就弄丟了。我倒還好，活著也就這麼回事了，不圖什麼，萬一有個好歹，全當大夢一場吧。妳呢，妳有什麼未了心願嗎？」

月徊看他言之鑿鑿，渾身汗毛都立起來。門縫裡透進的一線微光打在她口鼻上，那雙大眼睛在兩旁的陰影裡瞪得老大。

「未了心願，那可太多了，不花個三五十年完不成。您看我還沒享過幾天福，還沒看著小四兒高升娶媳婦，我死也不能瞑目。」

梁遇聽見她又提小四，心裡不怎麼痛快。照理說一個撿來的小子，生死全捏在他手裡，他吹口氣就煙消雲散了，可那孩子管月徊叫姐姐，這麼一來竟是和他們兄妹栓在一根繩上了。一個是哥哥，一個是弟弟，她對弟弟的顧念還多些，就因為這假弟弟年紀小，沒權沒勢。說來有意思，彷彿成了同輩，也會讓人有分出高下的心來。梁遇不喜歡月徊小四長小四短的，認真論自己和她才是嫡親的，那個半道上遇見的野孩子，到底算個什麼東西！

「妳能陪人一截子，不能陪人一輩子，真到了那個時候，也顧不上那些。」他淡聲道：「生死是個坎兒，邁過去也沒什麼，興許失散的人能重逢，比活著更讓人高興。」

月徊說：「您別這麼想呀，活著看看花花世界，不好嗎？我就願意和您一起長長久久地活下去，您攬一輩子的權，該受用的沒有受用過，就這麼交代了多不值得。」

梁遇無可奈何，「攬權這種話，心裡知道就成了，不能老擱在嘴上說。」

「那不是只有咱們兩個人嘛。」她跺了跺腳，「唉，真冷，怎麼還不放咱們出去……」

譬如餓了冷了，這種事算不得大事，但在家裡人聽來，就十分值得上心了。

梁遇問哪裡冷，「是身上穿得太單薄了？」

月徊說不是，「我腳上冷，到了冬天就這樣，手冷腳冷，陽氣不旺盛。」

他原本倒不覺得，和妹子一起困在一個狹小空間是多麼難熬的事，畢竟難得清閒。

可這會兒卻有點上火了，嫌承良辦事不力，難成氣候。只是眼下顧不得那些，把她拉回來讓她坐定，然後抬起她的腳，扒下她的靴子。

尋常小太監的官靴，不像有了品級的那麼考究，鞋底上緝藍唦啦的幫子，雨雪天氣有滲水的可能。從司禮監衙門到咸若館，路上雖然時時有人清掃，但她專挑有積雪的地方踩，那再厚的千層底，恐怕也擋不住她的玩興。

摸了摸，棉襪果然透出濕氣，難怪冷得篩糠似的。他得想法子替她取暖，正預備脫下身上鶴氅給她包裹上，卻聽見她細聲細氣說：「姑娘的腳不能隨便摸，就算您是我哥子也不行呀。」

這時候還想著男女大防呢，平常倒沒見她這麼老實。梁遇瞧都沒瞧她一眼，「妳哥哥是太監，和別人不一樣。」

月徊被他這麼一說，沒得什麼開解，反而有點難受，「我心裡不拿您當太監，我哥哥比男人還男人呢。」

他聽著，手上微頓了頓，然後嚴實地替她包起雙腳，擱在自己腿上。

唉，這就是親哥哥呀，月徊靠著磚牆喃喃自語：「將來怕是沒人，能比您待我更好了。」

梁遇在升作秉筆前，幹的是侍奉人的活兒，但差事上的敷衍，和打從心底裡透出來的知冷暖是不一樣的，這輩子他也不會像關心月徊似的去關心第二個人了。

倘或她就此留在宮裡，他倒能夠關照她一生一世，但她要是嫁了人，上別人府裡過日子去了，萬一男人對她不好，公婆小姑子欺凌她，他又怎麼保她不受半點委屈？

就是不放心，撒不開手，爹娘沒了，這種牽掛是雙份的。可惜不捨也說不出口，他頓了下，只是問她：「還冷麼？」

月徊其實很想把那雙濕襪子脫了，但哥哥面前到底不能太隨性，便說暖和多了。

梁遇的五官深刻，迷濛中也比一般人更清晰。月徊摸了摸自己的臉，忽然有點悲觀，和他相比，自己真是毫無優勢。明明是同個爹媽生的啊，看來他們生頭一個的時候很用心，生第二個就隨意糊弄，偷工減料了。

雪終於停了，承良站在咸若館東邊的角亭下，就著燈籠灑下的光瀑，看天地漸漸歸於寂靜。

起了一點風，燈籠搖曳，站在四面不著邊的地方透骨嚴寒。

他的乾兒子董進對插著袖子，朝咸若館明間方向望了一眼，「乾爹，是時候了吧？」

承良「嘿」地一笑，「你說咱們老祖宗，這會子正幹什麼呢？」

董進忖了忖，「幹什麼……談心唄。書上不是說了嘛，攻心為上，話一多，交情就深，好比當初荊軻刺秦王，那二位要是能像咱們老祖宗似的，和人關在一間屋子裡這半天，荊軻怎麼也下不去那刀啊。」

承良點了點頭，「好小子，有見地。不過有一樁不一樣，荊軻是爺們兒，裡頭那位可不是。」

太監的那點醃臢事，用不著明說，一點就透。董進臉上放光，「您的意思是……」

承良隱晦地笑了笑，「萬歲爺那頭發了話，要把人留在御前，既留下，臨幸抬舉，不是早晚的事嗎。咱們這些人，費老鼻子勁兒搭上老娘娘們，圖的不過是個面子，老祖宗圖的卻是實惠。要是那位得了勢，老祖宗再托她一把……你琢磨琢磨？」

董進心知肚明，掩嘴兒葫蘆一笑，「老祖宗就是老祖宗，比誰都看得長遠。譬如帶孩子，自小領大的誠心孝敬你，貧賤時候結交的人，將來發跡了也不忘舊情。不過兒子聽說，這姑娘是老祖宗族親……」

「就得『親』，『親』了才好說話。」承良在自己的下巴上薅了一把，「別說假親可冒認，就是真親又怎麼的呢，咱們這號人……壞不了事兒。」

橫豎底下人就得有眼力勁兒，拖延拖延，給那二位製造點獨處的機會，一來二去的，情有了，老祖宗日後人財兩得，還能少得了他的好處？

董進見縫插針地，對他乾爹的機敏表示了一番讚嘆，末了說：「楊愚魯和秦九安那兩個小子沒憋好屁，見天兒在老祖宗跟前賣乖，鐵了心的要把您比下去。論資歷，他們倆給您提鞋都不稱頭，如今倒和您爭起秉筆的銜兒來。」

秉筆是個肥缺，個個都仰脖兒看著，成敗與否，各顯神通。承良自恃當初找人的差事是自己承辦的，也比旁人會動腦筋，多了些小聰明，因此這回擅做了主張。看看時候，太后禮完佛有兩刻鐘了，確實是時候了，於是捏著鑰匙進了大殿，繞過垂掛的重重幢幡，停在小門外回話：「老祖宗，太后留小的打聽御前的事兒，實在走不脫，耽誤了工夫，請老祖宗恕罪。老祖宗受累，窩在這麼個小地方，小的這就給您開門。」

門上銅鎖開開，就見姑娘正穿鞋，承良仔細留意了一會兒，掌印衣衫端正，看不出什麼異常，不由有些失望。不過轉念再想想，姑娘已然在宮裡留宿過，那天就是住在內奏事處值房裡，要有事早出了，也不必等到這會子。

看來這回是多此一舉了，承良覷覷掌印臉色，滿以為或喜或怒能看出來分毫，可惜一切如常。這會兒便有些惴惴，底下人伺候上司，最怕的就是這樣，越平靜，背後不可測的可能便越多。再瞧瞧姑娘臉色，她照舊一副樂呵呵的模樣，問：「已經到了飯點了吧？今晚吃什麼呀？」

承良道：「老祖宗夜裡吃得清淡，有青菜燒雜果、醬黃芽菜，和一品梅花豆腐。」說罷賠笑，「您想吃點什麼呀，或是有喜歡的，我吩咐膳房現做了來。」

月徊想了想，要吃要喝的似乎不大合適，便笑道：「夜裡吃得多了盡長肉，清淡些的好。」

還是梁遇發了話，「加一碟胭脂鵝肝吧。」聽說皇帝用膳時，她那雙眼睛盡往那盤菜上瞟。可憐見兒的，皇帝讓她吃，她還裝樣。

承良忙應了個是，掌印不說話，天就要塌，可要是聽見他開腔，不拘說的是什麼，都讓人有爬出閻王殿的慶幸之感。

董進不得傳喚不敢到跟前來，只遠遠在亭子邊上垂手等著。掌印沒有停留，快步出了咸若館，那位一同被關在斗室裡的姑娘一身內侍打扮，要看身形，真是個半大不大的少年模樣。

興許乾爹就要加官進爵啦，董進見了承良便笑得花兒一樣。正要張嘴，承良殺雞抹脖子朝他比手，他忙噤了口，愣著兩眼望著承良。

承良踱過去，嘆了口氣道：「趕緊的，吩咐膳房預備胭脂鵝肝。」

董進不明所以，「老祖宗從來不吃那東西啊，說嫌髒……」

承良嘖了一聲，「琢磨什麼呢，不是老祖宗要吃！」

一個不吃內臟的人，能容許鵝肝上他的飯桌，那得多大面子！姑娘不尋常，這是肯定的，不過還有一樁讓他想不明白，太后禮佛，掌印卻帶著人躲進裡頭的小隔間，究竟是什麼緣故？按說上頭不透露，也不由他過問，但事情蹊蹺得很，實在叫人費思量……

那頭膳房的內侍魚貫送夜裡的吃食進來，每個盤兒上撐著金絲小傘，傘的八個角俱掛著銀製的小鈴鐺。食盒打開，盤子擱在桌上，那小傘受了震動，簌簌一陣輕響。

宮裡每頓吃飯，排場都做得很足，月徊因有外人在，不便就此坐下，只好站在一旁侍立。面前低眉順眼的小太監往來不斷，原本她只要等人散了就成，沒想到這時站在最上首親自擺盤的那個隨堂，順手把菜碟子遞給了她，示意她往桌上運。

月徊忙呵腰接過來，她倒很喜歡能找著一兩樣自己可幹的活兒，畢竟以前碼頭上奔波慣了，忽然閒下來沒了主意。不過這個隨堂和駱承良不一樣，他冷著臉，完全就是尋常模樣。月徊有點納悶，論理說司禮監高品階的少監們，多少知道她和掌印有淵源，不說點頭哈腰，至少還有個笑的模樣。這位倒好，看樣子把她當成了普通小太監，一道道菜經了他的手，又轉頭遞給她擺桌子。

終於菜盤碗碟準備妥當了，侍膳的人都退出去，月徊看這人轉過身，悠著聲氣兒朝梁遇回稟：「老祖宗，歇一歇吧，膳都上齊了。」

梁遇擱下手裡的題本，回身在桌前坐了下來，也沒瞧月徊，一面讓人伺候擦手，一面道：「還是咸若館，明兒弄得清淨些，我有用處。」

那隨堂應了個是，擺手把堂上的人也打發出去，這才向月徊微鞠了下腰，「小的楊愚魯，請姑娘的安。」

月徊扭頭看了看梁遇，他的神情不像面對承良時候那麼冷淡，抬了抬手指示意她坐下。

月徊的屁股才沾著杌子，楊愚魯就打了手巾把子呈上來，她忙站起身接手，「不敢勞動少監，多謝您。」

楊愚魯到這時才露出一點笑意，「剛才場面上人多，我唐突了，請姑娘見諒。」

這就是官場上標準的一套辦事手段，人前絕不顯山露水，這麼一來，楊愚魯和承良的高下立時就看出來了。月徊笑著回了個禮，「少監言重了，這麼著沒錯處，您做得對。」

梁遇大動干戈找了好幾年的究竟是什麼人，沒人敢尋根究底，只是知道要緊，準是個大寶貝。如今姑娘又要上御前，確實更該奉承，但動靜要適度，時機要恰好。有的人心裡有了譜，就一股腦兒發作起來，生怕別人不知道他曉事，越是這樣，越是壞菜。

梁遇招呼月徊吃喝，一面吩咐楊愚魯：「大同的礦山缺個礦監，打發承良上那兒去吧。」

楊愚魯聽後應個是，連眼皮子都沒抬一下。

目下正是司禮監提拔人的當口，這會兒把誰派出去，就像皇帝下令皇子就藩一樣，永失了升任的資格。多一個人出局，剩下的人便多一分勝算，楊愚魯暗鬆了口氣，但高興絕不做在臉上，想了想道：「大同那地方的礦山上，礦霸流氓到處都是，我怕駱少監一個人去吃暗虧。還要請督主示下，或者東廠派幾個番子跟著吧，到了那裡也好照應。」

這就是楊愚魯的聰明之處，美其名曰照應，實則是監管。況且先前派出去找姑娘的番子還在東廠，掌印和姑娘的關係既含糊著，就說明不願意外人知道，那麼那些番子勢必留不得。

梁遇「嗯」了聲，「這事你去辦吧。」復把鵪肝推到月徊面前，「怎麼了？不愛吃麼？」

這裡再沒他什麼事了，楊愚魯行個禮退出了正堂。

站在簷下看，風有點大，吹動那棵石榴樹上的紅綢，烈火一樣招展。楊愚魯拍了拍手，掌班上來聽命，他淡聲道：「帶幾個人，往駱少監府上去一趟。眼下京城冷，大同更冷，讓他多帶幾件禦寒的衣裳，沒的路上受寒著涼。」

廊子外一溜腳步聲急急去了，月徊豎著耳朵，聽得一清二楚。不過隨口幾句話，就定奪了一個人的前程，這就是官場。月徊瞧瞧梁遇，他正慢條斯理吃飯，外面的一切似乎和他毫不相干。

她忍不住問：「哥哥，駱少監差事辦得不好麼？您怎麼要打發他呢？」

梁遇垂著眼，眼睫遮住眸子，曼聲道：「司禮監能人多了，個個會辦差，可差事辦得好，未必能留下。宮裡有宮裡的規矩，知道得太多太外露，上頭人就容不得他。聰明得聰明在肚子裡，要沉得住氣，這才是紫禁城裡保命的方兒。駱承良是個不成器的，當初狂吃爛賭敗光了家業才淨身入宮，這種人市儈，留在身邊早晚是個禍害，不如趁早打發了好。」

月徊明白過來，「今兒他有意拖延，這件事辦得不地道，是麼？」

梁遇放下筷子，掖了掖嘴道：「自作主張，今兒敢拖延，明兒就敢告密。況且皇上要妳入宮，在妳進來之前，得把外頭的事斷個乾淨。這麼著不管將來走了哪條道兒，都沒有後顧之憂，對妳有好處。」

其實月徊知道哥哥的心思，他嘴上不說，到底還是願意她做娘娘。她呢，對未來沒有太明確的目標，當初和小四還盤算過給富戶做妾，現在身分換了，找見了靠山，那水漲船高升上一等，可不是要給皇帝做小老婆了嘛。

月徊有時候沒心沒肺，她又吃了塊胭脂鵝肝，比劃一下筷子道：「駱少監八成覺得，我將來要給您做對食，所以一徑撮合咱們來著。」她哈哈笑起來，「那些人見天就琢磨這個，滿肚子男盜女娼。我這麼正經人兒，哥哥也是這麼正經人兒，還愁我們走影兒。」

梁遇聽她口沒遮攔，著實嘆了口氣。

「姑娘家，什麼對食走影兒，也留點神，別想什麼就說什麼。」

月徊齜牙，「那您願意我在您跟前說一套做一套？我心裡頭坦蕩，就扒開心肝和您說話。要是我哪天心裡藏了事兒，那您想聽我的真話，可不能夠了。」

是這個理，他知道，或早或晚，總會有這麼一天的。

鵝肝是菜，閒話是佐料，月徊才想起問他：「這麼好的東西，您不嚐嚐？」

梁遇對那些心肝之類的東西很抵觸，連看一眼都難受，忙調開了視線說不，「妳愛吃就多吃點，不必管我。」

月徊有時候覺得哥哥是個奇怪的人，他有兩張面孔，一面殺伐決斷，一面又清貴柔軟。這宮裡的太監，大多是上不得檯面的下路貨色，可司禮監能做主的卻又個個拔尖，難怪太妃們也願意和他們小來小往。

她撐著臉頰打量他半晌，「可惜！」

她天上一句地下一句，對面的人抬眼看她，「可惜什麼？」

月徊想起那天被番子帶進府的情景，自己就先發笑了，捂著嘴道：「我們認親那天，番子衝我說了句『福氣來了』，我滿以為是我長得太好看被您瞧上了，我進府就是奔著做妾來的。後來陰差陽錯，您成了我哥哥，我那時候就想，要是不生在一家子多好，我使盡渾身解數，也要扒拉著您不放。」

又是這樣語出驚人，他聽多了，早就習慣了。關於她那時候的小心思，他怎麼會看不出來，打從一開始她就肖想他，那眼神擱在黑夜裡頭能發綠光。她扭扭捏捏，裝模作樣，就算知道他們是失散的親兄妹，怕也胡思亂想了好幾天。他當時就明白，這是個看臉下菜碟的丫頭，還好他長得不賴，要是醜點，她八成連認都不願意認他。如今她說破了，既然說破，就證明心裡已經一塵不染，只是他聽著，卻別有一種奇異的味道，像身上栓了細細的弦絲，拽一拽，牽筋動骨。

他輕輕舒了口氣，至親骨肉間打趣，不過笑一笑就過去了。他低頭拿杯蓋刮開茶葉，「別胡說，叫人笑話。」

月徊敷衍了兩句，同他談論明天假冒太后之名，接見內閣首輔的事去了。

梁遇把宮裡慣用的詞兒都交代她一遍，再不能出上回「朕聖躬違和」這樣的岔子了。月徊很聰明，教過的東西不問第二遍。及到第二天，預先在咸若館的東次間裡坐了陣，梁遇早安排好一切排場所需，散朝後讓小太監上西朝房傳話，說太后召見張首輔。張恒不疑有他，一路匆匆趕到花園。

平常太后召見一向在慈寧宮，今天換到咸若館，張恒心裡沒底。不過因著花園和慈寧宮只隔一條甬道，轉念想想也沒什麼稀奇，到了廊下便頓住了，讓人進去通傳。

不一會兒裡頭嬤嬤出來，笑著說：「如今司禮監當家，前朝的消息叫他們截了，再進慈寧宮不方便。太后特請首輔大人來，有要事相商，只是忌諱暗處有眼，沒法子和大人面議，今兒就隔簾說話吧。」

張恒是老臣，在朝中多年，掌權的人物們哪一位什麼性情他都有數。太后平時脾氣就古怪，狗啃月亮似的叫人摸不著頭腦，因此不管她出多少么蛾子，都在情理之中。

就像今兒，簾子裡頭的太后長吁短嘆：「先帝爺走了兩年多了，我昨兒夢見他，他站在離我三丈遠的地方，紅著眼睛像是哭過，說皇帝總算要大婚了，慕容家的社稷有指望了。」

張恒隔著簾子諾諾稱是，「皇上親政，這是穩固朝綱，利國利民的大好事。」

「你也說是好事，我就琢磨著，好事上頭給他下個絆子，到底應不應該。」太后語調滄桑，帶著這個年紀早該有，卻遲遲不來的深穩，慢慢說：「皇帝雖不是我生的，可我保舉他繼位，他將來就是我終身的靠山。他大婚這樁事上依著我，不依著他，我昨兒想了一夜，皇帝不說什麼，先帝爺卻找我哭來，我心裡不大落忍。」

張恒聽出她的意思，看來是改了主意，昨天的言之鑿鑿全不作數了。原本太后要讓娘家外甥女做皇后，也是為著江孫兩家的利益，和別人沒什麼相干，眼下就算改弦更張，也是她一句話的事。

張恒心裡掂量的時候，太后問了這麼一句：「張首輔，我想明白了，你納悶嗎？」

太后都明白了，他怎麼能犯糊塗！張恒說：「臣不敢納悶……臣的意思是，這皇后的詔書是頒還是不頒，全憑太后吩咐。」

門簾裡頭的太后說得頒，「我思來想去，太傅徐宿的孫女知書達理，是個好人選。古來娶妻娶賢，他們家的書都堆到房檐了，姑娘能錯到哪兒去？你說呢？」

張恒這回的「是」答得有些猶豫，因徐宿一門是保皇黨，和太后向來不對付。太后呢，又是個記仇能記到下輩子的人，這回突然大度起來，實在令人匪夷所思。

張恒沉吟了下，「臣先前沒聽清，太后娘娘的意思是，冊封徐宿的孫女為皇后？」

太后說沒錯，「就是她。」

張恒原來統領內閣，在東廠還未崛起時風光無兩，內閣官員甚至敢和皇帝叫板。可是這兩天不成了，幾位中流砥柱遭了迫害，精氣神一下子泄完，這會兒也沒了把持朝政，讓小皇帝延後親政的奢望了。

不過太后這樣心高氣傲的人服了軟，不大像她以前的作風。張恒悄悄往簾內覷了覷，簾子縫隙處隱約露出一片暗紋彈墨金絲的裙裾，他忙又垂下了眼，「是，臣回內閣後，便草擬封后詔書。」

太后說好，「快著點吧，免得夜長夢多。皇后人選一旦定下，東西六宮也該有主了，朝中凡五品上官員家裡，有十四歲上，二十歲下的姑娘，都可送進來參選。還有外埠的異姓藩王們，也別忘了知會他們一聲……那個南苑宇文家，說是世代出美人，問問他們家有沒有姑娘，弄一個進來解解悶兒吧。」

張恒道是，因這幾日活在司禮監的陰影裡，正有些喘不上氣，恰好太后改了主意，這就不必冒險得罪粱遇了。如此一來皆大歡喜，求之不得似的領了命，加緊承辦去了。

張恒從慈寧宮花園出來，沒走多遠迎面碰見了梁遇。司禮監還是那樣赫赫揚揚的排場，當朝首輔身邊不過跟了兩個捧書小吏，梁遇身後卻是三四個堂官，並一眾辦事太監。

紫禁城裡的雪還沒化，天上出了太陽，那個身穿朱紅曳撒的人，率眾從夾道那頭款款而來，烏紗帽壓得很低，金鑲玉的帽正下是一雙清雅深邃，又氣焰逼人的眼睛。

他人還未到，臉上倒笑起來，拖著慵懶的長腔兒道：「臨近節下了，又兼來年皇上要大婚，大小琉球今年進貢的東西不少。剛才四方館報進來，說使節入京了，咱家到處找張大人呢，沒想到張大人竟在這兒。」

張恒掖著袖子，自矜地頷首，「先前是太后娘娘召見，我往北邊去了一趟。進貢的東西往年都有定例，什麼用途歸哪個庫管。像進貢的緞帛銀兩應當收入國庫，用以恭賀帝后大婚的算私帳，收入如意館更相宜。」張恒斟酌著說完了，見梁遇含笑不言聲，心頭不由蹦了下。也是，如今什麼年月，還講老例？他立時換了話風，「不過既是年下的進貢，歸為宮中過節的用度也不為過。如今宮裡挑費大，萬事都需梁掌印盡心，巧婦難為無米之炊，這個我知道。依我之見，倒不如把貢品交由梁大人指派，也免於多費手腳。少了從公中調撥，多了歸還國庫，到底後宮的花銷內閣不便過問，也不懂。」

這還像句人話，梁遇偏頭吩咐秦九安：「聽見張首輔的話了？就照著首輔大人的意思辦吧。」說罷衝張恒笑了笑，百般無奈道：「不當家不知柴米貴，這偌大的紫禁城那麼多張嘴，睜眼就是數萬銀子的花銷。還有後宮的主子娘娘們，今兒要這，明兒要那，哪個也不敢怠慢。春秋時候還好些，不過衣裳首飾瓜果小食，到了冬夏可了不得，用炭用冰，哪樣不是耗費巨萬！唉，要說實在的，宮裡還不及外頭官員，下頭人孝敬冰敬炭敬仔細周到。朝廷正拿贓腐，小官們有膽兒奉承上司，沒膽兒奉承皇上，您說可氣不可氣？」

他含沙射影說了這麼多，張恒聽在耳裡，卻是一劑醒神的猛藥。如今在朝為官的，哪個能做到一清二白？縱是從來不受賄賂，只要東廠想辦，你就黑得烏鴉似的，再也白不了了。梁遇不提這宗還好，一提就說明他要往這上頭動腦經，司禮監黨同伐異的事辦得多了，接下來會不會再拿這個做文章，坑害內閣官員，誰知道呢！

張恒只得順著他的話頻頻點頭，「梁大人說得是，是這個理……」

梁遇又一笑，和顏悅色道：「太后召見張大人，想是為了立后的事吧？下聘要用的大禮，司禮監已經加緊預備了，不拘什麼時候放恩旨，咱們這兒說話就能抬出來。」

張恒「哦」了聲，「這事我正要轉告梁大人呢，先前太后發了話，皇后的人選有變，太后又瞧上了徐太傅家的孫女，打算冊立徐氏為后。」

梁遇遲疑了下，納罕道：「太后和徐太傅向來不對付，怎麼會立徐宿的孫女為后呢，張大人別不是聽錯了吧？」

張恒卻說沒錯，「我也擔心聽岔了誤事，又追問了太后一遍，說的正是徐氏，分毫不錯。」

如此看來，月徊是真把張首輔糊弄住了。這丫頭的能耐實在不小，但這件事辦完，只怕麻煩也要接踵而至了。

梁遇道好，「既是太后的意思，那就照著辦吧！詔書上改個名字不為難的，什麼時候宣旨，咱家等首輔大人的信兒。」

張恒忖了忖，「左不過這十天半個月，節前辦了好過年。還有一樁，太后說東西六宮要進人口，五品上官員家適齡的姑娘都得參選。另特意提起南苑宇文家，大有存心聯姻的意思。」

「宇文家？」梁遇恍然大悟，「也是，那些外姓藩王家，鮮少有進宮為妃的姑娘。太后娘娘真是一片慈母之心，想盡了辦法為皇上拉攏藩王，穩固朝綱呢。」

所以說，太后像一夕變了個人似的，夢見先帝爺哭是假，夢見先帝爺說她再唱反調，要帶她下去才是真吧！張恒囫圇笑了笑，又寒暄了兩句，往南邊朝房裡去了。

一路行來，積雪沾染上袍角，梁遇捏著一道暨褶抖了抖，淡聲道：「那些異性藩王，是早前跟隨太祖打過江山的，雖說世襲罔替到了今兒，朝廷也還得以禮相待。」

楊愚魯道個是，「崇宗皇帝那時候有過先例，不等接進宮再封妃，就是各家賞個封號，藩王們再推舉出合適的女孩兒，算是宮裡的恩典。到時候朝廷得派人過去接應，要是開春下旨意，明年六七月裡事兒才能辦完。」

梁遇「嗯」了聲，「等著吧，等皇后人選大定，就該給各藩頒布旨意了。打今兒起，外頭動靜不許往慈寧宮走漏半分，太后要是鬧起來，慈寧宮伺候的一干人就別活了。至於封妃的事，還得聽皇上示下，到時候司禮監、東廠、錦衣衛都得抽調人手過去接應……傅西洲，這程子學得怎麼樣？」

楊愚魯道：「回老祖宗話，那小子機靈能幹，馮坦說是個好苗子。只要仔細調理，三年五載之後，必是東廠拔尖兒的人物。」

梁遇沒再說話，雖說他對那野小子沒什麼好感，但瞧著月徊的面子，能成才也是好事。

從夾道往北，前面就是攬勝門，這時候月徊應該還在咸若館裡。今天的差事承辦完了，可以回家待上兩天，皇帝雖急於讓她進宮，但也得容他把一切安頓好。到底御前忽然多出個人來，身分不安排妥當，底細經不起推敲。皇帝跟前他沒有隱瞞月徊的身分，但於外頭還是遮掩一下的好，這是他和皇帝達成的共識。

手上要事再多，他得先把月徊接回來，可沒想到的是，當他匆匆趕到咸若館時，皇帝居然也在。

年輕的帝王，站在日光下自有一段風流蘊藉，那飛揚的鳳眼和沉沉的鬢髮，將這少年模樣勾勒出別樣的精美。

他立在臺階前，正回首等裡頭人出來。月徊換下太后慣穿的那條裙子，穿回她的葵花圓領袍，皇帝叫她一聲，她「嗳」地答應了，邊扣著腰帶邊說「來了來了」，那樣鬆泛的相處，像梁家還未遭難時候，他和私塾裡同窗同進同出的樣子。

慈寧宮花園和慈寧宮離得太近，長信門對面就是慈寧門，因此往北這條道行不通，唯一的辦法就是從攬勝門出去進迎禧門，穿過司禮監經廠直房，繞開慈寧宮走。

他們過來了，梁遇略頓了下，閃身讓到了含清齋山牆後，聽著他們有說有笑穿過角門走遠了。楊愚魯覷了他一眼，「老祖宗，看樣子萬歲爺很喜歡姑娘。」

梁遇慢慢頷首，帝王的感情確實複雜而分裂，籌畫立后選妃的同時，不妨礙他少年人情竇初開般接近喜歡的姑娘。這皇權天下本就如此，只要喜歡便有後話，何況還有他這個親哥哥在，就算月徊從女官做起，他也能將她送到后位上。

好事……是好事……梁遇擰起眉，示意楊愚魯招人過來問話。

很快領命掌班的曾鯨到了跟前，垂著手，恭恭敬敬叫了聲老祖宗。

司禮監裡人才濟濟，去了一個駱承良，底下司房就能升上來。這曾鯨一向悶葫蘆似的，但辦事穩妥，梁遇冷眼看了他三年，他的機敏，並不在楊愚魯或秦九安之下。

梁遇問：「皇上來了多久？是才到，還是早來了？」

曾鯨道：「回老祖宗話，皇上比張首輔來得還早，裡頭才換衣裳，他[7]老人家就到了。」

梁遇沉默下來，才知道這事打從一開始，皇帝就在月徊邊上。

計畫趕不上變化，原本他是預備自己在邊上陪著的，沒想到外邦使節忽然進宮，打亂了他的計畫。因昨兒該說的話他都仔細交代月徊了，今天又指派了曾鯨掌事，就算她一個人也沒什麼可擔憂的。他甚至很願意讓她自己處理這件事，雖說從未接觸過官場的孩子糊弄當朝首輔，說起來像個笑談，但只要他還掌管著司禮監，多大的風險都可以是

7 他：第三人稱的尊稱。

歷練，了不起魚死網破，再壞的事他也有後招應對。

只是沒想到皇帝會來，有他親自坐鎮，萬一張恒發現簾後坐的不是太后，那麼這件事就由皇帝擋在頭裡了。

說來也怪，平常走道兒都要計較先邁左腿還是右腿的人，竟有這樣的魄力，看來這份喜歡已經足夠深刻了。他負著手，輕輕嘆了口氣，之前想好的事，一旦成真了竟又有些不滿，覺得一切來得太快了。人就是這樣得隴望蜀，眼下他又有了新的惆悵，惆悵月徊才剛回來，也許很快，她的心就要向著別人了。

月徊那頭不懂得哥哥的憂思，她在慶幸這麼要緊的差事她辦下來了，皇帝就算再忌憚她這條嗓子，對大伴也會心存感激。

她跟在皇帝身後進了乾清門，皇帝沒回暖閣，帶她一直往後去。坤寧宮就在乾清宮之後，中間隔著一座孤零零的交泰殿，皇帝指了指那個黃琉璃瓦四角攢尖頂的大屋子，「朕的寶璽全存放在那裡，雖然近在咫尺，卻由內閣掌握，朕每天就這麼看著，看得著夠不著，得等坤寧宮裡住了人，朕才能隨意開啟那扇殿門。」

月徊點了點頭，「所以咱們今天幹的事，就是為了皇上能娶上好媳婦兒。民間也是這樣，家業興不興旺，全看當家媳婦能不能幹。我們掌印說，徐家小姐一肚子學問，將來一定能好好輔佐皇上。」

「一肚子學問？書裝得太滿也不好，愛較真，芝麻大的事也能爭上半天。」皇帝淺淺一笑，「世人都說做皇帝好，可做了皇帝不自由，像這樣的天氣，連跑一跑都不能。」

月徊嘖了聲，「不能跑不能跳，到了三十往後該發福了。我認識一個鹽商，不愛走路，上漕船都要人抬著，躺著比站著還高。」仔細審視他一回，想像不出他胖了是什麼模樣，會不會眼皮子上也長了橫肉絲兒，漂亮的丹鳳眼變成腫眼泡，那可太讓人難過了。

皇帝這輩子，從沒有人擔心過他將來發福，這種新奇的論調讓他覺得有趣，認真琢磨了下，他一本正經道：「我們祖上十幾朝皇帝，沒一個是胖子。政務那麼多，愁得吃不下睡不好，哪裡還能長肉。」

「所以享得滔天富貴，就要受得無邊勞累，這也是沒法子的事。」月徊難得想出這麼有學問的話來，簡直有點驕傲，「現如今您還沒成家，缺了幾個和您貼著心的人。等明年，這東西六宮都住進了人，坤寧宮也有了主，那麼多人潛心為您一個，您心裡就踏實了。」

皇帝聽著那些向光向暖的話，並沒有感覺受到安慰。

外人不明白，他們以為皇帝是天下之主，後宮的女人個個都會搶著愛他，其實並不是的。他從小長在宮裡，先帝的那些后妃們，每一個都是活生生的人，她們可以愛花愛草愛吃喝，皇帝翻了牌子她們安分伺候，伺候完了各歸各位等著懷孩子。懷上了那可太好了，進宮的使命完成了一半；懷不上也不要緊，繼續的領月俸侍寢，循環往復，一輩子很快就過去了。

愛？沒有，偶爾碰一回頭，連搭夥過日子都算不上，比朝中大臣還不如。至於皇帝呢，人太多愛不過來，難得一兩個上點心，其他都是錦上添花的點綴，畢竟帝王家講究排場，少了不像話。

皇帝問她：「月徊，妳有青梅竹馬的玩伴沒有？」

月徊說有，「我有個窮哥們兒，大名傅西洲，我們插香拜了把子，他認我做姐姐。」

那是江湖式的豪邁，離皇帝很遠，他有些悵惘，「朕沒有。」

月徊心想做了皇帝還要什麼朋友，快別矯情了。可是她不敢說，想了想道：「沒朋友不要緊，您有我們這些伺候您、為您賣命的人，像我哥哥，還有我，還有傅西洲。」

皇帝發笑，這是個不會彎彎繞的姑娘，表起忠心來毫不含糊。袖袋裡的盒子捂得發熱，他猶豫了半天，到底抽出來遞給了她。

「今兒妳立了奇功，這是賞妳的。」

月徊很意外，雖說那盒子看上去很名貴，可她為了表示客氣，還是擺手說不要，「給皇上辦差是我的福氣，我怎麼能要您的東西呢。」

皇帝的賞賜從來沒人推辭過，伸出去的手懸在半道上很尷尬，臉上因急躁泛起一層紅，又往前遞了遞道：「妳拿著……朕讓妳拿著妳就拿著，要是不接，就是抗旨不遵，要殺頭的。」

這下月徊終於「勉為其難」收下了，一面說「您太客氣了」，一面揭開了盒蓋。

盒子裡裝著一支鎏金點翠小金魚髮簪，金絲編成的大腦門上，一左一右鑲著兩粒紅色的瑪瑙魚眼。她有點不明白，「您怎麼送我這個呀？」

皇帝是頭回送姑娘這麼寒酸的小禮，尋常賞賚不是這樣的，他就是覺得越少越精才越有深意。

可惜月徊糊塗，她沒有那麼細緻，皇帝本以為她會驚嘆一聲，歡天喜地向他道謝的，誰知她壓根沒這根筋。他有些難堪了，又不便說得太透澈，只好含糊敷衍，「這魚長了雙大眼睛，像妳。」

像她？月徊笑得訕訕，礙於他是皇帝，不好唱反調，於是拿手指頭在那雙眼睛上摸了下，賞臉地說：「可不嘛，長得實在太像我了。」

皇帝見她高興，自己也很喜歡，頗有些邀功似的說：「朕挑了好久才選中的，太華貴的首飾不稱妳，朕覺得這小金魚就很好。等妳換上姑娘的衣裳就能戴了，這簪子靈動，妳戴最相宜。」

可是她更喜歡華貴的，俗氣的人並不在乎款兒好不好，只要值錢就是美。可惜彼此不夠相熟，她的心裡話不能說，皇帝也不瞭解她。要是換了小四，一定挑赤金鑲寶的大牡丹，那插在頭髮上，才叫一個富貴無雙。

無論如何，皇帝親自挑選是大面子，她得領他這份情。月徊捧著盒子朝他呵了呵腰，「謝謝萬歲爺，我可太喜歡這個了，回去就戴上。」

皇帝赧然笑了笑，「還有一樁事，朕想問問妳，朕要迎娶皇后了，很快後宮裡頭還會有各路妃嬪，妳覺得這樣合適麼？男人妻妾太多，是不是讓人覺得不正派？」

那還用說嘛，當時梁遇教她說那些選妃的話時，她就擔心皇帝貪多嚼不爛。一個人一輩子，哪兒來那麼大的氣力應付那麼多女人。何況皇帝身子還弱，要是胡來，鬧得不好要出大事的。

月徊這人沒別的好，就是待人實心，她先是寬解皇帝，「您是什麼人呢，世上哪來皇帝後宮多就不正派的道理。世人都知道帝王家要開枝散葉，沒有後宮哪來的孩子，您把六宮裝得滿滿當當是應該的。不過您也得愛惜您自己個兒的身子，您不能看著這個也好看，那個也喜歡，那就壞事了。像做飯燒柴禾似的，得勻著點來，火頭太大飯該糊了，您明白我的意思吧？」

皇帝貶了下眼睛，可見是聽明白了。

有時候她說話真算不得雅致，但粗鄙裡頭又帶著通透，他愛聽她一針見血的高見。既然她能理解帝王家的無奈，那麼對他這個人也未見得失望吧，於是試探著問她：「妳將來，對挑選夫家有什麼要求？」

「要求？」月徊想了想，「沒有，只要像哥哥那樣待我好就成了。您也知道我擊小兒苦，只要吃得飽穿得暖，沒那麼多嬌嬌兒的要求。」

皇帝一聽，心頭便隱隱震動。偏過頭看她，她站在朗朗日光下，含著笑望著遠處的坤寧宮，沒有豔羨也沒有敬畏。其實在她眼裡，坤寧宮也好，乾清宮也罷，就是大得沒邊沒沿的大屋子，別無其他。

皇帝意有所指，旁敲側擊著說：「民間但凡結親也都有章程，必是熟人托熟人……

婚事上頭還是相熟的更靠得住。」

月徊說對，「萬一將來打起來，也是冤有頭債有主。」說得皇帝噎住了。

月徊想得不那麼多，她回頭看了皇帝一眼，「今兒奴婢得出宮回家，等掌印那頭安排完了，奴婢就進來伺候您。」

皇帝點了點頭，「想是要不了幾日的，朕等著妳進來。」

月徊又問：「宮外的東西，您有什麼想要的嗎？我進來的時候捎上一兩樣給您，比讓太監出去採買方便。」

就是這種家常的味道，你缺什麼短什麼，我帶來給你。她不拿他當天下萬物盡在吾手的皇帝，他也不拿她當奴才秧子。因為中間有梁遇，他們在某種程度上是平等的，皇帝還記得狂風暴雨的夜裡，大伴把他摟在懷裡的情景。月徊在沒走丟的時候，也是這樣全身心地依賴梁遇，背靠過同一棵大樹，自然如同盟般親厚。

皇帝說什麼都不要，就盼她早早進宮，月徊嘴上應著，其實她更願意外頭天地廣闊。

可是沒法子，到了這個份上板上釘釘，也不用再動旁的腦筋了。好在她是個在哪都能活的人，這深宮無聊，她也可以在這方天地間找出新的樂子來。

月徊辭過皇帝，對插著袖子從東二長街上往北走，雪停了，太陽出來了，陽光沒有溫度，是發白的，照得夾道南北白慘慘一片。她抬手扶扶帽子，內侍的暖帽擋不住風，絲絲縷縷的涼氣從烏紗縫隙裡透過來，吹得她頭頂著涼。

她加緊步子進了貞順門，司禮監衙門有四面宮牆遮擋，這院落裡反而能咂出點暖意來。哥哥在不在衙門裡，不知道，橫豎她打起門上簾子一頭鑽了進去。屋裡攏著炭盆子，博山爐裡薰了滿室羯布羅香，她看了一圈，沒見著人，想是還在前朝忙著吧！她從袖子裡抽出那個小匣子，摘了帽子抿抿頭，把那支點翠金魚簪插在頭頂的髮髻上。

晃晃腦袋，原來這魚眼睛有玄妙之處，底下按著小小的螺形機簧，腦袋一動，一雙眼睛亂竄。

「這眼珠子……像我？」她長吁短嘆，看來那位爺眼神不怎麼好。不過俏皮倒是極俏皮，插在髮間，連人也顯得機靈。就是好好的簪子襯著男人的髮式，看上去不倫不類，不那麼美觀。

她這頭正照鏡子，鏡面倒影出門簾掀動，有人從外頭邁了進來。身後的人一眼就看見她搔首弄姿的模樣，也沒說什麼，負手站著，就那麼淡淡看著她。

月徊轉過身，嬉皮笑臉叫了聲哥哥，「您瞧我這個，好看麼？」

梁遇涼涼一瞥，「直眉瞪眼的，和妳挺像。」

月徊窒了下，直眉瞪眼？這可不是誇她！不過他和皇帝的說法倒一致，她又扭身打量了兩眼，這回越看越像了，簡直是照著她的模樣做的。

好東西得好好收起來，她拔下髮釵裝進盒子裡，「您不問問是哪兒得來的？」

梁遇坐在案後，隨手翻了翻題本，「妳要是想說，自然會告訴我。」

他今天口氣不好，看樣子不大高興，司禮監每天要經辦各類大事小情，八成又遇上哪個不長眼的了。

月徊咽了口唾沫，「這是皇上賞的，說我今兒差事辦得好……哥哥，我沒出什麼岔子，把張首輔給唬住了。」

梁遇當然知道，張恒從園子裡出去就碰上他，一通言之鑿鑿，半點沒有懷疑咸若館裡召見他的另有其人。她有能耐，這條嗓子到了出神入化的地步，所以皇帝待見她……

「只賞了這麼一支簪子？」他的視線從題本上抬起來，幽幽落在那盒子上。

月徊說是啊，「我也覺得皇上怪小氣的，我替他辦了那麼大的事呢，好歹賞我塊金磚，我可以自己打全套頭面。」

她就知道錢，卻不明白越稀少越珍貴的道理。皇帝富有天下，別說金磚，就是金山也賞得起，為什麼只挑了這麼一支小小的簪子，除了道謝，恐怕也有以此訴情的意思。

然而月徊是個傻子，她那顆榆木腦袋裡除了錢色，再也沒有旁的了，皇帝的心思，她看清了麼？他原該提醒她一下的，可現在又打消了念頭，只垂眼道：「妳假傳懿旨的事，早晚要穿幫的，從現在起處處留神吧。我雖掌管司禮監，也沒法子做到人人賓服，妳記好了，別搶陽鬥勝，別出頭冒尖，太后收拾不了我，卻收拾得了妳。要是引得慈寧宮注意，事兒出起來不過一彈指的工夫，我就算肋下生翅，也救不得妳。」

他說這段話，不知怎麼帶著負氣的味道，把月徊嚇得不輕。

「那我豈不是沒活路了？太后要辦我，我找誰哭去？」她咧著嘴，過來抱住他的胳膊，「哥哥，您不能把我撂在御前不管，咱們可是一個娘肚子裡出來的。」

梁遇睨了她一眼，「妳如今不是投靠皇上了嗎，等妳到了御前，他自然保妳。」

月徊眨巴著眼，覺得他這話很不負責任，「我和人隔著一道呢，您才是我親哥哥。既然上御前沒人管我，那我可不去了，寧願在家裡跟著嬤嬤學規矩，我也不拿自己的腦袋開玩笑。」

可是定下的事，皇帝跟前都說定了，哪裡容得她反悔。她沒法子，摟著他的胳膊搖晃起來，「您別嚇唬我，是因為今兒我做錯了事嗎？我沒等您來，就逞能見了張首輔，您生我的氣了？」

梁遇被她搖得骨頭散架，卻也不理會她，涼聲道：「張恒來的時候，皇上也在，我不擔心妳會因穿幫掉了腦袋。況且咱們頭一天就議定的，以妳的聰明，也不會把話說岔了。」

「那您在惱什麼？我辦妥了差事您不誇我，還要任我自生自滅，早知道這樣，打從一開始我就不幫您這個忙了。太后和皇上鬧家務，又和我不相干，我蹚這趟渾水，圖什麼？就圖一根髮簪？」

她賴在他身邊，這種趕都趕不走的黏纏，卻讓他慢慢心生滿足起來。他嘆了口氣，扭頭打量她，「月徊，皇上要廣納後宮了，妳有什麼想頭？妳心裡喜歡的人，將來可以三妻四妾嗎？妳願意埋沒在人堆裡，等著他想起妳嗎？」

月徊蹲著，尖尖的下巴杵在他臂彎上，那雙眼睛清澈得泉水一樣，想了想啟唇道：「我這會兒沒有喜歡的人，所以覺得埋在女人堆裡也挺好，我愛看美人。將來可就不好說了，我喜歡的人三妻四妾，我又想不開，天天以淚洗面怎麼辦？」

梁遇竟被她說得怔愣了，一時不知該如何解決這個難題。唯一的好辦法，可能就是不要愛上任何人，但她這樣天真爛漫的女孩子，怕是無論如何都做不到的。

「天底下要是有第二個像您一樣的人就好了。」月徊喃喃說，「太監八成很專情，找個做伴的人不容易，不會今兒你明兒他。」

梁遇聽了，牽起唇角一哂，「太監原本也是男人，去了勢照舊拿自己當男人。這宮裡混出名堂的太監沒幾個，宮女子卻遍地都是，有時候一個太監和幾個宮女來往，這種事多了去了，妳竟相信太監？這類人是天底下最叫人信不實的，千萬不要招惹。」

他的話裡帶著一種自暴自棄的情緒，月徊能聽得出來。她倒也不是拍馬屁，就是很實心地佩服他，「您和他們就不一樣，延慶殿王老娘娘這麼勾搭您，您都瞧不上她，其他宮女子更不用說了。所以我才說您難得，將來遇上一個，一準兒死心塌地，比王寶釧還王寶釧。」

她說話就是這樣，前幾句能聽，後頭就漸漸走偏，拽都拽不回來了。梁遇看著她，覺得腦仁兒疼，「這世上有人配我這麼死心塌地？」

「那可不一定吶。」月徊笑了笑，笑完嘶嘶吸起涼氣，蹲麻了腿，站起來單腳蹦回南炕上。

那個首飾盒子還在鏡前擱著，他輕慢地挪開視線，「預備預備，過會子讓人送妳回去。」

月徊「哦」了聲，「也沒什麼好收拾的，您今兒夜裡回來麼？」

題本摞得很高，他還有一大套的事要做，信口應了聲：「說不準。」

月徊有她自己的打算，他要是公務忙，不回來也成啊。她兀自嘀咕著：「回頭我得去瞧瞧小四，他才進東廠我就給薅到宮裡來了，往後怕是不得見了，也不知道他在那裡混得怎麼樣。」

梁遇聽完，擱下手裡的筆道：「今兒差事不多，交給底下人辦就成了。我也好幾天沒著家了，抽個空回去清洗清洗，換身衣裳。」

月徊撓了撓頭，覺得哥哥一會兒一個說法，有點摸不準他的路數。她也不管那些，戴好了帽子說：「您這就打發人送我出宮吧，我先去趟東廠，問小四夜裡回不回來吃飯。」

梁遇略沉默了下，重新牽袖蘸筆，揚聲喚「來人」。

門外曾鯨進來聽令，垂袖道：「老祖宗什麼吩咐？」

梁遇道：「送她出宮，順道去趟東廠。裡頭番子混帳，你要看顧著點，別叫人衝撞了。」

曾鯨應個是，退身出門預備車轎，月徊正要跟出去，卻聽哥哥讓等等。

她站住腳回頭，等著他發話，梁遇道：「那個地方不乾淨，別進門，在門外見一回就夠了。也別逗留太久，人前少點眼，免得節外生枝。」

反正就是不要和小四多接觸，月徊心裡其實不願意，可又不得不聽，只好勉強答應下來。

這會兒看看，認回哥哥百樣都好，只有一樣不好，哥哥還拿她當孩子。「別在外頭野、別見不該見的人、早早回家、早早睡下」……和幼年家道還興隆時候一樣，哥哥就像第二個娘。

唉，都是這吃人世道糟踐的，月徊搖了搖腦袋。但無論如何，能見小四挺讓她高興，曾鯨親自駕車送她，過了東安門沒多遠就是東廠衙衕。以前她也曾經過這裡，但每回都是遠遠繞開不敢靠近，老覺得那地方是皇城根兒下最可怕的去處，喘口氣都能品出血腥氣。

如今走近了看，氣派的大門內原來還立著個牌坊，上頭寫的四個大字她勉強識得——流芳百世。

第七章　清御披蘭路

這牌坊寫的，越欠缺什麼就越愛標榜什麼。月徊敢笑不敢言，從車上跳下來，等曾鯨進去叫小四出來說話。

街市上行人稀少，早上趕過一輪集，積攢下的那些積雪被踩踏後，成了道旁黑色的泥沼。月徊攏著暖袖茫然看著，忽然生出些有錢人的閒愁來，感慨雪沫子從天而降時多純淨柔軟，落到地上，竟成了任人踐踏的模樣。其實梁遇也好，皇帝也好，看著風光無限，去了那層光輝的外殼，同殘雪一樣。發跡前狠吃過一段苦，到如今千瘡百孔，卻裝進了金罐子裡，化成水，插上了春天初綻的一枝梅。

東廠衙衕口，是一片寬坦的空地，東西兩頭沒什麼遮擋。她站在風口裡寒浸浸的，官靴踩著腳下青磚，磚鋪得不夠嚴實，微一踮腳，磚縫間便冒出泥漿來。她挪開了小半步，因一時貪玩，鞋面上濺得芝麻粒兒似的，真是人不愁吃喝了，開始學著糟蹋東西。要是換了早年，寧肯自己光腳，也得把這雙皂靴留給小四啊。

衙門口終於有人出來了，曾鯨把小四送到門上，自己並未跟出來。這就是司禮監隨堂的眼力勁兒，知道他們有話要說，不等吩咐自己識趣避開了。

小四一臉笑，快步到了她跟前，一瞧她，又開始貧嘴，「幾天沒見，您淨身啦？」

月徊「去」了聲，上下打量他，這小子先前吃了上頓沒下頓，臉上欠油水。如今到了東廠，別不是人肉就饅頭吧，才幾天光景就吃得頭光面滑的。

她伸手，替他提溜了下耷拉的領口，「我這幾天沒在家，進宮去了，看樣子往後得在宮裡扎根，今天放我回來休整休整，估摸要不了多久又得進去。」

小四怔了怔，「怎麼讓您進宮吶？您豆大的字不識幾個，大鄴這是沒人了，讓您進去倒夜壺嗎？」

月徊受他擠兌，瞪眼道：「你不能說兩句好話？就你，瘦得跟豆芽菜似的，不也進東廠做幹事了嗎！我進宮不倒夜壺，我伺候皇上。滿世界都是有學問的人，不缺我一個，皇上就相中我老實厚道，你管得著嗎！」

兩個人是磨著嘴皮子長大的，見了面不鬥上兩句，心裡不舒坦。可鬥完了，又覺得很不捨，小四哀致地看著她說：「月姐，皇上是不是要提拔您當妃子？您這麼大年紀了，進了宮還有出來的時候嗎？這一去，我再想見您可就難了，您能不能別去？等我掙了錢，我養活著您，您何必給人當碎催呢。」

月徊被他說得鼻子發酸，孩子大了，知道心疼她養活她了，有這幾句話也不枉拉扯他一場。可人到了一定時候就身不由己，不像以前光杆兒，有口粥吃就高興。如今是好吃好喝養刁了嘴，下頓兩菜一湯還嫌不夠，得維持住福氣體面，還要使金碗象牙筷子。

再說進宮又不是殺頭，大可不必這麼悲悲戚戚，於是拍了拍他的肩，說沒事，「憑我的本事，你等著吧，回頭我當個太后讓你瞧瞧。你放心，苟富貴勿相忘，今晚回不回來吃飯？」

她東一榔頭西一棒子，小四早習慣了，仔細算了算差事，沒什麼太要緊的，便道：「我眼下學徒呢，有我沒我都一樣。回頭我和師父告個假，不拘怎麼都得再陪您吃頓飯。」

月徊說「得嘞」，「我先回去預備，你好好當差。晚上早點兒回來，我讓人預備好吃的給你，啊？」

小四點了點頭，見她朝曾鯨招手，那個東廠番子見了都得畢恭畢敬的隨堂太監很快來了，臉上帶著微微的笑，輕聲細語道：「姑娘交代完了，那我這就送您家去。」

月徊頷首，「還得勞您駕。」

曾鯨攙她上了車，自己坐在車轅上駕馬甩鞭子。小四目送馬車緩緩走遠，隱約感覺失去了什麼。以前懊惱吃不飽穿不暖，現在什麼都不愁了，卻又慢慢和相依為命的人走散了。也不知道她認回那個哥哥是好事還是壞事，太監過分精於算計，恐怕那位督主得了個妹妹，並不單純把她當做妹妹。打著族親的幌子，不從她身上榨出二兩油來，對不起人家頭上那頂烏紗帽。

月徊那頭呢，由曾鯨送回了提督府。到家曹甸生和她院兒裡的丫頭全迎了出來，忙伺候她洗漱換衣裳。外面天太冷，走了一圈腳趾頭都凍住了，泡進熱水裡才逐漸活過來。她後腦勺枕著木桶邊沿，打了手巾把子敷在額頭上，閉眼感慨還是家裡頭好啊，宮裡什麼也不缺，什麼也不方便，這兩天到處將就，從頭到腳都出餿味兒了。

綠綺捧著乾淨衣裳過來，小聲提醒：「姑娘可別睡著了，沒的著涼。洗會兒就起來吧，乾淨衣裳預備下了，等擦乾了頭髮，您再瞇瞪會兒。」

月徊泡得身子發紅，手指頭上的皮都起了褶子，這才慢吞吞從桶裡爬出來。丫頭們替她擦身子，她還有些不好意思，閃躲著說自己來，玉振笑道：「可別，這活兒您幹了，咱們幹什麼呢。伺候您是咱們的分內，您可不能和咱們搶。」

是啊，各有各的差事，譬如往後她進了宮，也得伺候皇帝吃喝拉撒。於是安然了，就站在那裡讓她們擺弄，從上到下撲一層香粉，然後替她換一身好看的新衣裳，薑黃色蜀錦褙子底下配了條蔥綠八幅裙，脖子上圍個暖脖兒，還往她手腕上戴了一副金鑲多寶的手鐲。

秋籟撚著她的耳垂算計：「姑娘小時候扎的耳朵眼兒都長實啦，等明兒咱們預備起來，再給您扎一回。」嚇得她捂住了耳朵。

松風往窗口能照見光的地方搬躺椅，午後著實是犯睏了，她癱在椅子裡，一覺睡到申時。等醒了起身，問夜裡菜色準備好了沒有，綠綺說：「廚上該蒸的該烤的，都收拾妥當了，姑娘不必操心。」

月徊點了點頭，「督主回來沒有呀？」

綠綺說沒有，「曹管事的在巷口候著呢，回來了自會通稟姑娘的。」

月徊「哦」了聲，哥哥弟弟都不在，她覺得挺無聊，就上案後練字去。案上還放著那天寫完的名字，她抽出兩張擱在一起，日裴月徊，看著心生感動，兄妹倆連名字都透著血脈相連的味兒。

她和哥哥的名字筆順不多，就琢磨傅西洲該怎麼寫。結果綠綺翻書給她瞧，她一看兩眼直發暈，原想寫上一寫的，這回直接把書闔了起來——該是小四自己學著寫才對，她就免於湊熱鬧了。

她在書房裡蹉跎，這兒看看那兒摸摸，太陽很快就偏西了。奇怪他們都不回來，她著急上火，站在門前嘀咕：「脖子都盼長了，還是上外頭等著去吧……」

結果走到院門上，迎面遇見松風進來，問姑娘幹什麼去。月徊說上巷子口接督主，松風「咦」了聲，「督主回來有會兒了，外頭人沒報進來？」

月徊說沒有，咧嘴笑了笑，「八成忘了這府裡多了個人兒啊。」一面說，一面往哥哥的院子去。

梁遇的住處是這提督府的核心，那份開闊，那份氣派，十分合乎他的身分。月徊還是頭回上這兒來，被番子帶回府那天起就天降大雪，她想逛逛也被風雪裹住了手腳，如今是乾清宮和坤寧宮都轉悠過，卻唯獨沒來過哥哥的院子。

梁遇是個雅致人，院落裡頭引泉眼，做出個小小的曲水流觴，邊上栽著一棵黃山松。別人的盆景養在盆兒裡，他散養，但修剪絕對精心，兩個人那麼高的樹身，也雕琢得冠偃如蓋，蒼勁俊逸。

只是梁遇孤高，在司禮監前呼後擁被人老祖宗叫得山響，回來就不愛有人近身伺候。月徊進來的時候，院子裡空無一人，西邊院牆頂上照進一縷餘暉，打在樹頂的松針上，沒來得及化開的積雪顫巍巍，欲落不落。

她朝上房看了看，一點動靜也沒有，倒像是沒人在。她提著裙角登上臺階，站在門前大聲喊「哥哥，您在不在裡頭？」

等了等，門內沒有回音，不由有些洩氣，別不是宮裡臨時有事，又把他給招回去了吧！

給人辦差就是這宗不好，沒白日沒黑夜的。月徊嘆了口氣，抬手拍門，「哥哥，您是沒回來，還是睡著了？老爺兒還在天上呢，您要是睡了可不應該啊。」

其實她也是胡諏，料著他不在裡頭，正打算離開，卻聽見門內人應了，那樣淡漠的聲氣兒，說：「沒睡，進來吧。」

月徊高興了，忙推門進去，明間裡著實沒人，西邊的隔扇門後有水聲傳來，她探頭探腦，捏著嗓子道：「廠臣就是這麼伺候主子的？瞧著有客到，不出來迎接倒罷了，還當人面兒洗上澡了，可見是沒把我這個太后放在眼裡，沒把大鄴的規矩體統放在眼裡啊。」

她學太后的聲調語氣，學得半絲不走樣，要不是知道她的能耐，真要被她唬慌了神。

裡頭人低低斥了聲，「別胡鬧。」

月徊不管他，站在門前調笑，「廠臣，裡頭有人伺候沒有？要不我進來，給你搓個澡？」

可惜那位沒再搭理她，連水聲也聽不見了。月徊有點失望，略徘徊了陣兒，老老實實在圈椅裡坐下了。

隔扇門後有人走動，雕花的門檻子裡透出一個身影，打開門從裡間邁了出來。坐在椅上百無聊賴的月徊隨意瞥了一眼，這一眼頓時叫她驚豔。他穿著寬大的明衣，披散著頭髮，因那布料輕薄，舉步走來頗有白衣從風之感。

梁遇的風味，向來如藥如酒，他可以錦衣鸞帶厲芒刺眼，也可以素衣素服晨星曉月。憑什麼風度超然，就是因為有一張漂亮的面孔，且以月徊閱美無數的辛辣眼光看來，他還有肥瘦勻稱的身板，和兩條長腿一撚細腰。

他才沐了髮，髮梢滴落下水來，氤氳了胸前背後一片，交領鬆鬆繫著，能看見領下纖長的脖頸。這種秀色可餐，是才出籠的大白饅頭，摁一下一個窩那種。月徊一面自卑於自己沒有長成妖豔的絕色，一面慶幸親哥哥彌補了她的缺憾。她站起來，十分殷勤地說：「您的頭髮還濕著，鬧不好要受寒的，我來給您擦擦。」

梁遇正要怪她學太后打趣，話還沒來得及說出口，就強行被她按坐下了。她抄起屏風上搭著的紗帕，仔細將他的頭髮包裹起來，又隔著細紗仔細揉搓，一面打聽：「哥哥，小四怎麼還不回來？他說了今晚要陪我吃飯的。」

梁遇語氣淡然，「興許被什麼絆住了。」說著從黃銅鏡中打量她，「妳巴巴兒跑來，就是為了探聽這個？」

月徊說是啊，「您打發人去問問吧，天都快黑了，東廠沒有下值的時候嗎，見天困在衙門裡？」

梁遇涼涼挪開視線，「他不是孩子了，妳用不著替他操心。」

話雖這麼說，就像天黑了要收衣服，說好了回來的人不見回來，好歹得有個准話。月徊道：「我也不是孩子了，比小四還大兩歲呢，您不是照樣替我操心？我瞧得出您不喜歡小四，可他是個好孩子，一心感激您提拔，他可敬重您啦。」

都說到這份上了，他再不發話，似乎不近人情。於是抬手擊了擊掌，廊下很快有人上來聽命，他隨口吩咐了句：「去東廠一趟，問問馮坦，什麼時候放傅西洲回來。」

廊下人道是，一溜腳步聲急急去了。屋裡漸漸起了暮色，一桌一椅包括人，都像蒙上一層輕紗。他從鏡中看她，她替他擦頭擦得盡心盡力，一面喃喃：「要入夜了，頭髮濕著可不成，將來要頭疼的。」

院子裡又有人來，到了掌燈時候，廊下要上燈籠，婢女放輕腳步進門，吹亮火眉子點了燈檯，又退出去。屋裡籠上一層迴旋的金芒，從鏡中看起來，月徊的臉也熠熠發光。

「妳放不下小四……」他垂下眼，打開存放梳篦的盒子，「早前我和妳說過的，實在不成，可以讓他進宮伺候妳。」

月徊嚇了一跳，忙說不，「我也沒有放不下他，就是他老不回來，鬧得您和我一塊兒等他，我是怕您餓肚子。」

梁遇笑了笑，「我今兒午膳吃得晚，這會兒還不餓呢，妳願意等，就再等會兒。」

月徊「噯」了聲，那烏濃的髮在她手下漸漸乾了，她探臂取過一把篦子，輕且柔地替他理順了髮梢。平時看著那麼莽撞的丫頭，幹起這種精細的活兒來，倒半點也不馬虎。

梁遇鮮少容人這樣親近，或者說這些年從未有過一個能讓他完全信任的人。月徊在他身後，他不必擔心她對他不利，那種鬆泛會讓人上癮。他閉上眼，含笑說：「皇上跟前有個梳頭太監，梳頭的手藝很好，可皇上不喜歡。我瞧妳不錯，越性兒替了太監的缺吧，活兒輕省，不像端茶遞水忙起來整日不得歇，梳頭一天只早晚兩回。」

月徊說也成啊，「不過只怕給皇上梳頭，還沒有給哥哥梳頭那麼盡心呢。」

梁遇聽了微微睜開眼，這句話是今天最順耳的一句，她總算知道親疏，不向著外人。可她對小四的情，實在不亞於對他，就這一忽兒工夫，她已經朝外望了好幾眼。

他沉了沉嘴角，蹙眉把梳篦匣子闔上，用的力有點大，磕托一聲，這才讓她回神。

她不明所以，臉上一片茫然。恰在這時曹甸生進來，停在檻前掖手叫了聲督主，「打發到東廠去的人回來了，沒見著馮千戶，據說千戶帶人上懷來承辦案子，小四爺也跟著去了。今兒怕是趕不及回京，姑娘別等了，還是傳飯吧。」

月徊失望至極，「說好的，怎麼又不回來了？」

她嘟嘟囔囔站起身，頭也不梳了，懊喪地瞄了梁遇一眼。

「東廠的人都不講理嗎？我上半晌和小四約好的，他說告了假就回來，橫豎學徒不擔差事，少他一個不少。這會兒是怎麼了，忽然帶他上懷來？他那師父和他過不去，有意不讓他回家是怎麼的？」

梁遇臉上沒什麼異樣，那點心虛掩藏得極好，任誰也瞧不出來。東廠在他掌管下，什麼人往哪指派，全在他一句話。他的官做到今日，原該是眼界開闊，不會和小孩一般見識的了，可他就是願意，還不興他不待見一個人？

不過月徊氣大發了，她滿臉不忿，呼哧呼哧地大喘氣，他沒法子，只得和聲敷衍：「東廠承辦的案子多了，動輒要人性命，人手常不夠使。小四才進去就提拔了幹事，原是破了格了，再不盡心當差，豈不落人話柄？他進東廠難道不是為了出人頭地？將來升百戶、千戶，總要叫人心服口服，才好壓得住底下那班番子。快過年了，衙門裡積攢的陳案年前要清算，活兒不拖到來年，爭如老百姓過年關，衙門裡也有年關。」他回身看著她，淡淡笑道：「妳這麼大人兒了，弟弟沒回來就耍性子，哥哥不是在嗎，動這麼大肝火幹什麼？難道和哥哥一塊兒吃飯，倒不賞臉？」

月徊被他說得有點不好意思，赧然道：「我不是那個意思，就是惦記小四，回頭我進了宮，愈發不能見著他了。」

天大的難題，到了梁遇跟前都不算什麼，他說：「未見得，別的女官不能出宮，妳是我妹子，要走動走動，不過是我一個眼色的事兒。」

這麼一來頓時排解了，月徊憨笑道：「唉，我犯傻，讓您見笑了。我其實是怕小四不得哥哥喜歡，您撂著他，那些檔頭給他小鞋穿。」

燈下的梁遇和顏悅色，說得誠摯非常，「我怎麼能不喜歡他呢，家裡人口原就少，難得妳有個貼著心一塊兒長大的鐵哥們兒，妳既認他當弟弟，我自然也拿他當手足。」

月徊聽了，心放下一大半。她在碼頭上混飯轍的時候不好糊弄，到了家心眼子全收起來了，哥哥說什麼她都不起疑。就是天兒太冷，又是正化雪，怕小四上外頭凍著。只是不好說，回頭哥哥覺得她老婆子架勢，小四那麼大人了，她還要管他穿衣吃飯，真打算給他當媳婦兒了。

她想了想，「那成吧，咱們自己吃。」對曹甸生道：「曹管事，這就預備起來吧。」

曹甸生應個是，退出去置辦了。梁遇見她煞了性兒，才懶懶轉過身去，攏起頭髮挽了個髻。

鏡前放著一個妝匣，他在裡頭隨意挑揀，男人不像女人，有各色繁複首飾，男人至多不過髮簪香囊扇墜子。那個紫檀的盒子裡，並排放了幾十隻簪子，各種質地各種款兒的都有。他的手指慢慢劃過去，最後挑了支白玉的，簪在髮髻上。

回頭瞧瞧她，他啟口問：「皇上賞的金魚簪子收好了？」

月徊「嗯」了聲，「那不是御賜嗎，可不敢弄丟了。」

梁遇聽了，垂手從一堆簪子裡頭取了支翡翠的，頂上雕著纏枝寶相，水頭油潤半點棉絮也無，朝她遞了過去，「妳回來，我還沒送過東西給妳，這個妳留著吧，款兒不拘男女，妳戴著也好看。」

月徊茫然接了過來，「給我的？」

梁遇說是啊，「不比那支點翠金魚的值錢？」

月徊托在掌心裡，低頭仔細瞧，不敢做出市儈的樣子來，雖然這簪子足夠換一間臨街的鋪面了。因它是哥哥的物件，她覺得對它喘氣都是褻瀆，是罪過。不過哥哥這份攀比的心，也著實太厲害了，人家皇帝送點翠，他就送翡翠，其價之高，遠勝前者。

月徊咧嘴笑，「您是和萬歲爺比闊呢？」

梁遇拿眼梢睨了睨她，「比什麼闊？又不叫妳賣了它。只是哥哥的物件，留著是個念想，將來要是各奔前程……」

「我都進宮了，還奔什麼前程吶。」她小心翼翼撫撫簪身，覥臉道：「要奔也是奔您。」

有了這句話，也算慰心，梁遇笑了笑，「我記在心上，但願隔上一年半載，妳沒改主意。」

月徊瞧瞧他，覺得今天哥哥有點兒怪，句句說得讖語一樣。是不是進宮這事，他在心底裡還是猶豫的？

男人吶，有些話不好說出口，月徊明白。於是她把簪子往頭髮上一插，攬著他的胳膊說：「您怕我皇權富貴見得太多了，就忘了您這個哥哥了，是不是？您別發愁，我想爬上去不也得靠您嗎。」

巨大的黃銅鏡裡倒映出兩個人影，梁遇看她溫軟倚在身旁，心裡漸生惆悵，「什麼時候妳想往上爬了，知會我一聲。」

月徊剛要應，就聽門外曹甸生通傳，說席面都預備停當了，請督主和姑娘移駕。

吃飯的地方設得不遠，像這樣的府邸，每個院子裡都有一個小花廳，冬天燒上地炕，專供吃飯所用。

月徊移過去，坐在椅上看，滿桌子菜色，裡頭有她特意吩咐的炸鵪鶉，那是小四最愛吃的菜。這會兒可好，吃飯的人又少一個，兩個人吃不完了，多糟踐吶。

梁遇是過慣了驕奢日子的，有的菜原封不動，賞底下人就是了。

兄妹兩個的晚膳排場很大，吃得卻很簡單，梁遇連酒都不喝，上桌和她對捧著碗，只管吃飯，這樣吃法，可惜了滿桌子佳餚。不過更可惜的還在於吃得不安穩，一會兒有錦衣衛衙門裡的案件回稟，一會兒又有外埠千里迢迢趕來拜會的官員。到最後他只寥寥用了幾口，就撂下筷子換了衣裳，挪到前院會客去了。

月徊的住處，和待客的庭院只隔了一個小花園，隱隱約約能聽見那頭觥籌交錯的聲響。她躺在床上，因下半晌睡過一覺，一時沒有睡意，梁遇的嗓子鋼刀拭雪後般清朗凜冽，寒夜裡聽著格外清晰。

她閉上眼睛，聽見哥哥的笑聲，半是優雅半是自矜，彷彿很好說話，卻又處處透著機鋒。那些來拜訪的官員應當是礦上的，謹小慎微地奉承著，說有個差役在開採地以北二十里拾著了狗頭金，沒準那裡有金礦，進京來呈敬掌印，另請示下，朝廷要不要加開金礦。

梁遇辦公事的時候有一套章程，能做主的事也不會當面拿主意。只說要回稟，人先打發了，狗頭金和礦上例行的孝敬留下，其他容後再議。

月徊嘆了口氣，大概是人到了這個地位，再也清白不起來了。當初爹就是太耿直，以致被司禮監東廠謀害，如今哥哥當了司禮監掌印，當了東廠提督，又怎麼樣呢，走了那些人的老路。礦上壓榨，好東西昧下，那麼多年的忍辱負重，只是為了成為更大更黑的權宦。

當然了，這只是深夜裡的一點小感慨，一覺醒來她又覺得錦衣玉食，沒錢不行。哥哥早就上值去了，年輕輕的著實辛苦，雞起五更，照應著紫禁城裡的一切瑣碎，平定朝堂上的一切風波，難怪連娶媳婦都顧不上。

月徊起床後，綠綺幫著梳妝上粉。她坐在妝檯前，那支通體碧綠的簪子在眾多首飾中鶴立雞群，就像梁遇本人，透著一股不容忽視的邪乎勁兒。這麼名貴的東西，不敢就這麼擱著，月徊說：「回頭給我找個漂亮盒子，我得把它收起來。」

綠綺應個是，「府裡庫房不知有沒有現成的，要是沒有，城裡有個琳琅鋪子，不賣旁的，專賣裝首飾的各色小匣子。」

月徊說知道：「就是盒子賣得比首飾還貴那個，像書上說的，盒子留下，珠子還了，真有那種願意花冤枉錢的主兒。」

松風跪在炕上給南窗掛簾子，應道：「沒錢的人計較寃不寃枉，有錢人只管高不高興，好馬配好鞍嘛。」

月徊把那簪子拿來，愛不釋手地摩挲會兒，最後用手絹包著，裝進點翠金魚簪的盒子裡。

綠綺給她點口脂，又取玉容膏來，仔仔細細往她手上塗抹。月徊閒著也是閒著，東拉西扯聊起家常來，「妳們進府幾年了？」

綠綺說：「這府一建成，咱們就進來了，少說有三四年了。」

「那也算老人兒啦。」月徊道：「我昨兒回來，路過東直門人市，正看見那裡人伢子賣人呢。好些個小媳婦，全是從汪府裡搜出來的，也不哭，一個個木頭人似的。」

松風是個活泛性子，她「哦」了聲，「我知道汪公公，就是咱們督主前頭那位，京城裡頭有名的愛養女人。置的那個屋子，一間連著一間，像養馬的馬廄。他府裡那些女子從天南海北蒐羅來，全沒名字，就往膀子上烙號兒，從一排到二十多，不帶重樣的。汪公公每回傳人就喊號兒，說今天給我小八，明天給我小九，這麼點卯。」

月徊嘖嘖，「了不得，皇上也不過如此。」說著又打探，「咱們府建了好幾年了，沒人往府裡送女人？」

松風回了回頭，心想姑娘這是想嫂子啦，便瞧著綠綺一笑道：「怎麼沒有，新府建成，督主請汪公公吃席，汪公公就說了，沒有女人不成個家。那老東西好色透了，還瞧上了綠綺姐姐，合該是巧了，正好有人送使喚丫頭給督主，督主順手就送給汪公公了，算是救了綠綺姐姐一命。」

月徊恍然大悟，轉頭瞧綠綺，那眼神很有深意。

綠綺見她要誤會，忙笑道：「姑娘快別瞎猜，督主很顧念咱們這些下人。早前進府的時候，番子連審帶問，咱們都是有根底的人。不像外頭送來的，不收不賞臉，收了又叫人信不實，督主有督主的顧慮。」

月徊白高興一場，本以為哥哥對綠綺有點意思，誰知是她想多了。

也對啊，那樣的人，怕是得天仙才能配得上他。昨天出浴後的樣子，要不是親妹妹真把持不住。可眼瞧著年歲上去，沒人做伴也發愁，汪太監是太好色，他是太坐懷不亂，可見身體上的傷害容易造成兩個極端，要不是避諱閃躲，就是破罐破摔式發瘋。

月徊自覺體人意，狠狠感慨一番人生，操心完了弟弟又來操心哥哥。只是偌大的府邸空著，以前為掙口嚼穀到處奔波的年月一去不復返了，如今坐著就能有現成的吃喝，她反倒開始還念六月心兒裡曬得泛白的碼頭，和岸上拿茅草搭出來的涼茶鋪子。

她長吁短嘆，閨閣裡的小姐們擅長琴棋書畫，能以此打發時候，她是一竅不通，只能在迴廊底下賣呆，看玉振她們翻鋪蓋曬被褥。

正閒得打算組牌局的時候，門上有個丫頭進來傳話，說：「大姑娘，外頭來了個年輕後生，說找您呐。」

月徊坐直了身子，「年輕後生？」以前跑單幫，到處和人打交道，年輕後生也認得不老少，別不是誰得知她升發了，打算找她打秋風吧？倒也不能，並沒有交情特別深的，難道是小四回來了？

她從躺椅裡站起來，「是小四爺麼？」

丫頭不怎麼認得小四，問了也是一臉茫然的模樣。

「那曹管事的呢？」

丫頭說：「來了幾個江南道的官兒，求見督主求到府裡來了，曹管事正支應他們吶。」

到了大年下，確實鑽營走交情的愈發多了，昨兒哥哥才見過一撥人，今兒又有找上門來的。月徊沒法兒，也不知來人是誰，只好跟隨丫頭往門上去。到了檻前，見一輛馬車停在臺階下邊，車做得挺考究，頂蓋有漂亮的雕花，連車轅都是楠木的。

「誰呀？」她攏著暖袖，頭上戴著臥兔兒，那貂鼠覆額拽得低，壓在腦門上，太陽從頂心照下來，根根貂毛在她眼前招展。

人呢？難不成還在車裡坐著呢？這該是多怕冷啊，來拜會還得她上前。

不過車外伺候的人倒不含糊，隔著轎簾向內通稟：「爺，姑娘出來了。」

於是簾子一角挑起來，簾內的人瞧見她歪著腦袋，瞇著眼的樣子，一看就不是善茬。因簾子打得不高，她瞧不真周，彎下一點腰，試圖從底下略大點的縫隙裡看明白，可惜還是朦朦朧朧，到底車轎裡頭光線比外頭暗好些。

月徊走下臺階，往前騰挪了兩步，也不知道怎麼稱呼，堆笑問：「聽說您找我？勞您露一露金面吧。」

這回轎簾子終於大大打起來了，簾後人現了真容。

月徊一看，吃了一驚，「呵，怎麼是您吶？」

車上的人下來，年輕的面孔，在陽光下既鮮煥又生動。

他還在笑著，「我來得唐突，嚇著妳了？」

月徊忙說不，「我只是沒想到，您能找我玩兒。」

一身尋常打扮的皇帝，不穿龍袍的時候，像富戶人家飽讀詩書的少爺，雖沒了那種輝煌襯托下的不可逼視，卻有溫軟氣韻下的可親。他不像在宮裡時候前呼後擁，隨身只帶著一個叫畢雲的小太監，到了地方，讓門房往裡頭傳話，自己就等在門外邊，不驕不躁，也不擺萬歲爺的譜。

單是這一點，就讓月徊刮目相看。前兩天她還畏畏縮縮的呢，生怕在皇上跟前出了岔子，惹他老人家不高興。沒想到她昨兒回來，他今天就追到家裡來了。月徊也不是真傻子，年輕小兒女那點觸類旁通的靈敏，她也有。恍如枯了一冬的枝頭上，頂出了米粒兒大的尖芽，她暗暗覺得，沒準兒她的春天要來了。

她長到這麼大，還沒有哪個爺們兒這麼殷勤地對待過她呢，又是送簪子，又來找她玩。早前她在碼頭上掙吃的，十二歲之前還能蒙事，等大點了，就把自己往邋遢了打扮，臉上抹得眼睛鼻子不分家，回來洗臉的那個水，跟洗了泥蘿蔔似的。這麼著沒人注意她，除了幾個看著她長大的老人兒，客來客往都不拿她當姑娘看待。既做不成姑娘，就不得男人喜歡，因此她沒和年輕爺們兒來往過，縱是來往，也是人家吆五喝六，她奴顏婢膝。

可就是這天底下最尊貴人兒，真和那些野泥腳桿子不一樣。他說話的時候一遞一聲透著溫存，大概因為身子不強健的緣故，不似那種聲如洪鐘的。他的氣息有點兒弱，一弱，就顯得這個人溫和，沒有鋒芒。月徊看著他，頭一回覺得皇帝也招人心疼。這樣隆冬的天氣，他就這麼出來了，要不這會兒應該坐在東暖閣的南炕上，曬著太陽看著票擬吧！

皇帝呢，有生之年極少出宮，這也不過第二回，上回還是十來年前，他母舅做壽的時候。

其實出來不難，就是缺個理由，缺個奔頭。今天早上聽完了內閣進講，忽然萌生了這個想法，想起她在宮外，自己出來找她，在梁遇跟前也說得明白。

「上回咱們不是約定過麼，妳要帶我出去遛彎兒的。」皇帝帶著一點輕淺的笑意，瞧了瞧天色道：「出太陽了，上外頭曬一曬，免得窩在屋子裡頭發霉。」頓了頓又問她，「今兒妳有空麼？我來得是時候吧？」

他一口一個我，充滿了家常式的溫暖。世上哪有皇帝找上門，還推說自己沒空的，月徊說：「來得太是時候啦，我正閒得沒轍呢，您一來，我可有救了。」

忙迎他上家裡來，讓秋籟上茶伺候，自己喊綠綺，讓她送一件出門用的斗篷來。

皇帝是頭一回來梁遇府上，四下看了看，笑著說：「妳哥哥也太審慎了些，聽說府邸還沒汪軫的大。這又是何必呢，京裡留著賞人的大宅子多的是，隨意挑一家也比這裡寬綽。」

月徊忙著披上斗篷，扣領釦兒，隨口應道：「這還不大呢？我那時候在外頭，住的是小窩棚，走進這個宅子，真高興得一晚沒睡著。其實家裡人口不多，住著這樣屋子夠夠的了，後邊還有二進空著呢。再說這是哥哥做秉筆的時候讓人建的，隔三差五來瞧一回，心境不一樣。我哥哥是戀舊的人，寧願還住在這裡，自己看著建起來的，才稱得上是『家』。」

皇帝慢慢點頭，「也是的，有廣廈萬間，夜裡也不過睡榻一張，這句話我最能體會。」

月徊聽了一笑，「人站到那麼高的地方，往下看，什麼都是不過如此，您都悟出來了。」

月徊的話點到即止，用不著特意囑咐，她懂得謹守他身分的祕密。既然要裝，就得配合，月徊不做那副奴才樣，這麼鬆泛的相處著，也正是皇帝喜歡的。

她終於置辦好出門的行頭，又是斗篷又是暖兜，還提溜著一隻柿子大小的琺瑯五彩小手爐，站在他面前說：「瞧瞧我，我這身夠暖和的了。」一面把手爐放進他手裡，「這個給您捂著，寒冬臘月的，好不容易出來一趟，別受了寒。」

手爐是姑娘的款兒，十分小巧玲瓏，上面有鎏金銀喜鵲的紋樣。皇帝捧在手裡，那溫暖的觸感，沿著掌印脈絡走向，直通進心裡。

皇帝抬眼望她，她今天穿一件煙霞色雲紋小襖，下面是一條銀底青花馬面裙，鬆鬆綰個髮髻，早在先前她出門迎接他時，便讓他心生驚豔。這才是女孩子該有的打扮，宮裡穿著太監的冠服，多委屈這樣美麗的容色。

皇帝抿唇而笑，笑容裡沒有老辣的政客做派，有股青澀的味道，他說：「妳今兒很好看，原來妳穿上姑娘的衣裳是這樣。」

月徊雖然臉皮不薄，但挨了誇也有點不好意思，扭捏了下說：「好看的姑娘多了，等以後宮裡進了人，您就不覺得我好看啦。」

也許吧，皇帝暗想。帝王的一生，會被各色女人填充得滿滿當當，但多了便不珍貴，將來回頭再想，能記住的也不過寥寥。無論如何，今天為見她出宮，至少不同於別的。她的素緞小襖，她的琺瑯小手爐，都會成為十七歲收梢上最鮮明的回憶。

所以書念得多了，想頭兒就多。皇帝柔腸百結的時候，月徊只想上外頭湊熱鬧去。梁遇在時，對她私自出門不大贊同，如今皇帝來了，他那頭必定知道得一清二楚，也沒有道理和她秋後算帳。

月徊得意洋洋走在前頭，回身朝皇帝招了招手，「快走，玩兒上一個時辰，中晌我請您吃爆肚。」

皇帝雖也算土生土長北京人，但皇城內外是兩個世界。他不知道焦圈，不知道爆肚，只知道什麼紙好，什麼墨香。

她在前頭走得輕盈，那身段步伐，看上去就讓人愉悅。皇帝問：「咱們上哪兒玩兒？這個時令沒有畫舫可看吧？」

月徊說：「不看畫舫，咱們可以去滑冰呀。您滑過冰嗎？什剎海到了冬天有冰場，兩個大子兒租一輛冰床。您要是不會滑冰也不要緊，您坐著，我給您拉車。」

她是個不見外的，真的完全不拿他當皇帝，也不多費手腳另預備代步了，躬身就上了他的車。

兩個人促膝坐著，高高興興的，又有點兒赧然。就是十七八歲光景，半大不大，又什麼都明白的時候，視窗上照進一點光，人心也在那道光影裡起起伏伏，端端壓在膝上的兩雙手，指尖清爽，都像水蔥一樣。

月徊的整個童年，什剎海占據了大半的記憶。夏天看畫舫，冬天看滑冰，這是閒時最大的消遣。不過進冰場的兩個大子兒，對冬季裡沒進項的人來說，也是一筆挺大的開銷。他們要想玩，得等看守冰場的人回去了，趁著深夜時分滑上兩圈。但因為北京三九天的半夜實在冷得不敢出被窩，所以她上冰場的機會不多，越是受限，越是惦記。

如今闊啦，荷包裡裝了碎銀子，等於是一夜暴富，頭一個想到的就是上那裡玩個痛快。於是她拽上了皇帝，帶他去她覺得最有意思的地方。萬歲爺九五至尊，花大價錢的東西都見過，這種平民的娛樂，八成讓他覺得新鮮。

馬車快快地走，不多會兒到了什剎海邊，她蹦下車的時候，發現今天冷清，便「咦」了聲道：「往常人擠人的，今兒是怎麼了？都凍得不敢出門了？」

皇帝怎麼能不知道其中緣故，宮裡有司禮監，宮外有東廠錦衣衛，聖駕一出宮，那些人悄沒聲兒地早清了道，只留稀稀拉拉幾十個人點綴點綴景致，畢竟清理得太乾淨了不像樣。

「人少點兒好，騰出那麼大的地方，不怕撞了別人的冰床。」皇帝說著，示意畢雲過去租床。

因沒生意，海子邊上的冰床都空出來了，月徊拉著皇帝來認，挑來挑去，認了一輛成色新，拴著大紅綢的，她一甩頭，「您上車，我來拉著您。」

可這話立時就給否了，畢雲笑著說：「奴婢在，叫姑娘拉車，那奴婢就是個死的。還是奴婢來拉，奴婢拉車又快又穩，不信您試試。」

這也是人家的差事，被你奪了，反對不起人家。月徊攙皇帝坐下，笑著說成，「我上那兒再租個冰刀……」

這冰床寬大得很，能坐三四個人，皇帝往邊上讓了讓，仰頭說：「先坐一圈吧，回頭再租兩副冰刀，咱們一塊滑。」

其實來時一輛車都同坐了，還怕坐冰床嗎。月徊「噯」了聲，裹緊斗篷擠到皇帝身旁。畢雲在前邊喊：「主子留神，床動了。」月徊忙給皇帝緊了緊鶴氅的領口。

冰床和馬車是不一樣的風味，馬車動起來叫「跑」，冰床動起來就叫「竄」。毫無阻礙地朝前飛奔，頂棚上燕飛呼嘯，兩張臉在西北風裡受凍，還高興得大喊大叫。等一圈跑下來，臉也麻了，鼻子也紅了，但就是快活啊。這種簡單的快樂，是不需要花大錢就能得來的，既盡興又實惠。月徊覺得這回真來著了，要是不進宮去，她得三天就光顧這兒一回。

皇帝很少有開懷的機會，帝王矜重，喜怒哀樂都得克制七分，離上回咧嘴大笑，不知時隔多少年了。這回被她勾出來，其實也並不是坐上冰床有多稀奇，只是聽見她那種無所顧忌的大笑和尖叫，吵雖吵了點，但高漲的情緒感染人，他也就漸漸放肆放開了。

「好不好玩？」她下了車，眉飛色舞地拽著他問。

皇帝點了點頭，「好玩極了。」

「我就說吧，窮人有窮人的樂子。皇上身體力行，也算體察民情。」月徊又指指海子邊上成排的冰刀，「那個滑起來，鬧得不好要摔了的，萬歲爺看看就成了，不能下場。」

她又是皇上，又是萬歲爺，在外稱呼起來也不方便。皇帝問：「月徊，妳知道朕的名字嗎？」

月徊遲疑了下，彷彿頭回聽說皇帝也有名字。轉念再一想，可是沒道理了，世上哪有人沒名字的，只是聖諱等閒不能提及，就算大臣們上奏疏，遇上了那個字，繞不開也得缺筆。

皇帝見她糊塗著，脈脈一笑道：「朕姓慕容，單名一個深字，小字蘭御。」

月徊點頭不迭，「藍玉啊，好名字……」說完噤了口，捂住嘴說，「我犯上了，求萬歲爺恕罪。」

皇帝的名字，自打登基起就不再有人直呼了。臣工管他叫「皇上」，太后管他叫

「皇帝」，都是官稱，帝王不需要那麼家常親暱的稱呼。如今從她嘴裡叫出來，別有一番滋味，皇帝知道她念書不多，便努力分析：「不是藍田有玉的藍玉，是清御披蘭路的蘭御。」

月徊被他說得腦子打結，對於不認字的人來說，解釋越多，人越糊塗。

好在皇帝見她發懵，換了個法子介紹自己。解下腰上短刀，在冰面上把字寫給她看，邊寫邊道：「就是蘭花的蘭……御前女官的御……」

月徊在一旁看著，由衷地感嘆：「這個名字比藍玉更好，蘭花的蘭啊，聽上去多秀氣！」

皇帝寫完直起身來，白淨的臉龐，丹鳳眼下眼波婉轉，自嘲地笑著說：「小的時候，朕常挨那些兄弟們取笑，他們說朕名字像女孩兒，長得也像女孩兒。」

月徊說不，「男生女相，必有貴樣。您多好看，多利索的，他們眼皮子淺，舞刀弄槍長得一身腱子肉，回頭還不是給您守邊關。」

皇帝聽了她的高見，不由長出了一口氣。這種咬著槽牙解恨的話，只有她能毫無顧忌地說出來。說出來了就是痛快，解了他從小到大窩在心裡的憋屈，也叫他更看重她，更喜歡她這樣灑脫的性子。

畢雲提溜著冰刀來了，送來兩副，皇帝接過一副穿上，喃喃說：「朕也該活動活動筋骨了。」

月徊忙勸阻，可惜攔不住，她心裡著急起來，搓著手道：「這可不是玩兒的，腳下打出溜，回頭摔得鼻青臉腫，沒法子上朝見人啊。」

皇帝說不礙的，「朕就試試，不走遠。」

月徊汗都出來了，「那我攙著您吧。」

誰知皇帝穿上冰刀，沒等她伸手就身輕如燕滑了出去。十七歲的少年，雖然有些清瘦，但身量很高，游龍般在冰面上滑行，那身姿，簡直像梁遇手裡行雲流水的筆。

月徊看得愣住了，敢情人家不是沒來過冰場的鄉巴佬？

她扭頭看了看畢雲，「皇上早前，也上什剎海玩過？」

畢雲笑著搖頭，「宮裡也有冰嬉呀，每年西苑北海子的冰結得最厚的時候，闔宮皇子都上那裡玩兒去。我們萬歲爺是那輩兒兄弟裡頭滑得最好的，自小到大無一敗績。」

月徊頓時眼前一黑，那他還跟著一塊高興得亂喊？這是笑話她沒見過世面？還是萬歲爺愛民如子，有意賞臉？

皇帝一圈滑回來，想是舒展了筋骨，看上去神清氣爽。

「妳也會滑？咱們一塊兒溜一圈？」皇帝笑著，笑得明媚，露出尖尖的小虎牙。

月徊眼前還沒黑完，她扶著冰場邊緣的鐵欄杆，支吾著說：「我以前沒滑過幾趟，都是趁著半夜裡來，又黑又冷，沒滑多遠怕是沒您滑得好，要不……我就不獻醜了吧。」

皇帝顯然並不嫌棄她，含笑道：「不要緊，今兒人不多，不怕碰了撞了。朕領著妳，就在這三丈之內轉轉。」

月徊委屈地看看他，扶了扶腦門上的臥兔兒嘀咕：「您明明是行家，怎麼還跟著我瞎起鬨呢。我以為您沒來過這兒，也沒滑過冰來著……什剎海哪兒及北海子清淨，冰又好，您跟我上這兒來，多辱沒了您呀。」

皇帝的寬慰，不是那種恩加四方式的，他的言語裡透著細微處的體諒，怕她臉上下不來，圓融道：「北海子好是好，就是玩的時候放不開手腳。朕想由著性子到處轉圈，可先帝就愛把人分作兩局，你追我趕的，在冰上蹴鞠。後來好不容易朕當了皇帝，那些兄弟們也給打發出去了，可一個人上那兒去，又覺得冷清得很。人就是這麼稀奇，朕已經兩年沒上北海過了，今天要不是妳帶著上這兒來，朕還想不起朕會這手呢。」

月徊鑽進牛角尖裡出不來，「那您也不該樂成那樣呀……」

「朕高興……」皇帝笑著說，聲音漸次矮下去，「朕和妳在一起就高興，高興了就想笑，和會不會滑冰沒關係。」

月徊聽了，心裡小小哆嗦了下。這位爺，實在是很會說話，衝著姑娘說這個，是仗著自己出身好，長得也好，有意攪亂芳心吧！

月徊過年十八了，十八的姑娘再要說什麼都不明白，有點自欺欺人。她是市井裡長出來的勢力眼，只要有權有勢的，加上模樣長得周正，她就覺得可以觀摩觀摩，走走瞧瞧。這位是皇帝呢，皇帝還有什麼可說的。有時候姑娘就是這樣，分明對一個人沒什麼意思，但只要人家衝你表露出好感，心裡也會忍不住七上八下，進而對這人另眼相看。

這小皇帝，除了將來女人多點兒，其實也不算壞。月徊扭捏了下，含含糊糊拿話蓋了過去，「能逗您高興，也是我的功德一樁。您不必領著我，我自己能滑一段，等我再練練，就能追上您啦。」

本以為皇帝不會滑冰，她也不露怯，如今是魯班面前耍大刀，她覺得腳上這冰鞋怎麼穿，都有點硌腳。

皇帝也不勉強她，慢悠悠在冰上倒著滑，鼓勵她放開膽兒。

月徊把心一橫，想起那時候和小四在冰面上連滾帶爬的，其實也沒什麼丟人。冰場上滑冰，誰不是摔會的，於是大義凜然往前一溜，可惜上半截身子還在原地呢，下半截腿先出去了。然後就是一個屁墩兒，結結實實坐在冰面上，因衣裳穿得厚，屁股倒沒摔疼，胳膊杵了一下，慢悠悠、沉甸甸地疼起來。

皇帝和畢雲忙來攙扶，急切地問：「沒事吧？摔疼了嗎？」

月徊不好意思說疼，只道：「沒事，冰場上該摔，摔著摔著就會了。」

那倒是，皇帝想起小時候那陣兒，五六個兄弟帶著自己的伴伴出來「搶等」，一個滑倒，帶累一大片，冰面上頓時下餃子似的，再厲害的行家也有失手的時候。見她沒什麼異常也就放心了，替她拍了拍裙裾，撿了鉤在斗篷上的一截枯草，這回是真的要帶著她滑了，於是小心翼翼牽著她的手，把她從冰場邊緣，帶到場子中央。

四周圍沒什麼人，姑娘起先放不開，後來爪尖緊緊扽著他，一面說「奴婢失禮了」，一面把大半的分量都壓在他雙臂上。

皇帝不覺得這是負擔，一個女孩子能有多沉呢。他領著她向開闊處去，她的眼睛在日光下晶亮。他從沒見過這樣黑白分明的眸子，不像那些藏污納垢的，她一塵不染，瞧一眼，就能瞧見她的水晶心肝。

月徊有人領著滑，逐漸掌握點技巧。終於能放開手了，她一個人搖搖晃晃奔向遠處，到現在才明白，以前所謂的會滑，就是打著挺地移動兩三丈，和真正能控制手腳，差了不是一星半點。

她算好學的，當然免不得摔了又摔，一個時辰下來，已經靠摔學會了直滑。只是飯點到了，不能讓皇上餓著肚子，於是摘了冰刀說找吃的去。前門有一家挺有名的爆肚，平時廚上炒菜炒得叮噹亂響，今天進門一看，卻是生意慘澹。

月徊瞧了皇帝一眼，訕訕道：「錦衣衛八成又清過場子了。」

皇帝嘆了口氣，「朕微服一回，鬧得老百姓不得安生，連生意都做不成了。」語氣聽上去自責得很。

要說先前冰場上還留了十幾二十來個滑客，這間爆肚鋪子可說門庭冷落。他們進門，老闆就是一張哭笑不得的臉，還要盡心伺候著，貴客長貴客短地支應。爆肚端上來的時候皇帝不下筷子，由畢雲拿銀針試完再試吃，折騰了半天沒事，皇帝才敢下嘴。

不知為什麼，今天爆肚的滋味一點都不好，皇帝吃得也將就，明明挺高興的出遊，到後來變得十分敗興。原說下半晌還要去逛鳥市的，可被東廠和錦衣衛一攪合，可想而知去了也是街道空空，只有他們三個行走。

「要不算了。」皇帝湊合完一頓飯，垂首坐著說：「今兒出來是朕一時興起，沒有思慮那麼多，倒弄得這一路兵荒馬亂。別為了朕一個，讓滿北京城都不太平。」

月徊也不知說什麼好，皇帝終究是有些忌憚梁遇的。打小就聽大伴說這個能做，那個不能做，在大伴畫定的框框裡活得像個皇子，像個帝王，日久年深養成習慣，要更改也很困難。今天出宮這趟，除了冰場上還樂呵了一會兒，後來就不怎麼順心了。清場子做規矩，越來越明顯，出門遊玩沒了閒雜人等，和紫禁城裡逛御花園一樣，是從小一點的園子挪到了大一點的園子，充滿了掣肘的乏味。

「還是等我進宮，帶好玩的給您吧！」月徊勉強堆著笑說：「您玩冬蟈蟈麼？我挑個好的給您，您喜歡綠蟈蟈還是鐵蟈蟈？」

皇帝無可無不可的模樣，但還是想了想，「綠蟈蟈吧，長得好看。」

月徊噯了聲，「明兒我出去，好好給您淘換。」

後來略逛了逛，下半晌皇帝還是親送她回家。馬車搖擺到了門前，月徊跳下車，他在車上坐著，打起半幅簾子說：「今兒還是玩得挺盡興的，朕這樣的身分，到底沒法像尋常人那樣。」

月徊笑著點頭，「您是江山主宰，身上責任重大，誰也不敢讓您有半點閃失，難免處處仔細。」話雖這麼說，對他的憐惜又添一層，這皇帝當得，原來那麼身不由己。

場面上圓過去了，就算成全了體面。皇帝放下簾子，命畢雲駕車回宮去了。

月徊站在門前目送那車走遠，喃喃念叨著：「慕容深，蘭御……」那名字真是透著股斯文勁兒，太斯文，就缺一段剛強，她忽然覺得哥哥有點不近人情了。

綠綺出來迎人，在邊上聽了會子，慢慢回過味來，「剛才那位是皇上？」

月徊「嗯」了聲，「皇上好年輕的模樣吧？」

綠綺說是，但是年輕這宗並沒有什麼可驚訝的，該驚訝的是皇帝親自上提督府來，不是為會督主，是為了找姑娘玩。

綠綺是個謹慎人，當然也不會多說什麼，只是心裡知道大姑娘進了宮，怕是回不來了，伺候起來也愈發盡心。

月徊在外邊跑了大半天，身上的衣裳要換洗，等裡頭預備好熱水，便進去沐浴更衣。起先玩得歡實的時候，滑了兩跤也不覺得有多疼，可如今靜下心來，才發現這裡也痛，那裡也痛，可又瞧不出什麼端倪。

尤其這胳膊，先前撐了一下，這會兒透出一種觸摸不著的疼。她換上寢衣從裡頭出來，邊走邊揉捏，正是要掌燈的時候，上了窗戶光透不進來，大半間屋子都浸泡在黑暗裡。她循著一點落日餘暉坐到妝檯前，正要拿梳篦，猛然看見銅鏡裡照出一個人影，就在她身後站著。

月徊這下真嚇得肝兒都要碎了，正要大叫，卻聽那人說了句「是我」。將要出口的尖叫又憋了回去，她瞇眼細看，梁遇穿了件牙色織金的圓領袍，頭上戴網巾。想是才下值回來，那網巾的掛繩還是赤紅色的，下面鑲著金累絲滴珠的墜角，牙色襯了些微的一點豔色，愈發顯得出挑。

月徊大喘了口氣，「您回來怎麼不打發人告訴我一聲？黑燈瞎火的站在這裡，差點兒把我的心嚇蹦出來。」

梁遇對她的驚嚇並不上心，只是沉默著看了她良久。月徊不那麼精細，她也沒品出哥哥的情緒來，手上忙著揉捏，邊捏邊吸氣，把另一隻手的虎口都捏疼了，也沒覺得有任何緩解。

梁遇到底還是走過來，拿住她的手肘。姑娘的胳膊是極細的，去了厚厚的夾襖，羸弱得一折就會斷了似的。

他不說話，月徊就提心吊膽，覷了覷他的臉色，到這時候才發現他不豫。她忐忑地問：「哥哥，您這是怎麼了？是不是內閣的人又惹您不高興了？」

梁遇仍舊緊抿嘴唇，鉗制她手肘的十指卻愈發用力。月徊吃痛，哎喲了聲，也就是這個當口，也不知是胳膊肘還是腦子裡頭，沙地一聲響。像落了枕正脖子，滿以為要被跌打師傅扭斷吃飯傢伙了，事後一看，安然無恙。

他終於放開她，淡聲道：「筋骨錯位了，接回去就好。今兒在外頭玩得很痛快吧，又是什剎海，又是前門樓子，還扭了胳膊，帶傷回來。」

他肯出聲，月徊就鬆了口氣，摸摸自己的肩頭說：「皇上難得出宮，想是上回聽我說了宮外的事，這才直奔咱們家的。我就帶他去了那兩個地方，也是我自己想去吃想去玩的……」

梁遇「哼」了一聲，「那天讓妳扮太后，給內閣首輔傳口諭，妳還記得說了些什麼嗎？皇上要立后了，要擬詔昭告天下，眼下他的一言一行不單東廠錦衣衛盯著，那些素日和司禮監不對付的人也盯著。這個裉節兒上，你們大搖大擺在外頭瞎閒逛，他是皇帝，人人都奉承他，妳呢？妳就不怕引火焚身？」

月徊被他一說，發現自己好像確實做錯了。可再想想，又覺得很為難，「他親自登門來，我也沒法兒呀。再說我瞧他困在紫禁城裡怪可憐的，既然出來一回，悄悄走走，也沒什麼。」

梁遇臉上神情愈發陰冷，那種危險氣息，是她從未見過的。

「妳心善，我知道，可心善不用在對的地方，那就是禍患。」他寒聲說完，略平了平心氣兒才又道：「我沒想到，妳進宮不過幾天光景，皇上就瞧上了妳。我原說過的，妳想做娘娘也不是不能夠，眼下正要替妳安排來歷，妳要是願意一股腦兒和那些女人紮堆爭寵，我也可以成全妳。只是我勸妳一句，明珠一顆是寶貝，混進米珠裡頭，只能被碾成粉，拿去給人擦身子。妳是要當鳳冠上的東珠，還是願意當罐子裡頭的珍珠粉，自己細掂量掂量吧。」

打從她頭一天回來，見到的哥哥都是和顏悅色的，從沒像今天這樣，一字一句吐露得冷酷無情。月徊有點怕，一雙眼睛怔忡著看向他，小聲囁嚅：「哥哥，您……」

梁遇冷聲打斷她，「皇上今兒和妳都說了什麼？你們在什剎海玩得喜歡了，他解下佩刀，又在冰上刻了什麼？」

月徊訝然，真沒想到他們的一舉一動全在他眼裡，他連皇帝在冰上刻字的細節都知道。

「哥哥，您這是監視皇上嗎？」

梁遇的眉心蹙了起來，「我是對皇上行保護之責。他就要親政了，如果這個時候出點差池，那他這輩子都打不開交泰殿的大門，捧不起他自己的璽印。」

月徊被他反駁得無話可說，雖然之前她也很為皇帝不值，覺得哥哥霸攬得過寬了，可當他說出這番話，又似乎都是為著皇帝考慮。皇帝的那點窩囊不過是暫時的，暫時隱忍，是為了日後的大圓滿。

她低下頭，只得實話告訴他，「我們也沒說什麼，說的都是冰場上的事。皇上蹲下刻冰，不是刻旁的，是刻他自己的名字。我在外頭還管他叫皇上萬歲爺的，不方便，他就把他的名字告訴我了。我以為是藍田玉那個藍玉，他說不是，越性兒刻給我看，誰讓我沒念過書呢。」

她說完，又是一片無邊的沉默。她惶惶地，怯怯地，伶仃地站在那裡，那模樣，真像個做錯了事的孩子。

繃了半天的弦兒忽然鬆下來，梁遇嘆了口氣。

其實皇帝刻的是名字，他怎麼能不知道，他只是想求證，好好的，怎麼會說到聖諱上去。打從那支金魚簪子起，他就知道皇帝用著心思，順水推舟是他原來的想法，但這舟應該是向著他，而不是去向著皇帝。

如今看，月徊是有些動搖了，她怕不是對皇帝也有幾分好感。年紀相仿的年輕男女，一來二去生情也是有的，但一切開始超出他的掌握，就讓他忌憚和反感。

第八章　兩相娛情

「妳在外頭，就是直呼皇上名諱麼？」他在一片混沌的暮色裡看著她，「管他叫蘭御？」

月徊搖了搖頭，「有人的地方，我說話不帶稱謂，就您啊您的，用不著叫他的名字。我也知道，這名字不是我能稱呼的，我算哪塊名牌上的人物呢。再說您如今不是叫梁遇麼，蘭御、梁遇……我也怕犯了您的諱呀。」

這麼說來，倒也不是一高興就忘乎所以，她雖然有時候不著調了些，但大事上頭還是懂分寸的。

梁遇忽然覺得煞了性兒，今天的心提了一整天，到這會兒才慢慢落回肚子裡。

為什麼不踏實呢，大抵還是因為皇帝的做法。他是皇帝六歲時就到跟前伺候的，這些年皇帝的所有心事他都知道。可今天卻一拍腦袋擅自離宮，這麼大的決定，既不讓人通傳一聲，也沒有欽點身手好的隨行保護，要不是他察覺得早，到了宮外安危誰來負責？

有些話不說不透，沒有真正掌權的小皇帝，和裝在鐵籠子裡的軟腳蟹沒什麼兩樣，一旦離開籠子，就會成為別人的下酒菜。王朝從來不缺新皇人選，一把匕首，一支暗箭，「嗖」一下，這些年的辛苦就全白費了。所以皇帝安全與否，不單關乎皇帝的性命，也關乎他的官運權勢。眼下正是司禮監一步步攀升的時候，將來這個衙門能不能拿捏住整個大鄴的命脈，全看這兩三年的作為。

他是為了大局，也為了個人的前程，雖然裡頭岔出些旁枝末節，那些都不重要。自打月徊回來，他還沒有對她疾言厲色過，今天為什麼發這麼大的火，對自己也得有個交代。

他挪後兩步，慢慢坐回圈椅裡，月徊還怔忡著，他平了平心緒道：「哥哥失態，是不是嚇著妳了？我只是著急，妳這會兒和皇上太親近，日後會成為整個後宮的箭靶子。還有太后那裡，有人冒了她的名假傳懿旨，這件事早晚捂不住，到時候她要拿的就是皇帝身邊最親近的人，妳怎麼辦？單是口頭上抵賴，撇得清麼？」

月徊心裡雖委屈，可也不好辯駁，垂著腦袋說是，「我欠考慮了，一味只知道有人陪著玩就瞎高興，沒有好好思前想後。是我不該，往後我再也不敢了，請哥哥息怒。」

她嘴上是這麼說，可聲調裡透著委屈，受到的這份驚嚇，靠他三言兩語的安慰是不成事的。

梁遇在椅子裡坐不安穩，又站了起來。昨兒她還哥哥長哥哥短，替他擦髮梳頭，今天為了這樁小事被他責怪了一通，頓時耷拉著腦袋，像是精氣神都散了。他忽然開始擔憂，萬一嚇得她往後不敢說話辦事，萬一變得暮氣沉沉，那又該怎麼辦？

「月徊……」他往前走了兩步，走到她面前。

月徊真是好性兒透了，明明受了這場無妄之災，還是生不了氣，他一喚她，她就老實地「噯」了一聲。

梁遇嘆息著，把手按在她肩上，那兩個玲瓏的肩頭拱著掌心，有種奇異的感覺。

「哥哥都是為妳好。」似乎除了這個，他找不到更能寬解她，也寬解自己的話了。

月徊點了點頭，「我這個顧前不顧後的毛病是不好，往後得改改……」

他想起她小時候貪玩，跑進他書房打碎了筆洗，那時候就是這個樣子，悶著頭，小聲認錯，保證往後不敢再犯。

大人對孩子的遷就會沿襲一生，他瞧著她，心裡說不出的五味雜陳。也不及多想，傾前身子攬了攬她，「梁家只有咱們倆了，妳平平安安的，爹娘在地底下才能放心。」

月徊嗅著他身上的獨活香，只是覺得哥哥這兩天喜怒無常。也不知是原本性情就是這樣呢，還是明兒又要變天了。

她抬起頭問：「哥哥，您心裡是不是不願意我進宮？還是怕我進了宮，和皇上好上了，就把您拋到腦後了？」

這一問讓他怔愣，其實說的本是實情，但他卻無法正面作答。

「姑娘大了，總要嫁人的，妳在宮裡，我還可以看顧妳些……」他說著鬆開了她，看了看門外天色道：「我才回來，還沒更衣，妳先歇著吧，有旁的話，咱們回頭再說。」

他轉身出去了，月徊看著他的背影，腳下匆匆走出她的院子，實在不明白，今天的事何至於引得他大動肝火。

她雖然一直捨不得想起哥哥的殘缺，但打根兒上說起，早前的磨難對他的心境多少會有些影響。以前她總覺得太監缺了鋼火，難免陰陽怪氣，萬幸的是他沒有。可這裡填補了，那裡就虧空，那種患得患失的情緒，要比一般人更厲害。

都不容易，即便權傾朝野。月徊原還擔心過會兒要一起吃晚飯，難免尷尬，誰知將到飯點的時候曹甸生進來傳話，說：「督主累了，今兒就不和姑娘一塊用飯了，請姑娘在自個兒院子裡用。廚上都預備好了，過會兒就送進來，天兒冷，姑娘用了早早歇下吧。」

月徊聽了，呆呆坐在那裡，這無妄之災，真是沒完沒了。

哥哥還惱呢，說真格的，她嘴上承認錯了，心裡並不覺得錯得有多離譜。她不敢說哥哥小題大做，但到這樣生悶氣的地步，好像犯不上。

於是夜裡一個人默默吃了飯，秋籟和玉振在邊上陪著，她端著飯碗有點食不知味。

「督主的脾氣，其實不好吧？」她扭頭問她們。

秋籟和玉振對瞧了一眼，秋籟說：「也不是的，督主對我們下人不說和顏悅色，至少是不愛搭理。不搭理，咱們就能快活地蒙事兒，多少人都盼著有這樣的主子呢。」

所以她們是沒見過梁遇發火的樣子，月徊半張著嘴愣神，自己能見識一回，說明他沒把她當外人？

橫豎自家人鬧了彆扭，就得有人厚著臉皮主動化解。月徊特意起了個大早，打算在梁遇出門前討好一回，只要能讓他笑一笑，這事就過去了。

可惜，她摸黑進了他的院子，結果他早就進宮去了。她望望天，天上星月俱在，這麼算下來，一夜攏共睡不了幾個時辰吧！錯過了這次機會，就得盼著他今晚回來了。萬一要是不回，那這份尷尬就得繼續留著，像衣裳底下的瘡，越捂越大。

好在小四今天回京了，進門的時候她正坐在簷下打絡子。這種女孩兒幹的活計不適合她，三繞兩繞打了死結，小四就在邊上感慨：「您這是何苦，何苦和自己過不去呢！」

月徊理不出頭緒，擺手讓人把架子和絲線收走，仰頭問小四，「這會兒回來，是案子辦妥了？」

小四「嗯」了聲，撩袍在臺階上坐了下來，「東廠辦案子，什麼妥不妥的，只要是認定有罪，先下了昭獄再說。前兒接了令，說話就動身，也沒來得及報您一聲，讓您好等了吧？」

月徊心不在焉地說：「就等了兩個時辰……小四，你覺得咱們現在這樣好嗎？」

小四說好啊，「有飯吃有衣穿，比以前鑽漕船強。」邊說邊打量她的神情，遲疑了下問，「怎麼了？您過得不高興？」

月徊不說話，圈起手臂抱住腿，把臉枕在膝頭上。

小四一見站起來，「走，要是受了委屈，咱們就不幹了，回碼頭上去。我早說過，富戶人家的飯不好吃，咱們是乘風長大的，受不了人家指手畫腳。」

他拽著她就要走，月徊倒笑了，「既上了這條船，還讓你下去？你好不容易謀了這個差事，好好當差，指著你光宗耀祖呢。」

「我是個舍哥兒[8]，祖宗還不知道在哪兒呢，光什麼宗耀什麼祖啊。」小四垂著腦袋說，「您要是過得好，我跟著沾光，您要是過得不好，這光我也不想沾了，我回去扛糧食養活您。」

月徊聽了他的話，心頭著實感動了一把，拍拍他的肩說：「就你扛的那點糧食，哪回也沒養活過我，不過你有這份孝心，我知足了。」邊說邊嘆氣，「其實也沒什麼，就是昨兒挨了一回數落，心裡不大好受。」

小四納罕，「挨了什麼數落？您哥子是嫌您吃得多，不待見您了？」

月徊嘖地咂了咂嘴，「你腦子裡除了吃，還剩什麼？唉，也不是多要緊的事，雞毛蒜皮的，不值一提。」

說皇帝出宮了，她陪著玩了大半天，哥哥怪她不知進退……這些大是大非說給小四聽，他也不能明白，乾脆含糊過去。

只是小四見她悶悶不樂，心裡不大落忍。如今的富貴是天上砸下來的，細說起來總不踏實。大冬天裡，漕船停了，他們斷了生計，這麼巧就來了個族親哥哥。要是個平頭百姓的哥哥也就罷了，誰知竟是個那樣的人物，且所謂族親，也不知究竟是哪路親戚，原本太監就不是什麼好東西，他現在有點擔心，怕月徊傻乎乎的，叫人吃幹抹淨了，還

8 舍哥兒：失去親人，沒人疼的孩子。

給人擦嘴。

月徊見他不說話，探過頭瞧他，「怎麼了？發愁呢？」

他憋了半天道：「您這哥哥，靠得住嗎？」

月徊怔了怔，才想起來當初沒告訴他是親哥哥。可實話不能說，這世上大概只有皇帝知道他們是親兄妹吧！

「靠得住，我們兩家既是族親，又是街坊，自小他就看顧我。後來家裡出了變故，他進宮，我走丟了……都是命不好。」月徊笑了笑，極力想讓他放心。

「那……」小四琢磨了下又問，「他到底是您什麼族親？我可告訴您，一表三千里，那些把姑娘賣進花街柳巷的，很多都是『靠得住』的親戚。」

月徊聽完，不由瓢了下嘴，「我那哥哥如今手眼通天，用不著賣我。」

「那可不一定。」小四道：「下路人把姑娘賣給鴇兒，上路人把姑娘賣給皇帝，橫豎都是賣……您不是要進宮了嗎，您細想想，宮裡和窯子有什麼不一樣？不也是萬豔伺候一個採花郎嘛！」

月徊被他的見地驚呆了，感慨著：「都怪窮啊，供不起你念書。但凡多讓你認幾個字兒，沒準你能成為本朝的大文豪。」

小四謙虛地擺了擺手，「過獎了，我不過打個比方，就是想提醒您，別太相信那些憑空冒出來的親戚，人家不定打什麼壞主意呢。」

月徊頷首，卻又有些悵然，梁遇的心境不是她能看透的，逆著不行，順著也不行。

人說君心難測，可照月徊說，他比皇帝還難捉摸呢。

小四說到最後，也和她交了底，「我不在乎能不能在東廠出人頭地，那地方說實話，不是人待的地方。先不管那些下獄的是不是忠良，就瞧他們刑訊逼供的手段，我也見天兒頭皮發麻。您要是為了給我謀差事，硬留在這府裡，那大可不必，我不幹東廠也餓不死。」

月徊斜著眼瞥了瞥他，「別往自己臉上貼金了成嗎，我又不是你娘，為了你能把自己給賣了。我就是好不容易找見一個親人，不想再弄丟了。再說我哥子待我挺好的，正是因為拿我當自己人，才教訓我呢。」

小四搖了搖頭，有個詞兒叫殺熟，她指定不知道。算了，她自己認了，也全憑她的意思。反正他想好了，她要是想走，他二話不說帶她離開京城；她要是不走，那他就咬著牙往上爬，將來她萬一有用得上他的地方，好歹不讓她唾罵，帶他不如帶條狗。

月徊心裡的鬱悶，在見了小四之後大大得到緩解，她又來了好興致，問他今兒晚上在不在家吃飯。

小四搖頭說：「吃飯就算了，我今兒要值夜，這會子抽空來瞧瞧您，是給前兒沒回來一個交代。」

月徊心想那也沒轍，讓松風去廚房包幾個肉餅給他，囑咐他烤火的時候擱在銅盆上頭煨一煨再吃。

小四失笑，「東廠的伙食好著呢。」還是把餅包好，揣進懷裡。

小四走後，她又閒住了，和府裡伺候的小太監打聽，哪兒有賣好蟈蟈。

這府裡供職的太監不像宮裡管束得厲害，當即說：「紫竹橋，十里河，還有那些花鳥市上都有。不過買鳴蟲，有相熟的最好，別回頭買著『藥叫兒』，那就虧大發了。」

所謂藥叫兒，是在蟈蟈翅膀上點了松香或朱砂加重分量，以期蟈蟈的叫聲渾厚嘹亮。那種蟲兒是作假，買了也是白買，玩蟲的人都知道。月徊想了想，沒有相熟的賣主，小太監一拍胸脯子，「交給我，我替您辦。」

月徊忙說好，托他出去買一雙。將到傍晚的時候人回來了，抱著兩隻葫蘆往前一遞，「大姑娘，都是開了嗓的，大腦門筒子膀，上好的冬蟈蟈。」

月徊很高興，隔著葫蘆聽，裡頭蟈蟈叫得熱鬧，這樣的鳴蟲，最適合宮裡的閒人養玩。她想好了，先從皇帝開始，培養主子們的雅趣。等往後宮裡娘娘多了，她還能靠梁遇壟斷這一行，成為宮裡叫蟈蟈最大的賣主。

盤算得很好，她把蟈蟈安置妥當，準備了玉米螟大力餵養。屋子裡暖和，蟈蟈不受凍，此起彼伏地叫起來，閉上眼睛聽，恍惚有置身盛夏之感。

然而她的這點動靜，不消半刻就報到了梁遇跟前。司禮監值房裡的人正批紅，聽說後也沒有多大反應，待把人打發了，才擲了手裡的筆。

這時候有小太監進來回稟，說：「延慶殿王娘娘跟前拿住個賊，是早前咱們司房撥調過去的。王娘娘打發人來問老祖宗，該怎麼處置。」

梁遇沉吟，司房裡撥過去的，和底下十一監隨意指派的不一樣，既出了事，總要給人一個說法。

他瞧了瞧案上西洋座鐘，快到宮門下鑰的時候了，秦九安在邊上回話，「老祖宗別管，交給小的處置就是了。」

可他站起了身，「閒著也是閒著，過去瞧瞧，權當解悶了。」

秦九安道是，親自挑了燈籠在前頭引路。

延慶殿王老娘娘對掌印一向有那麼點意思，一切得從先帝遺腹子沒留住上說起。早前王貴人因懷了龍胎，才得以留在宮裡頭，可孩子既沒作養住，依照舊例，該把人送到泰陵守陵去。太后是不講情面的，對宮裡的這些嬪妃們原就處處擠兌，如今沒有留下的理由了，自然是能打發則打發。那時候還是掌印好心，代為向太后求了情，說禮法之外還要顧念個情字。當然彼時掌印還在秉筆的銜兒上，這麼做是做給闔宮上下看的，多少存著點拉攏人心的意思。但王貴人不拘怎麼，實在得了利，太后終於鬆口讓她留下，從此她就念著掌印的好處，一門心思到今兒。像平時，雞毛蒜皮都要來麻煩，眼下既拿了贓，又是司禮監早前出去的人，自然沒有悄悄掩過去的道理。

燈籠幽幽，照著掌印的側臉，那面目真如白玉般剔透。人分三六九等，但凡長得好的都吃香。像他和駱承良，雖也搭上了個把太妃，但徐娘半老，嚼糠似的，咂不出什麼滋味來。倒是延慶殿王娘娘，老娘娘裡頭最年輕漂亮就數她，掌印要是願意盤弄，那要不了多久，就會像玉把件上包了漿，從裡到外透出油水來。

頭前是落花有意流水無情，掌印不動那個心思，今天忽然改了主意，想是來了興致吧！

秦九安殷勤地把人引到春華門，正是預備關門落鎖的當口，小火者低著頭，推動門扉，剛推了一半，看見秦九安，「喲」了聲，「少監來了？」說完又發現他身後的梁遇，忙驚惶地呵下腰去，「給老祖宗請安。」

秦九安抬了抬下巴，示意開門，兩個小火者忙把門扉轉動開，梁遇提起袍角邁進門檻。前頭拐個彎兒就是延慶門，隱隱能看見延慶殿的燈火了。秦九安將梁遇送到門上，識趣地站住了腳，笑道：「老祖宗親自過問，受累了。小的就在這裡候著，要是有什麼吩咐，老祖宗一揚聲兒我就能聽見。」

梁遇也沒多言，舉步往正殿去了，秦九安是個慣有眼力勁兒的，打發了站班的小火者，放下燈籠闔上大門，自己眼觀鼻鼻觀心，踏踏實實守起了延慶門。

正殿裡頭雖拿了賊，但動靜不大，王貴人在上首坐著，只等梁遇來處置。這紫禁城的高牆，擋住了多少人的腳蹤兒啊，退居太妃位後行動不及當貴人時自由，那個想見的人，要見上一面難如登天。

不過今兒是料定了梁遇會來的，王貴人事先好好梳妝了一番，拿賊不像拿賊，倒像會親。藕色掐牙並蒂蓮窄褃下，一條刻絲泥金銀如意裙，鬆鬆挽著髮髻，臉上還撲了一層粉。梁遇進來的時候，她就在梅瓶旁坐著，聽見腳步聲抬眼一瞧，眼波流轉間，萬種風情呼之欲出。

那個犯了事的太監就跪在地心，見梁遇來了不敢說話，深深泥首下去，腦門杵著梁遇腳邊的栽絨毯。梁遇蹙眉審視，這張臉見過，確實是早前衙門裡的一個小司房。

當時因延慶殿求著要人主事，才派到這宮裡來的，可現如今出了岔子，就得往上尋根溯源。梁遇拱手朝王貴人行了個禮，「下賤奴才不長進，惹得娘娘生氣了，娘娘打算怎麼處置，都聽娘娘的意思。」

王貴人心裡，對這偷東西的太監並不怎麼記恨，反倒有些感激他，因他這一糊塗，才有理有據地把梁遇請到延慶殿來。

王貴人臉上赧然，望了他一眼道：「梁掌印高升了，公事繁忙等閒見不著，今兒要不是宮裡出了醜事，也不敢勞動梁掌印。」

梁遇聽後一笑，他就是有種神奇之處，望著儼然，即之也溫。不管外頭怎麼傳言他冷礪凶猛，你見了他，便是一個精緻的翩翩佳公子。他的眼睛他的笑容，可以叫人忽視他的手段，實心實意地以為，他就是靠著多年勤勤懇懇，才登上司禮監頭把交椅的。

「娘娘哪裡話，這人原是我們衙門派出來伺候的，犯了事兒就是臣管教不嚴，不單他，連著臣也該受教訓。」一面說，一面瞧了瞧那只包袱。包袱裡裝著紋銀和頭面首飾，其實東西不算多，但既是偷，哪怕一個銅子兒也是罪過。他「哼」了聲，「捉賊捉贓，人贓俱獲，沒什麼可說的了。」

那太監哆哆嗦嗦扒住梁遇的鞋面，磕頭哭道：「老祖宗，是小的不懂事，錯走了這一步。小的老家遭災，爹娘吃不上飯，小的是一時豬油蒙了心，才惦記起娘娘的東西。」一面說一面啪啪抽自己嘴巴子，「小的糊塗、小的糊塗……小的千不該萬不該，不該朝老娘娘的妝奩伸手，小的知錯了，求老祖宗超生。」

梁遇厭惡地挪開了腳，轉頭問王貴人，「娘娘丟了些什麼？數兒合得上麼？」

王貴人瞧他瞧得走神，他一問，忙「哦」了聲道：「是我素日積攢的梯己，還有當初先帝御賜的物件，有些在，有些已經找不回來了。」

梁遇聽罷，抬腳將那太監踹翻了，「不長進的東西，讓你做人你不做，偏要幹這些雞鳴狗盜的勾當。既然伸了髒手，那這爪子就不該留著。來人！」

他一聲斷喝，倒把王貴人和跟前的宮人嚇了一跳。外頭掌刑的太監上前，停在廊子底下聽令，他寒聲吩咐：「把這狗東西給咱家帶走，交給東廠番子。先剁他一隻手，要是不死，再剁另一隻。」

掌刑太監道是，惡狠狠撲進來，將人拖了出去。

宮裡的殿宇進深不像民間的屋子，驚恐的哭嚎竄上房梁，像纏繞在雕梁畫棟上的蛇，拽也拽不下來。王貴人沒親眼見過司禮監辦案，也沒想到梁遇會有這樣的一面，當即怔在那裡，半晌說不出話來。

梁遇呢，又換了個笑的模樣，拱手道：「娘娘受驚了，司禮監的規矩，最忌諱人手腳不乾淨，既出了這樣的案子，臣就要清理門戶。眼下娘娘跟前缺了人，回頭臣發話下去，讓宮監處調撥人手過來。娘娘宮裡受的損耗，臣下令去追，追得回來固然好，追不回來的也請娘娘寬懷。實在有為難之處，咱們司禮監再悄悄填補些兒，娘娘看如何？」

他一字一句說的都是場面話，但王貴人聽來卻透著溫存。這深宮裡討生活，沒人照應真是寸步難行，以前沒進宮前，對太監這等奴才是瞧不上的，可後來見識了梁遇，才知道自己先前眼皮子有多淺。

海棠無香，鰣魚刺多，梁遇為宦，都是人間憾事。那個危難中願意幫她一把的人，就算他六根不全，她也認了。

何況他的品行為人及相貌，都是打著燈籠難找的。像夏美人、宋康妃，屈尊和兩個隨堂太監來往，她得知後甚為不齒。就因為她心裡的人遠比那些濁物清高得多，連帶著她覺得自己的心也是清高的。

可惜梁遇是太監裡頭的正人君子，司禮監但凡手上有權的，一個個都和太妃們有了鉤纏，唯獨他，權傾朝野，卻連半個女人也沒有。為什麼呢，她那麼多回明示暗示，他都不為所動，她就開始擔心，是不是別的宮也對他青眼有加，他上了別人的船，這才瞧不上延慶殿。

今兒一定要有個說法，王貴人下了好大的決心，總是這麼含含糊糊不是方兒，越性兒捅破了那層窗戶紙，成不成的，大家都安心。

她轉頭朝跟前宮女道：「妳去預備好茶來，我請掌印大人喝茶。」

宮女道是，領人魚貫退了出去。梁遇見了心知肚明，向王貴人揖了揖手，「娘娘盛情，臣受之有愧。」

王貴人說該當的，比手道：「廠臣請坐吧。」

梁遇依言坐下來，屋子四角的料絲燈高懸著，照出精緻又磊落的眉眼。王貴人輕輕一瞥，心頭急跳起來，暗自感慨著，他這樣的人物，就算殘缺了，也絕不會讓人心生輕慢。甚至那種矜貴自重，比之尋常男人更勝。

兩個人就在殿內對坐著，她有些侷促，梁遇卻仍是言笑晏晏，眼風調轉過來，目光在她臉上巡視一圈，問：「娘娘有什麼吩咐，臣聽著呢。」

有什麼吩咐……王貴人紅了臉，低頭道：「自打先帝殯天，我的龍種沒保住，後來一應種種，都賴廠臣照顧。我是個知恩圖報的人，但廠臣如今到了這樣前程，我再說報答的話，聽上去未免不自量力了吧？」

梁遇道：「娘娘言重了，臣在司禮監任職，原就是為主子們辦事的。娘娘們給示下，臣盡心當差，這是臣的本分，說什麼恩不恩的，娘娘可是折煞臣了。」

王貴人搖了搖頭，「我和其他娘娘們不一樣，他們都是誕育過皇子皇女的，我這樣的人，原該送進陵地裡青燈古佛一輩子，到老了死了，往妃園裡一埋就完事了，哪裡能像現在這樣，留在富貴窩裡，坐享榮華。」

其實富貴窩裡的榮華富貴，享起來並沒有那麼受用，全看你怎麼瞧吧。

梁遇臉上帶著溫吞的笑，呵腰道：「娘娘的龍種雖沒留住，但也有生育之功，要是發到陵地裡去，未免不近人情了。如今這事過去多年，娘娘也該放下了，想著怎麼吃好喝好就成，不必舊事重提了。」

王貴人才要張口，宮人送了茶進來，一時打斷了，只道：「廠臣喝茶吧，這是我們老家的雲霧，先唐時起就是貢茶，請廠臣嚐嚐。」

喝茶閒聊，其實這個點上很不是時候，梁遇今天願意走這一趟，也全是因為被惦記得久了，存了點戲謔之心。

月徊說過，不讓他找籠中的金絲雀，不讓他勾搭寡婦，也不知為什麼，他就是想要反一反。人心從來不是恆定的，先前她說不喜歡皇帝，不願意進宮做娘娘，到如今又怎麼樣呢，還不是陪著滑冰吃爆肚，第二天也沒忘了買蟈蟈……可見男女生起情來，不過一霎的光景。

好不容易找回來的妹子，他留不了太久，將來自己又是孤身一人，和宮裡太妃走影兒取樂，也沒什麼。然而明確是奔著這個目的來的，又百般的挑剔，王貴人入不得他的眼。他不喜歡她端杯盞的姿勢，不喜歡她臉上的胭脂，不喜歡她說話的語氣，連她看他的眼神，都讓他覺得不舒坦。

是從來沒有和女人親近過的緣故？大概是的。萬事開頭難，一旦起了玩性，或許就樂在其中了。

他低頭呡了口茶，味兒不錯，「廬山雲霧，果然名不虛傳。」

王貴人的心思並不在茶上，梁遇那麼聰明人兒，她把他留下是什麼意思，他不會不知道。可眼下他還端著，這種事原本應當男人更主動些才對，但他大約是礙於身分的緣故，遲遲不見有任何動靜。

這麼長時候的七上八下，實在夠夠的了。她放下手裡的茶盞站起來，那張秀致的臉因緊張愈發酡紅，身上熱氣騰騰，一蓬蓬的熱浪從領下翻湧上來，打在脖子上。在他也欲站起身前，在他肩上輕壓了下，「廠臣，我今兒是壯了膽的，也豁出這張臉去了，就想問你一句，你明白我的心嗎？」

梁遇沉默著，借著這段沉默細細品咂，奇怪當一個女人向他示好的時候，他居然可以做到內心毫無波瀾。

明不明白她的心，別說他，就連他身邊的人也都瞧出端倪了，可就算說清了又怎麼樣？他忽然不想在這延慶殿裡逗留了，這種無趣的周旋，讓他覺得無比厭煩。

他微讓了讓，起身向王貴人拱手，「娘娘，臣不聾不瞎，自然明白娘娘的心。可臣是個殘廢，自知力不從心，恐怕要辜負娘娘的美意了。」

王貴人聽了，一股莫大的失望瀰漫上來，喃喃說：「我從來不覺得你是殘廢，在我心裡，你就是頂天立地的真爺們兒。梁遇，你實話告訴我，是不是這宮裡另有讓你覺得可心的人了，這才拒我於千里之外？」

梁遇說沒有，「臣這身子是如此，不想糟蹋了娘娘。娘娘在宮裡安心頤養，臣在衙門為主子們辦差，各自安好豈不自在？」

可是王貴人不死心，她抓住他的袖子輕輕搖撼起來，「我不圖你什麼，咱們原都是苦人兒，在深宮裡做做伴，有什麼不好？」

女人拽著袖子哀懇，彷彿是一種共性，月徊也有這毛病，急起來整條胳膊抱進懷裡，半點沒有已經長大成人的覺悟。他原以為並不討厭這種動作，誰知換了個人，他就覺得受不了。來延慶殿前拈花折柳的興致，現在變成一種煎熬，他將袖子抽了出來，淡聲道：「娘娘請自重，這宮裡內外全是眼睛，萬一叫人宣揚出去，臣是沒什麼要緊的，只怕壞了娘娘名聲。今日的事，臣就當從來沒有發生過，娘娘把心放在肚子裡，照舊安逸過自己的日子。只是這樣的話，再也不要提起了，臣微賤之軀，不敢承娘娘盛情。」

王貴人的一腔熱血灑在地上，凝結成冰，嫣紅的臉頰瞬間變得煞白，看著倒有幾分讓人心疼。

梁遇不常憐香惜玉，又行了個禮，「時候不早了，娘娘早些安置，臣告退了。」

他卻行退出延慶殿，殿內熱氣暾暾的，甫一出來涼風撲面，倒弄得他一激靈。

秦九安快步迎了上來，他在外頭掐著點兒，自那個犯事的太監被押出去算起，到掌印出來，前後不過一炷香時候。太監和平常男人不一樣，弄起女人來不是三下兩下就盡興的。因為缺了一塊，那些女人解不了饞，自然也不能放你下繡床。況且王貴人久曠，糾纏起來應當更厲害，照這個時間算，可見今晚什麼事都沒來得及發生。

他瞅了瞅梁遇，「老祖宗，王娘娘沒有旁的差遣？」

梁遇知道他意有所指，拿眼梢瞥了瞥他，「依你之見，王娘娘該有什麼差遣？」

秦九安碰了個釘子，立時訕訕發笑，「小的只是隨口胡謅……」

梁遇看了看天色，月亮已經爬上了宮牆，明兒沒有朝會，也沒有內閣進講，他負著手輕吁了口氣，「叫人備車，我這就出宮去了。」

秦九安道聲「得嘞」，忙承辦掌印的差遣去了。

不過要是換做一個月前，掌印是絕不會這麼晚還惦記回去的。如今是家裡不空著，不空著就有奔頭兒，像他們這號人，淨身入了宮，等於是把老家那些人和事，都斷絕個乾淨。就算將來風光無兩，也不會有衣錦還鄉的念頭，畢竟做了太監，斷子絕孫了，回去也是招人背後笑話。寧願在紫禁城裡爬，也不稀圖老家的人場面上叫你一聲「爺」。但話又兩說，遠離了故土，要是有人投奔你，那心裡自然是喜歡的，畢竟都是血肉之軀，誰還沒點兒七情六欲呢。在這京城裡人不人鬼不鬼地活著，時候長了也覺得孤單。

秦九安上神武門外頭傳令，讓今兒當值的曾鯨吩咐人套車，曾鯨問：「這麼晚了，老祖宗還出宮家去吶？」

秦九安對插著袖子，吸了吸鼻子，「可不。不瞞您說，我也想有個妹妹。」

招來曾鯨一個含糊的笑。

所以說老祖宗對王娘娘提不起興致，那也是應當的，到底跟過男人懷過孩子，再年輕也缺了點意思，老祖宗那麼乾淨人兒，不願意蹚那趟渾水。還是家裡頭好啊，妹妹進宮不礙，不進宮在家養著也不賴，橫豎怎麼都行，換了他，他也愛摸著黑回家去。

他們這兒預備停當，回身看，人也從順貞門出來了。秦九安和曾鯨帶著底下當差的快步上前接應，抬高了臂膀攙扶梁遇上車。車裡人坐定了，淡聲道：「多盯著點，火燭尤其要小心，大年下的，大家圖個平安。」

秦九安和曾鯨呵腰道是，站在西北風裡，目送馬車去遠。

好在冰盞衚衕離得近，出了宮門不消一刻就到了。門房上值夜的小太監見有車進了衚衕口，忙大聲喊掌事的。曹甸生一向睡得晚，聽了招呼便從圍房裡出來，站在檻外迎接。車到了臺階前，駕車的錦衣衛打起車轎簾子，他忙上前把人攙下來，問：「督主這會兒回來，在宮裡進過沒有？要沒有，小的這就叫人預備。」

梁遇說不必，「早用過了。姑娘呢？睡下了麼？」

曹甸生道：「剛才還在問，該給蟈蟈餵葷的還是餵素的，料著沒睡下呢。我這就打發人去通傳姑娘一聲，今早上姑娘起了個大早，原想送您出門的，可惜沒能趕上，懊惱了好半晌。」

這麼說來還算是個有心的丫頭，梁遇發現自己其實並沒有別人想像的那麼嚴苛，至少胸中塊壘因曹甸生的回稟，已經緩解了大半。

他解開領上領釦，曹甸生忙替他揭下鶴氅，他整了整衣冠道：「不必興師動眾的，我過去瞧一眼就是了。」

曹甸生道是，不免感慨自家人沒有隔夜仇。督主對待外人可沒有那份好耐性，也只有大姑娘，能讓他一再退讓包涵。

曹甸生挑著燈籠在前頭照道兒，過了跨院回稟：「還有一樁事沒報督主呢，今兒廣東看守珠池的官員進京來，敬獻了兩盒今年產的珍珠給督主。小的瞧成色，比往年好了不只一星半點，還有個頭，個個有大拇哥的指甲蓋大小。」

梁遇「哦」了聲，「平江珠池、雷州府樂民珠池、永安所楊梅珠池，還有廉州青嬰珠池，那可都是咱們大鄴盛產珍珠的好地方。平時連年上報，采珠費用大大超出珍珠所得，咱家還沒來得及收拾他們，如今倒自己送上門來了。那些珍珠且擱著吧，等過完了年，我再送到皇上跟前。」他偏過頭，牽唇笑了笑，「那麼大塊肥肉，與其填了別人的胃口，不如咱們自己吃進嘴裡。底下那些小子們，一個個瞪著眼珠子瞧外埠，也讓他們腥腥嘴，不為過嘛。」

曹甸生意會了，笑著說是，「督主的話句句在理，那些看守珠池的官員確實忒貪了些，既伸手問朝廷要銀子采珠，又要昧下珍珠高價轉手蘇祿國，再由蘇祿國倒賣進大鄴來。這一進一出，多少耗費，只當上頭不知道。」

梁遇冷笑了聲，「不說如今世道，古往今來哪朝哪代不是這樣？單憑朝廷的那點子俸祿，還不夠他們票一回戲的。」說著到了月徊的院子外，公事不帶進私宅，便抬了抬手，示意曹甸生在外候著。

抬眼望，正屋裡亮著燈，丫頭進去又出來，看樣子月徊還沒睡。

昨天的事，如今細想起來確實是他過於計較了，原並不是什麼不可轉圜的大事，結果話趕話的越說越嚴重，自己生了悶氣，也把她嚇得不輕。今天該如何若無其事地圓過去，他心裡也沒底，只是慢慢踏上臺階，慢慢沿著迴廊往前走。忽然靜謐之中傳來蟈蟈的叫聲，他站了站，又不大稱意了。

裡頭的月徊渾然不覺，她餵過了蟈蟈，就盤弄起那兩隻棠梨肚葫蘆來。養蟈蟈的器皿也是有大講究的，回頭葫蘆得鑲圈口，她琢磨一會兒，覺得拿虬角染成墨綠色，再配上這栗紅的葫蘆身子，一定又俗氣又好看。

這頭正兀自設想，隱約聽見門外丫頭請安，她一激靈，知道是哥哥回來了。忙扔下葫蘆跑到門上，見梁遇正從廊廡底下過來，才回家沒換衣裳，身上還是白天的曳撒。月徊喜歡他穿公服的樣子，穿金戴銀像朵富貴花兒，看上去有權有勢又有錢。她本來還鬧著點小彆扭，可是轉念一想，梁掌印那麼大人物都肯退一步，她有什麼道理不順著臺階下？

於是她跳出門檻，萬分親熱地喊了聲「哥哥」，「您才回來？回來就惦記上我這兒來呀？」

梁遇就著廊下燈火瞧她，她真是個沒什麼心眼的丫頭，昨天的不愉快，過了一夜就全忘了。還是因為漂泊在外，吃了太多苦的緣故，生活沒有那麼大的餘地，能容一個糊口都難的孩子長出傲人的氣性來。

他頷首，舉步過去，「我聽說妳今兒買了兩隻蟈蟈？」

月徊說是啊，獻寶似的拉他進門看。只見一隻挺大的紙盒子四周拿棉布圍著，中間兩隻綠油油的蟈蟈兒昂首挺胸，因肚子還沒養得撐起來，背上翅膀耷拉得老長，像個年輕氣盛的小將軍。

「您看，是不是好俊的蟈蟈兒？」月徊笑著說：「瞧這膀花兒又深又糙，我買著兩隻憨兒吶。」

梁遇卻退後了半步，對於不玩兒鳴蟲的人來說，走近點就覺得渾身不舒服。他甚至聞見一種莫名的氣味，像腐爛的青草，當即抬手掖了掖鼻子，調開視線道：「妳是怎麼想的？為什麼愛養這個？長得跟蝗蟲似的……」

他才說完，那兩隻蟈蟈就亮嗓子叫起來，月徊頓時愛不釋手，著急替它們正名，說：「蟈蟈會叫，蝗蟲不會叫。且蝗蟲長得瘦長條兒，一副餓死鬼模樣，哪像咱們又結實又壯，渾身透亮。」

梁遇沒看出什麼區別，實則他連多瞧一眼都覺得糟心。有的人就是這樣，可以殺人不眨眼，卻忌憚一隻小小的鳴蟲。

他刻意閃躲，月徊再粗枝大條也發現了，「您怕蟲啊？怕它幹什麼，它又不會吃了您。」

梁遇掩著鼻子又退後半步，就算是怕，嘴上絕不會承認，也不會流露半點畏懼的神情，脊背挺得直直的，還在努力維持著體面，偏頭道：「我不是怕，是覺得不乾淨。養這種東西有什麼意思，還是送到外頭放生了吧。」

月徊說那可不成，「這種冬蟈蟈得伺候，送到外頭一會兒就凍死了。」說完覷覷他，心裡明白，這皇城根兒下沒有祕密，她的一舉一動為的是什麼，他早就知道了。

與其被他套出實話來，還不如自己老實招供。月徊把蟈蟈趕回葫蘆裡，蓋上蓋兒才道：「其實這個蟈蟈是買給皇上的，深宮裡頭寂寞，有蟲叫熱鬧點兒。我還有個打算，先教皇上玩兒蟲，等他玩成了行家，那些娘娘們為了取悅他，自然也跟著養蟈蟈。到那時候，我可以成為紫禁城裡的叫蟈蟈賣主，一隻是五兩還是十兩，全憑我出價。」

梁遇聽完，對她刮目相看，「妳出息挺大，打算在紫禁城裡做買賣？」

「我這是投主子所好，為主子分憂啊，有錯嗎？」她笑了笑，「再者您掌管著司禮監呢，只要發話不許其他太監出去給主子買蟈蟈，那這筆買賣我就能長長久久做下去，而且越做越大。」

這算是有生意頭腦的，打算壟斷，還不許人貨比三家。梁遇感慨，「妳是想做宮中一霸啊。」

月徊覺得沒什麼可奇怪的，「京裡各行各業都有這樣的人，像拾媒核的叫煤霸，擔糞的叫糞霸。我志向不大，就在宮裡做個蟲霸，一輩子也吃穿不愁了。」

梁遇算是無話可說了，唯有點頭。

她擅長打岔，原本預料中的尷尬氣氛沒有出現，可月徊的心思顯見有了變化，這點讓他無法忽視。

他暗自沉吟，踱到玫瑰椅裡坐了下來，半晌才道：「我今兒回來得晚，妳不問為什麼嗎？」

月徊心道司禮監瑣事多，耽擱上一兩個時辰不是尋常嘛。可他既然有意引導她，那她就不能不賞這個臉，遂笑道：「我原本是要問的，結果一打岔給忘了。那您為什麼這麼晚回來呀，離下鑰可有陣子了。」

梁遇垂下眼，撫著膝頭道：「今兒延慶殿遭了賊，我上那處置去了。那個王老娘娘，妳還記得麼？」

月徊眨眨眼，想了一圈才想起來，「延慶殿王老娘娘，不就是那個打您主意的太貴人嗎。」

梁遇沉默下來，並不急於辯解，隔了會兒才道：「事兒辦完後，王老娘娘留我說了些體己話。」

「什麼？」月徊目瞪口呆，「現在的娘娘可真了不得，還時興給自己做媒呢？那她和您說了些什麼？」

梁遇道：「沒什麼新鮮說頭，只說都是苦人兒，要在宮裡做個伴什麼的。」

月徊氣不打一處來，「什麼苦人兒不苦人兒的，宮裡苦人兒多了，別人也沒像她似的……那您呢？您有什麼想法？」

梁遇淡淡笑了笑，「妳將來終究會有自己的歸宿，我也不能孤身一輩子。宮裡那些污糟事不就是這樣麼，睜一隻眼閉一隻眼的，百樣過得去。」

他說得半真半假，其實也不知自己在期待什麼，興許是期待著妹子能心疼他吧！他的臉上露出一點苦澀的味道，不太多，但就是那麼丁點的量，正好勾起月徊的難過來。她往前兩步，蹲在他腿旁，仰著臉說：「哥哥，我回來那天說過的話，您記得吧？我說我不嫁人了，陪您一輩子。」

梁遇的目光移過來，平靜地望著她，「妳能做得了自己的主麼？」

是了，他想起來，似乎期待的就是這句話。明知不可能，卻還想再聽一回。

月徊沒有那麼多婉轉的心思，昂著脖子說：「我能做自己的主，不嫁就是不嫁，有什麼難的。」

梁遇不言聲，面色還是尋常模樣，眼裡因倒映了燭火，總有光在跳動。

「各有各的命數，誰也救不得誰，世上也沒個為了哥哥，耽誤一生的道理。其實我今兒動了試試的念頭，男女之情無非摟摟抱抱，這種事能難到哪裡去，結果……」他自嘲地一笑，「於我來說太難了，我不喜歡別人碰我。」

他話才說完，月徊的爪子就搭在他的手背上，一雙大眼睛巴巴兒瞧著他。

梁遇納罕，「幹什麼？」

「我就碰您一下。」她審視他的臉，彷彿他隨時會厥過去似的，「難受嗎？」

這丫頭有時候腦子裡裝的是豆腐渣，梁遇嘆了口氣，「這個能一樣麼？」

然後她吊上來，摟住他的脖子問：「這樣呢？」

梁遇心裡蹦了下，驚詫之餘忙定住神，擰著眉說：「妳是家裡人，和外頭女人不一樣的。」說罷把她從脖子上摘了下來。

心裡徐徐升起一種不自在，不是難受反感，就是不自在。月徊這種大大咧咧的毛病，不知什麼時候能改好，她不知忌諱，想一出是一出，實在對別人造成困擾。

他撫了撫發燙的腦門，「妳大了，不是孩子，我和妳說過多少回了。」

「再大不也是您親妹妹嘛。」她齜牙衝他一樂，「我呀，從小走丟了，看見別人家大人抱著孩子，我就覺得眼熱。這個毛病一直到今兒也沒好，我覺得自己就算長到八十歲，也還是願意和您在一起。哥哥抱一抱我，我心裡就很踏實，知道自己也是有人疼的孩子。」

她說這些話的時候雖笑著，可眼裡閃著淚花兒，梁遇這些年鍛造出來的鐵石心腸，遇見她就不中用了。他垂眼看著她，拇指擦了她眼角的淚，菩提手串上的墜角兒垂掛下來，琥珀透光，在她頸窩灑下一片橙黃。

「妳能縱性兒，哥哥不能。妳想不到的地方，哥哥得思慮周全，要不然……」他說著頓下來，慘澹地搖了搖頭，「不好，知道麼？」

月徊其實不理解他那番語重心長的話，至親骨肉間，為什麼要有那麼多忌諱？左不過就是長大了，要懂得男女有別，可月徊覺得，莫說哥哥受過那些磨難，就是沒受過，兄妹之間也不該提防那許多，因為越是提防，就越不純粹。

可她不敢說，雖然有時候她善於唱反調，愛分辯個子丑寅卯，但哥哥只要正經發話，她唯有諾諾答應的份。她也開始自省，自己好像確實太孩子氣了，就像他說的，妹妹怎麼能和外面的女人一樣，他就算不抵觸她的碰觸，也不表示他能好好找個女人作伴。

月徊有點失望，臊眉耷眼站起身說：「我聽您的，往後再也不這樣了。可您也得好好調劑自己，我是盼著您有個伴兒的。咱們和其他兄妹還不一樣，要是爹娘都在，我也不會那麼捨不得您。」

至親都不在了，只剩這一個，那份情就格外凝重珍貴。梁遇點了點頭，「再過陣子吧，等開了春，我手上的差事辦得差不多了，到時候會好好琢磨這事，也給妳個心安。」

月徊抿唇笑了，又踅身去看她的葫蘆。葫蘆裡的蟈蟈偶爾發出一聲鳴叫，她斜著眼睛透過蓋子上的孔洞朝裡頭望，一面問梁遇：「年前我能不能進宮？」

這個問題他也思量過，要是將來想讓她成大器，就得趕在那些后妃們大批入宮前，讓她和小皇帝生情。情這東西，有時候比刀還鋒利，縱然將來皇帝被亂花迷了眼，但曾經有過那麼一個人，填補過他貧瘠的情感歲月，那麼這個人無論什麼時候都會比旁人鮮明，即便到老了，唯一記住的也一定是她。所以大局上講，年前是必然要進宮的，錯過了這個大好時機，立后詔書和封妃的恩旨一下，皇帝的注意力也許就分散到別人身上去了。

梁遇坐在那裡權衡利弊，分明順理成章的事，卻又讓他下不了決心。他抬眼望了望月徊，莫名覺得有點不捨。家裡有人等著的日子似乎太短了些，還沒品咂出親情的味道，那麼快就要結束了。

然而月徊似乎很期待入宮，她買好了叫蟈蟈，等著培養皇帝的雅趣，把自己經營成紫禁城裡的蟲霸，那麼遠大的志向，他好像不該扼殺她。他嘆了口氣，「既然暫且不做娘娘，安排起來並不難。只說妳是我的族親，我掌管著司禮監，又兼提督東緝事廠，怎麼說也是正二品的銜兒，家裡填個把人進宮做女官，不為難的。端看妳的意思吧，要是想早些進去，明兒就能夠。」

月徊「哦」了聲，盤著葫蘆說：「我聽您的，什麼時候進去都成。就是這蟈蟈兒，您得替我帶給皇上，讓他自己先養著，解解悶也好。」

梁遇聽了，臉上浮起一點飄忽的笑。先前不是說願意不嫁人，一直陪著哥哥麼，實則心裡無一刻不惦念著小皇帝。相仿的年紀，就像找見了玩伴兒，也許不是真的愛上，但感情是由衷的。他站起來，睡眼看了那葫蘆一眼，「還是妳自己交給他吧，明兒預備預備，我讓人造了冊子，後兒妳就入宮吧。」

他說完，又吩咐早點兒休息，便轉身出門了。

月徊呢，心裡萌生出的那點小小的芽尖兒，一觸動就有越長越盛的趨勢。

她好像真的有點喜歡皇帝了，不為別的，就為他乾淨的笑臉。要說一個人真誠簡單，這種詞絕不該用在皇帝身上，生在帝王家的孩子，簡單了就得死，這個道理她明白。避免失望的最好辦法就是不要奢望，她願意和他商量商量怎麼滑冰，怎麼養蟈蟈兒，單瞧眼前，想不了多長遠。

因此第二天起來就收拾東西，半點也不含糊。可仔細想想，家裡的衣裳宮裡也穿不上，於是包袱裡滿滿裝上了小衣和厚厚一打棉襪，到時候再揣上那兩隻蟈蟈就成了。

她在自己的小院裡忙活，梁遇就站在不遠處的跨院裡，透過院牆上的花窗望著。

曹甸生在邊上隨侍，掖著手道：「沒想到大姑娘願意進宮，我原以為她喜歡外頭天地廣闊，不願意進那個牢籠的。」

梁遇漠然道：「年輕孩子懂什麼，前兒皇上來瞧她，一天裡頭結下了交情，就願意為人兩肋插刀。」

曹甸生歪著頭琢磨了下，「他們二位年紀一般大，只要彼此間說話不費勁，略處一處就容易生好感。前兒皇上來府裡，我正忙應付廣東來的官員，沒顧得上那頭。皇上親自接了人，又親自送回來，這該是多大的恩典吶。」

梁遇沉默下來，半晌才一笑，「女大不中留了。」

曹甸生抬眼覷覷他，「督主不是早有讓姑娘進宮的打算麼，實則進了宮倒更好，有您就近照顧著，姑娘受不了委屈。」

可不是嗎，早就有這想法，現在事到臨頭又猶豫了，不像他的作風。

梁遇調開了視線，轉身往前院去，今天是難得的休沐，本來想著帶月徊在京城裡頭轉一圈，帶她去嚐嚐以前想吃吃不上的好東西，再去那個琳琅鋪子選兩個上好的首飾匣子的，可惜她忙著預備進宮事宜，並沒有要出門的打算。自己呢，放著好些公務未處置，金礦、養珠池，哪一樣不要他操心？她不想出門倒節省了他的工夫，與其在這裡閒等，不如把那些繞開朝廷的事兒辦妥，畢竟錢權不分家，單是攬權還不夠，也要讓手下人吃些紅利才好。

宮裡頭呢，司禮監正給宮人造冊的事，不多會兒就傳到了皇帝跟前。畢雲捧著題本進東暖閣的時候，笑著說：「奴婢打聽過了，說月徊姑娘的名簿預備妥了，明兒人就能進宮來。」

皇帝從成摞的奏疏後抬起頭，「既然今兒就造好了，為什麼要等到明兒？」

畢雲「呃」了聲，竟不知道怎麼回答這個問題了，想了想道：「橫豎就在眼前，也不急於這一日半日。萬歲爺瞧，要是想讓姑娘這就進宮來，奴婢出去給掌印傳道旨意。冰盞衚衕抬腳就到，至多一個時辰，姑娘就能進來面聖。」

問問皇帝的心裡，是很想讓月徊這就進來，可做皇帝不能由著性子，就在眼前的事，弄得等不及了似的。畢竟他對梁遇也有些顧忌，大伴說教起來不是鬧著玩的，因此還需再忍一忍，等過了今晚，明天月徊就進來了。

皇帝是真的抱有一腔純質少年的想法，雖說起先他也存著拉攏和牽制梁遇的心思，但到後來單純和月徊相處，一切的算計逐漸臣服於她的人品和性情。眼下就是惦念，實實在在的惦念，他盼著她早點進宮，盼著帶她去北海子滑冰。那是御用的滑冰場，乾淨的冰面，沒有被磨得千溝萬壑，還有簇新的冰床冰刀，一應都是又漂亮又好。他就像個有點家底的富家子，急於向姑娘顯擺家裡產業，畢竟有個自己的冰場，足夠在姑娘面前嘚瑟的了。

橫豎好飯不怕晚，皇帝說不急，「今天先讓她預備預備，你得空上北苑瞧瞧去，今年的冰面結得怎麼樣。」

畢雲笑著說：「奴婢早打發人過去瞧了，說如往年一樣，又勻稱又厚實。」

皇帝點了點頭，「那她進來住在哪兒，安排下去了嗎？」

「左不過宮女值房，只是姑娘和掌印沾著親，掌印自會安排上好的住處吧。」畢雲瞧著皇帝神色，頓了頓又道：「御前的四位女官，如今安置在養心殿圍房裡呢。要是出於方便傳召的考慮，把月徊姑娘安頓在那裡，也很相宜。」

皇帝卻緩緩搖頭，那四個女官是作引導臨幸之用的，建立在肉欲的基礎上，不必浪費稀有的感情。月徊不一樣，她是少年歲月的一種補充，只要不去動那種心思，她就是乾乾淨淨的。皇帝不缺女人，知音才格外珍貴，要是把知音變成等待侍寢的一員，是對他少年赤城的褻瀆，即便將來妻妾成群，兒孫滿堂，他也只是個孤家寡人，不配談自己年輕過。

皇帝闔上題本看了眼座鐘，時候過起來很快，再等上七八個時辰她就要進宮了。他略思量了下道：「你回頭問個準信兒，朕上神武門等她去。」

畢雲道是，很好地掩藏起那份驚訝，上前將皇帝批閱過的題本摞起來，再捧出去交司禮監文書司房。

這頭正交接呢，遠遠兒看見總管柳順打東邊過來，畢雲忙垂首呵了呵腰。

柳順是個矮胖子，人雖不高，但不妨礙他拿鼻孔瞪人。只見他一如往常仰起臉，垂下眼皮子，從那道縫裡瞥了畢雲一眼，「萬歲爺在暖閣裡呢？」

畢雲道是，殷勤地往裡頭引路。暖閣門前站班的小太監打起了門簾，柳順抬步邁進去，這回總算把腦袋裝正了，甚至微微低下頭去，捧著四塊玉牌向上敬獻。那玉牌上寫著四位女官的官稱，因皇帝還沒建立起後宮，終歸就在這四塊牌子上做文章，柳順滿臉含笑，輕聲細語叫了聲萬歲爺，「恭請主子御覽。」

皇帝今天沒什麼興致，連瞧都不曾瞧一眼，只說了聲「去」。

柳順怏怏把玉牌收了回來，卻沒有立時退下，縮著脖兒道：「萬歲爺，今兒是欽天監推算的好日子，申初時牌，日月呈交匯之勢，您瞧……」

沒有什麼比誕育皇嗣更要緊的了，皇嗣是國家命脈，是這社稷昌盛最有力的保證。作為一位帝王，首先必須確保能生得出兒子來，因此打從今年入冬起，就要按照欽天監天象所示的日子臨幸。寧可平時少些，到了日月同輝的日子不能錯過，這皇帝當的，連御幸的事上也沒有自由。

見他有鬆動，柳順又把牌子遞上來，皇帝覺得挑誰都一樣，隨手留下了司帳的玉牌。

司帳其人，是四個裡頭最活泛的，脾氣有些像月徊，這也算稍稍的一點安慰。這些女官們，除了侍寢之外也實打實擔任御前的差事，皇帝晚膳用罷後回寢殿，她們伺候著沐浴更衣，彼此謹守規則，絕沒有人中途劫皇崗的。最後不相干的人都退出去，只留司帳在跟前，司帳替他寬了衣，自己蛇一樣地游上來，游進皇帝懷裡，仰著頭問：「萬歲爺，聽說明兒御前要來新人啦？那新人長得什麼樣兒？有我好看嗎？」

皇帝沒說話，把她壓進被褥裡狠狠地收拾，暈頭轉向時產生了恍惚的臆想，彷彿身下的人不是司帳，而是月徊……他怔了怔，原來不管如何敬重一個人，但凡動了心思就會產生俗念。只是這種混帳的想法在清醒的時候被壓制著，次日起身，他還是那個不染塵埃的少年。

但凡宮女子入宮，都要講究時間，清早闔宮忙碌，換班的換班，伺候差事的伺候差事，接手的嬤嬤太監騰不出空來。須等到巳時，宮門上才有人出來接引，因此月徊的車轎在筒子河那頭停了好久，足等到時候差不多了，她才搭著綠綺跳下來。

綠綺替她整了整領上狐裘暖脖兒，切切道：「姑娘這回進宮，不知多早晚能出宮來，好在咱們府裡常有宮內太監來往，要是缺了什麼，有不便和督主說的，只管讓他們帶話，我替姑娘置辦。」

月徊大有帶著大家一塊兒發財的抱負，笑道：「宮裡還能短什麼，不過等我買賣做起來，到時候讓你們幫著採買蟈蟈兒。」一頭說一頭看太陽，「成啦，妳回去吧，我該進去了。」

綠綺不能陪同往前了，便站在長橋這頭看著，目送她往神武門去。

太陽白慘慘的，風從結了冰的水面上吹過來，四周圍沒遮沒擋，刮在臉上有點疼。月徊挎著她的小包袱，挺直了脊梁往那深深的門洞走去，起先那裡一個人影也不見，她正納悶由誰接引呢，沒想到很快便見有人從門內疾步出來，那人穿著胸前繡團龍的燕弁服，披一襲紫貂的斗篷。

他是獨自一個人來的，身後跟隨的內侍在出了神武門後，就在門洞前站定了。月徊看著皇帝向她跑來，邊跑邊揮手，愉快地喊她「月徊」，這一刻倒有些感動，真沒想到他會親自來接她。

大概由於前兩天有了一塊滑冰的交情，皇帝對她很親厚的樣子，甚至伸出手要替她拿包袱。

月徊嚇了一跳，忙把包袱藏到身後，「可不敢，叫人看見我該殺頭啦。」想了想又一笑，「不對，打今兒起也不能我啊我的了，要稱奴婢。」

皇帝卻寬和，含笑道：「用不著，朕不喜歡妳做奴才樣兒，以前怎麼樣，以後也還是怎麼樣。」

他真是不忌憚叫守門的緹騎瞧見，既然她不讓他提包袱，就她挎著包袱，他牽著她。

皇帝的手很暖和，對比出月徊指尖冰涼。就是那一握啊，那種暖和傳進心裡來，芽尖兒也不再是芽尖兒了，跳過了抽條那一步，直接開花啦。

所以月徊進宮這事，除了開頭的宮女子名籍需要梁遇安排，到後來幾乎再沒用得上司禮監插手。

皇帝親自安排的樂志齋圍房作為她的他坦[9]，樂志齋在坤寧宮後，御花園西南，一度是皇帝幼年時期看書習學的所在。後來先帝駕崩，他承繼宗祧，皇帝的日常起臥都前移到了乾清宮東西那一線，這裡就漸漸冷落了，偶爾作為西洋傳教士布道之用。

挑選這樣的地方，經過了一番思慮，不需要橫穿東西六宮，從乾清宮也好，養心殿也好，出隨牆門沿夾道往北，過長康右門就是樂志齋，遇見嬪妃們的機會極少。皇帝也對不久即將迎來滿宮女人的盛況感到憂心，一方面廣設後宮是為開枝散葉，是出於穩固

9 他坦：宮人宿舍。

江山的需要；另一方面他對月徊的那份心思，難免因此受到干擾。就算他初心不變，月徊能拿看正經人的眼光來看他嗎？他性急起來，倒是很想立刻晉了她的位分，不拘什麼銜兒，先正大光明留在身邊要緊。可她只打算做女官，且也沒有對他表現出任何非君不可的意思來。就是因為這份懸而未決，讓他七上八下，日思夜想。

皇帝帶她進了樂志齋圍房，不多寬綽的屋子，事先叫人收拾過。簇新的用具和簇新的褥子，一般宮人不過一墊一蓋，皇帝特特兒吩咐了，給她加三床。因著宮人的他坦夜裡不燒炕，他怕她凍著，又是氈墊又是炭盆，紅螺炭在牆根上堆得滿滿當當，早就超出了宮人的待遇。

就像新得了個小貓小狗，十分樂於替她置辦住的地方，皇帝眼裡閃著星辰般燦爛的光芒，「妳瞧瞧，還缺什麼？」

月徊看了一圈，說挺好，「我就住這兒吧，這裡過乾清宮道兒近，您要是傳我，我跑著一會兒就到了。」說罷從懷裡掏出兩個葫蘆，笑著說，「您要的綠蟈蟈，我養了兩宿，又能吃又能叫喚，您聽……」

皇帝聽見那種久違的叫聲，是小時候住在南三所那陣兒才聽過的蟲鳴。可惜御極之後，凡是皇帝坐臥的地方連樹都砍沒了，夏日除了磚縫兒裡隱約的蛐蛐聲兒，聽不見那種正統的蟈蟈叫。

皇帝把葫蘆接過來，葫蘆蓋子上鑿了細小的眼兒，隱約看得見蟈蟈腦門上的觸鬚。他很高興，笑道：「小時候那些兄弟們玩兒，沒有朕的份，那時候大伴還沒到朕身邊，朕只能眼巴巴看著他們顯擺。」

月徊聽他這麼說，可以拼湊出一個不受待見的小皇帝，打小兒姥姥不疼舅舅不愛。不過有一點他琢磨錯了，別說那時候大伴不在，就算大伴在，他也不可能弄蟲讓他玩兒，梁遇他自己就怕蟲。不像她這種長在民間的，竄衚衕過大街，什麼都敢提溜起來，到如今帶了蟈蟈進來，也算取悅聖心。

月徊笑了笑，「您沒養過，知道餵它吃什麼嗎？」

皇帝思量了下，「餵它吃肉？吃果子？」

月徊轉述一遍從曹甸生那裡聽來的學問，「蟈蟈定調之後多吃素，少沾葷腥，這麼著才能長壽，活上七八個月不成問題。我這回才帶了兩個憨兒，要是多買幾個，擱在一個屋子裡讓它們叫，這一開嗓子，能把房頂都掀了。」

皇帝笑著，卻又有點傷感，「這鳴蟲伺候得再好，也只能活七八個月……」

月徊說：「萬物自有定律嘛，他們就跟神仙似的，活上一個月等同咱們活十年，人生七十古來稀，也已是高壽了。」

她就有這樣的本事，什麼都看得開，什麼都過得去，同她說話不覺得乏累，她會以她的方式開解你。不像有的人，遇上了只管抱怨這不好那不好，喝的茶泡濃了，吃的肉塞牙縫了，聽多了自己跟著糟心，這樣的朋友寧肯不交。

盲目的快樂，不說利國利民，橫豎對自己是過得去了，有時候做皇帝就欠缺這種愛誰誰的態度。皇帝看著她的笑，慢慢覺得萬事釋然了，輕吁了口氣道：「妳往後放在哪個差事上，大件說了麼？」

月徊道：「先前和我打趣倒是說了，說我可以伺候皇上梳頭。過會兒我上司禮監問問去，究竟怎麼安排我。」

皇帝嗯了聲，隔了會兒才道：「其實妳也未必一定要領什麼差事，就替朕伺候這蟈蟈兒，也挺好的。」

月徊失笑，「您的意思是我自己帶差事進宮吶？蟈蟈除了餵吃餵喝，沒別的可照顧的。我進來了不也有俸祿嗎，我不能白得您銀子呀。」

這就是盜亦有道，可以賺買賣錢，不能得不義之財，月徊謹守住了做人的本分。

皇帝見她堅持，便也不再多言了，反正御前沒什麼髒活兒累活兒，她就充充人頭，在跟前點個卯，只要能天天看見她，那就成了。

月徊這頭安頓好，終於能往司禮監衙門找梁遇去了。還有五天就是除夕，司禮監又掌管著闔宮內外大事小情，因此衙門裡頭人來人往，比平時還熱鬧些。

外頭熱鬧，掌印值房依舊原來模樣，月徊上了廊廡就看見曾鯨，也算熟人了，她上前打了個招呼，「曾少監，我今兒進宮當值，來給掌印回個話。」

曾鯨起先並沒有注意她，她一開口他才「喲」了聲，「姑娘換了女官的衣裳，和往常不一樣了。」一邊說邊掖手而笑，「將到年關，外頭事忙，老祖宗上朝房裡議事去了。要不這樣吧，姑娘進去稍候，今兒錦衣衛和東廠的指揮僉事都要進衙門回事，料著過不了多久老祖宗就回來了。」

月徊道好，打簾進了屋子。梁遇所在的地方處處透出雅致，南炕的炕桌上擺著打開的書頁，拳大的香爐頂蓋上香煙嫋嫋。窗口上沿打進一道日光，檀香木的手串就在那片光影裡，因盤弄得久了，木紋變得醇厚細膩。

月徊挨過去，在南炕上坐下來，隨手翻過封面看，上頭幾個字她認得，清靜經。

「煩惱妄想，憂苦身心。但遭……什麼……什麼生死，常沉苦海……」她看著書頁上的字，好些是她不認識的。不過哥哥真是個追求高尚境界的人啊，一會兒佛學一會兒道學的。清靜經？他有什麼可不清淨的？

正納悶，聽見外面有腳步聲傳來，看樣子來了老大一隊人馬。她從半開的窗口看出去，是梁遇回來了，滿臉的怒容。將走到廊下時猛然回身，後面緊緊跟隨的太監們收勢不住幾乎要撞上去。好在領頭的警覺，腳下剎住了，一隊人忙壓膝躬腰退後好幾步。

院子裡響起梁遇的怒叱：「都是幹什麼吃的，讓那些酸儒在京城造謠生事！給我抽調東廠和錦衣衛人手，就算把京城翻個過兒，也要把那些人找出來。咱家倒要瞧瞧，是昭獄裡的鐵鉤子厲害，還是他們的嘴厲害！」

眾人慌忙領命承辦去了，梁遇狠狠打起門簾進門，抬眼見月徊坐在南炕上，倒一怔。

在外的那份凶狠，不帶到妹子面前，他臉上神情一瞬平和下來，「哦」了聲道：「妳進宮來了？我原想打發人去接妳的呢。」

月徊朝外瞧了眼，「城裡又出亂子了？」

他垂眼在案後坐下來，喃喃道：「哪天不出亂子，越是臨近年關，越是謠言四起。像這兩天，有幾個南邳的讀書人，排了一齣傀儡皇帝認乾爹的戲碼，影射當今朝政。傀儡皇帝……」他哼笑了一聲，「誰又是那個乾爹？這些文人科考失利，就想盡惡招兒發洩心中不滿，小人可憎，偽君子則可殺。他們不是瞧不上太監麼，要是不叫他們知道厲害，我這東廠提督白幹了！」

唉，這世上事確實是如此，總有人瞧你不順眼，就算八竿子打不著，拐彎抹角也能說出你的不好來。不過司禮監和東廠的名聲確實很壞，她在碼頭上那陣兒就親眼見過這兩個衙門吆五喝六，逢人就收雜稅的。到底因為認了親，心裡向著他，要是沒認這頭親，她也能把他罵個底朝天。

月徊歪著腦袋，咂了咂嘴，有些話不敢渾說，只是淺表地安慰他：「不得志的人才罵您呢，得了志的都捧著您。他們恨您，誰讓您不給他們管您叫祖宗的機會，您也得容人撒撒氣才好。」

梁遇聽她發表了高見，心頭的鬱結倒像平息了幾分。

他長嘆了口氣，半晌問她：「聽說皇上親自替妳安排了住處？樂志齋的地方倒是不錯，出御花園一直往東，過了乾東五所就是司禮監衙門。」

要說皇帝的安排，實在很有巧思，月徊往南進乾清宮，往東則進他的值房，甚至一南一東的距離都差不多遠，可見他對月徊是真的上心。

月徊試圖藏住姑娘的小竊喜，可她不知道，心裡裝不下了會上臉。她說：「是啊，我剛才就是順著乾東五所摸過來的，那地方挺好，又是個花園，宮門不下鑰的話，離哥哥又近。」

梁遇看著她眉間的欣喜，忽然覺得有些刺眼。

姑娘一旦一心向著別人了，怕是十頭牛都拉不回來。他原以為月徊是個清醒果決的孩子，沒想到他看錯了，實在讓他感到失望。他倒並不反對她日後跟了皇帝，但自己的心應當守住，將來才免於婦人之仁，才好盡心施為。可是他們兄妹的想法好像南轅北轍了，他更看重的是權，而月徊只顧念情。情深易折，也極易受傷，小皇帝目下的新鮮勁兒能維持多久，誰知道呢。

梁遇擱在桌上的手慢慢攏了起來，他居然生出了幸災樂禍的心思，望了月徊一眼道：「今兒內閣首輔領著光祿寺卿，上徐太傅家宣旨去了。」

月徊臉上果然微微起了一點變化，「哦」了聲道：「也好，昭告了天下，這件事就板上釘釘，更改不了了。」

可她眼下不後悔麼？真正一手促成徐家姑娘成為皇后的人，正是她。她那時想必還不喜歡皇帝，因此封后封妃的話侃侃而談起來，半點私心也沒有，順利唬住了張首輔。要是再挪後兩日，到了今時今日，她又是怎樣一番心境？

梁遇慢慢翻動題本，視線落在蠅頭小楷上，心卻半懸著，「帝王後宮美人如雲，歷朝歷代都是如此，要在這宮裡活下來，除了帝王的寵愛，還要有顆靜得下來，善於謀劃的心。現在的紫禁城，硝煙已經平息了兩年之久，所以妳沒看見先帝殯天時候的腥風血雨。無子女的低等嬪妃和宮人，殉葬者有一百零八人之眾，要不是延慶殿王娘娘機靈，買通太醫謊稱有孕，朝天女的名錄上，就該有她。」

月徊訝然，「原來王娘娘懷了先帝遺腹子的事，都是假的？」

梁遇淡漠地笑了笑，「生死關頭，什麼謊不敢扯？這事其實不難戳穿，彤冊上雖然有先帝御幸她的記錄，但月份和她傳太醫診斷的時間對不上。那時候我瞧她不蠢，沒有戳穿她，所以才有了她一心要報答的後話。」

月徊以前倒也聽說過朝天女的事，說那些女人蹈義後，能換來一個朝天女戶的世襲身分，父親或兄弟有優恤，可以入錦衣衛。當然那時候宮內祕聞只是市井百姓茶餘飯後的談資，她覺得多少有誇大杜撰的成分，如今進了宮才知道，原來都是真實發生過的。

「所以說，做皇帝的女人有風險？」她大氣都不敢喘。

梁遇點了點頭，「後宮唯一不用殉葬的就是皇后。」

皇后……難怪是個人人嚮往的好差事，月徊由衷地說：「徐家姑娘的命真好。」

命好，倒也未必。梁遇低頭蘸了墨道：「大鄴開國近兩百年，只有三朝皇帝只冊封了一位皇后。後世子孫皇后都不少，廢立全憑自己的喜好。且第一位皇后多受矚目，尋常人當不了。既然冊立了徐姑娘，能不能在這個位子上太太平平坐下去，全看她的造化吧。」

月徊嘆了口氣，心裡說不上是種什麼味道。就像當初她對私塾那個教書先生有過好感，結果隔了三天人家就娶親了，那種遺憾，談不上刻骨銘心，就是不堪回首。現在也是的，她才喜歡上皇帝，他的封后詔書就下了。他和別人訂了親，有了要娶的新娘子，後頭還有更多等著進來給他當妾的。自己的這點小情義淹沒在人海裡，至多翻起一個小小的泡泡，然後就該不見了。

她撫撫臉頰，「我還是陪著您吧。」

梁遇不信她的兩面三刀，見了皇帝只怕照舊養蟈蟈，牽小手。

可是剛要開口，就有人隔著簾子回稟：「老祖宗，慈寧宮炸了鍋了，太后娘娘大發雷霆，傳召您和張首輔呢。」

梁遇連眼睛都沒抬一下，「就說咱家出宮辦事去了，暫且回不來。先讓她和張恒鬧去，等煞了性子，我再覲見。」

門外太監應個是，快步回話去了。

月徊惶然望著他，「哥哥，我有點兒怕。」

梁遇說怕什麼，「那天咸若館裡都是我的人，她拿不住妳的把柄。不過留神，別讓她因我遷怒妳，就成了。」

第九章　碧樹摧折

那頭慈寧宮裡，太后因震怒，將殿內的擺設摔了個稀碎。

「叫他們來，到底是哪頭出了岔子！一口一個遵太后懿旨，太后如今被蒙在鼓裡呢，這是遵了誰的旨！」江太后一頭說，一頭抄起一隻鎏金銀蓋牙盤砸了下去，金銀的東西摔不碎，一路滴溜溜滾到殿門前，太后的咆哮仍在繼續，因受了愚弄，氣得帶上了哭腔，扭曲著聲線說：「好啊，真是好！尊我為母后，尊我為太后，一應都以太后的想頭為準，結果呢？皇帝真是好樣兒的，慕容家的好兒子，嘴上說得好聽，做出來的事全不拿我放在眼裡！還有梁遇，那狗東西在我跟前拍著胸脯子下保的，皇上年輕沒主張，一應要母后做主，誰知調過頭來就換了人選！張恒人呢？梁遇人呢？」

門外管事太監戰戰兢兢道：「回娘娘話，已經打發人傳去了，請娘娘少待。」

太后先前就發作了一通，如今砸累了，一屁股坐在南炕上，看著滿地狼藉又憤恨又委屈。

她實在不明白，梁遇和皇帝穿一條褲子，全心張羅徐宿的孫女為后就罷了，那張恒素來是她這頭的人，為什麼竟也反了她？早前她還特地傳了他來說話的，那時並沒瞧出他有什麼不贊同的地方，何故出去就唱了反調？難道真是因為先帝沒了，皇帝眼看要親政，他就琵琶別抱了嗎？

這些政客，果然不是好東西，牆頭草順風倒，還輔什麼政，治什麼國！等他們來了，她倒要仔細問問，他們是不是真不拿太后當回事了。要逼急了她，她就效法前朝武烈皇后，廢了這個不孝不悌、不仁不義的皇帝！

邊上嬤嬤不住勸慰，說八成是哪兒弄錯了，請太后消消氣，等人來了再做定奪。江太后是一點就著的性子，哪裡受得了這份氣。她坐不住，又在地心轉圈兒，好不容易聽見殿門上管事的進來通傳，說張首輔到了，她朝外一瞪眼，「梁遇呢？別不是做了虧心事，嚇得不敢來見我了吧！」

這時候小太監進來回事，撫膝說梁掌印上宮外巡檢錦衣衛去了，已經派了人去通傳，只是回宮且要時候。

太后哼笑了聲，「倒是巧得很，內閣頒封后詔書，他卻巡視錦衣衛去了，去得可真是時候。」

張恒進來，見這原本精美的屋子狂風過境般，不由惶然。太后的脾氣他是知道的，不稱意了向來砸桌子摔凳，愛滿世界攪合得不太平。今兒不知又是哪裡克撞了，發作得比以往還厲害。他低頭看看，滿地的瓷器碎片伴著果子糕點，竟是連腳都落不下去。計較再三，估量了腳的大小，沿著邊上過來，總算到了南炕前。剛拱手作揖，還沒來得及開口，就聽太后重重呸了一聲。

張首輔怔了怔，太后不著四六，啐人一口其實也不算大事。女人到了四十歲光景，脾氣顯見比以前更壞了，做臣子的沒有其他辦法，只有受著。

張恒愈發呵下了腰，「回娘娘的話，今日封后的詔書頒了，過定所需的禮節也已交付徐家。司天監定了日子，臣特意帶了來，恭請太后娘娘過目。」

他雙手托著一張大紅灑金箋向上呈敬，太后身邊的嬤嬤接過來，再轉呈太后。結果太后捏著那張紙，連看都沒看就撕得粉碎，狠狠摜在了他面前，「過目，過你個狗腳！」

張恒訝然看過去，太后的臉因憤怒煞白，那眉眼看著竟有些猙獰。他囁嚅了下，拱手道：「不知臣有何失當之處，惹得太后如此震怒？」

太后霍地站了起來，那身影擋住了南窗口的大半日光，指著張恒的鼻子罵道：「張首輔真是辦得一手好差事啊，打量我退居太后之位，就夥著梁遇來坑騙我。那梁遇算個什麼東西，不過是個內官，倒叫你這當朝首輔夾著尾巴奉承，我都替你覺得掃臉！」

張恒被這莫名其妙的一頓臭罵罵得找不著北，雖說內閣如今確實被司禮監壓制，但要指責他夾著尾巴奉承梁遇，那是作為首輔大臣不能承受的侮辱。

他有些氣悶，勉強平了怒氣道：「臣若有不當之處，太后只管教誨，但就算是死，也要容臣做個明白鬼。太后宣臣來，不列罪狀一味指責，臣自問樁樁件件都是依著太后示下行事，究竟是哪裡出了謬誤，還請太后明示。」

太后被他這把揣著明白裝糊塗的能耐氣得不輕，也不想同他多言了，一面抬手指向他，一面對邊上珍嬤嬤道：「他要做明白鬼，妳告訴他，告訴他……」

珍嬤嬤道是，向張恒鞠了鞠腰道：「首輔大人，早前太后娘娘曾私下知會過您的，要立孫家姑娘為后。今兒你們內閣頒旨，人選忽然變成了徐太傅家的姑娘，這究竟是怎麼回事？」

張恒一瞬有點恍惚了，納罕道：「孫家姑娘……不是徐家姑娘嗎？」

太后立起兩個眼睛道：「你別給我打馬虎眼，什麼孫家姑娘徐家姑娘！打從一開始說的就是孫家姑娘，幾時牽扯上徐家姑娘！」

這下張恒當真懵了，手足無措道：「娘娘特意召見臣，明明說的是徐家姑娘啊，怎麼這會子又改成孫家姑娘了？」他暈頭轉向，覺得這事得從頭捋一捋。太后急得要吃人，他擺手不迭，扶著腦門說，「頭一回娘娘傳臣進慈寧宮，說的的確是孫尚書家的小姐，可後來又傳臣進咸若館，改成了徐太傅的孫女。娘娘不是說夢見了先帝，先帝讓娘娘順從皇上心意麼，還要讓四品以上官員家適齡的女眷應選。另要給各藩頒發恩旨，令藩王們選妹子或閨女進宮……這些娘娘竟忘了不成？」

江太后聽得直皺眉，「張首輔，你是犯了失心瘋，還是給魘住了？我幾時傳你進咸若館，幾時夢見先帝爺了？堂堂的首輔，為了脫罪拿這種話來糊弄人，你也不怕風大閃了舌頭。」

太后不承認，張恒陷入了百口莫辯的境地，他把當時的情形回憶了又回憶，當時除了不解太后為什麼忽然改主意，並沒有其他可疑的地方啊。

他腦仁兒發脹起來，喃喃說：「錯不了的，臣聽得真真的，怎麼會有誤呢！臣雖有了年紀，但絕不會昏聵至此，除非裡頭有貓兒膩，有人假借太后之名，假傳太后懿旨。」

像是道破了一個奇異的玄機，殿裡一時沉寂下來，誰都沒有再說話。半晌太后才一嗤，「是不是我的聲音，張首輔分辨不出來？」

張恒遲疑了下，「那日咸若館裡傳召，太后並未露金面，是隔著簾子對臣發話的。可臣敢斷言，那就是太后娘娘的語氣聲調，半分也沒錯啊。」

「這麼說，宮裡是出了能人了，能借著我的名兒假傳懿旨？」邊說邊一哂，「這話張首輔信麼？」

張恒掖著手，舔了舔唇道：「娘娘不知道，其實民間真有這樣的人，擅口技，能模仿鳥獸鳴叫和人語，倘或當真有人假借太后口吻傳了那道假懿旨，那也沒什麼稀奇。」

又是一陣沉默，矛頭立刻對準了梁遇。在這深宮之中要是有人敢耍這樣的把戲，除了梁遇沒有第二個人了。

太后倚著引枕，閉了閉酸澀的眼睛，長嘆一口氣道：「如今木已成舟，皇后人選確實沒法子再更改了，可這件事不能就這麼算了。你打發人祕密給我查訪，宮裡有司禮監坐鎮，查不出端倪來，就給我上城裡，上整個直隸地面上查去。我倒要瞧瞧，究竟是什麼人，能有這麼大的能耐。」

張恒領了命，退出慈寧宮，往南邊走邊搖頭，這事說到底太邪乎了，連他自己都覺得不可能查出什麼頭緒來。

隆宗門上進來的梁遇目送張恒南去，料著火候差不多了，這時候進慈寧宮，太后至少能容人說兩句話。

於是他不緊不慢，佯佯邁進了宮門，果然不出所料，慈寧宮裡大不成個體統。太后見他來也沒個好臉色，所有的怒火順理成章轉嫁到他身上。

一番洋洋灑灑的責問，最後篤信是有人冒了她的名。梁遇安靜挨了罵，也安靜聽完了太后的斷言，最後字斟句酌道：「娘娘，臣的確聽說過有擅口技者，但一般都是模仿鳥獸居多，要把人說話的聲氣兒學個十成十，想是不大可能的。況且自先帝大漸起，張首輔便常承娘娘懿旨，首輔大人應當熟知娘娘的聲口才對，有人能糊弄過張首輔，娘娘信麼？」頓了頓又道：「頒詔的事，娘娘怪罪，臣不敢喊冤，但請娘娘明鑑，臣這頭只管預備過禮事宜，其餘一應都聽首輔大人的意思。首輔大人說孫家便孫家，徐家便徐家，臣只知道照辦。可眼下出了紕漏，臣亦有錯，願擔協理失職的罪過。」

梁遇走到今兒，什麼大風大浪都見過，練就的說話本事堪稱一絕。

什麼叫協理失職？是錯聽了張恒的話，是失察，就算論罪，也是張恒為主他為次，根本無法傷及他。太后發過了一通火，到這會兒心力交瘁，也沒了氣力和他理論，只道：「廠臣用不著拐著彎兒給自己脫罪，我現在就要聽你的說法，倘或降罪，到底該算在誰頭上？」

梁遇微微呵了呵腰，「娘娘，張首輔和徐太傅本是同年，當初一道進京趕考，一道入仕，這個娘娘知道麼？雖說有時政見不合，但私交尚算不錯，娘娘只疑心臣，卻從來不曾疑心張首輔？」

太后果然不說話了，他三言兩語便點明了最可疑的地方。張恒也算老奸巨猾，究竟是什麼樣的人，才能完全騙過他？太后倚向萬福萬壽靠墊，眼波一轉，落在梁遇臉上，「你是說，世上沒人能學得這樣惟妙惟肖？」

梁遇道：「若有，一定是個神仙。」

太后冷冷望著他，哼了聲道：「不管是仙是鬼，我已經命張恒徹查此事了，我們大鄴人傑地靈，說不定就有人借著這個神通作怪呢。要是真有此人，那可不得了，不拿住了正法，後患無窮。」

梁遇道是，思忖了下復拱手，「徹查的事兒，娘娘與其交代張首輔，不如交代臣。首輔大人是文人，專事處理朝中政務，不像臣，雞零狗碎什麼都幹，底下的廠衛本就是為替主子分憂而設的。」

太后也不傻，如果張恒說的確有其事，那交代梁遇，豈不是讓他自己查自己？

江太后說不必了，「除了廠衛，還有三法司衙門，他們也能辦事，總不好萬事都偏勞廠臣。」

梁遇聞言便不再堅持了，頷首道：「既如此，就請三法司衙門排查吧，若有需要協辦之處，臣再遣廠衛出動。」

太后一腦門子官司，眼下也理不出頭緒來，最後擺了擺手，把他打發了。

慈寧宮裡伺候的太監宮女忙於收拾滿地碎片，珍嬤嬤在邊上適時諫言，輕聲說：「主子，我聽梁掌印的話，也不無道理啊。」

太后素來信任珍嬤嬤，轉過頭瞧了她一眼，「妳是說……」

「內閣早前確實依仗太后，但如今皇上親政在即，張恒未必不會另作打算。立徐家的孫女為后，這必定是皇上的意思，張首輔怕在您跟前不好交代，才扯了這樣的無稽之談。什麼擅口技者，這話奴婢是不信的，橫豎米已成炊了，張著大嘴叉子渾說一氣，反正您也不能拿他怎麼著。」

太后聽了，炕桌上剛撿回來的書又被拂在地上，「張恒，我真是錯瞧了他！」

慈寧宮裡太后的嗓音隱約傳過來，梁遇牽唇一笑，舉步邁出了宮門。

楊愚魯和幾個監丞垂袖上來接應，瞧他面色如常，都暗暗鬆了口氣。

「派東廠番子出去，查上年臘八那天，在天香樓喝花酒的錦衣衛。拿住了，問準了，別留活口。」他邊走邊吩咐，想了想又道：「張恒這會兒沒頭蒼蠅似的呢，叫一個文官查案子，只怕要難為死張首輔了。趁他分身乏術，打著徐太傅的名號，大張旗鼓往他府上送謝禮。不消半日，這個消息就會傳到太后耳朵裡，到時候張首輔就算渾身長嘴，只怕也說不清了。」

掌印的布局向來精密，楊愚魯笑著道是，複壓聲回稟：「先頭咸若館裡伺候的人，都調到行宮和皇莊上去了，就算太后盤問，也問不出所以然。」

梁遇「嗯」了聲，太陽升到頭頂，眼看晌午了，他閑在地理了理胸前垂掛的組纓。慈寧宮裡烏雲帶閃電的，發作起來不過一霎，太后再尊貴，沒了唯命是從的人，又算得了什麼！

他負著手慢慢前行，舒坦地吐納了兩口。算算時候，過不了幾天就要過年了，到時候天地大宴，皇帝會請徐太傅一家子進宮來。月徊那個傻丫頭一根筋，見了徐皇后，興許就會清醒過來了。

一個沒什麼手藝的人，想在宮裡承辦端茶遞水之外的差事，確實有點難。但仗著皇帝的寬容和梁遇的面子，月徊最終還是當上了皇帝的梳頭女官。

皇帝每天天不亮就起，紫禁城的御廚上也養雞，第一聲雞啼的時候，皇帝已經擦完了牙漱完了口，坐在妝檯前等她來了。

原先皇帝是有起床氣的，從雙腳落地那刻起開始耍性子，一直要到座上金鑾殿。這樣的慪氣其實不單底下人提心吊膽，連他自己也覺得累。現在好了，月徊來了，因為有她，他睜開眼就有了期待，那麼這一天必定歡喜大於氣惱。

他側耳，聽著綿綿的叫蟈蟈聲從宮門上進來，她除了承辦梳頭之責，還兼養蟈蟈。早上把葫蘆揣進黃雲龍包袱裡，裡頭裝著上用的成套梳篦，剩下就是蟈蟈葫蘆。她進了暖閣，一露面便一副笑模樣，問：「主子，您昨兒夜裡睡得好不好呀？今兒早膳進得香不香？」

皇帝抿唇對她一笑，「都好。朕昨晚還夢見妳了。」

兩旁的宮人展開了布帛，用以承接疏落的頭髮。月徊拿著梳篦慢慢替他梳理，一面笑著問：「夢見奴婢什麼呀？八成夢見我養蟈蟈，把蟈蟈養得盤子那麼大。」

皇帝說不是，輕飄飄瞥了她一眼，「朕夢見咱們上北海子滑冰了，妳的技藝長進不少，滑得又快又好。」

月徊「哦」了聲，她不是那種有話憋著，肚子裡打仗的姑娘，她愛直來直去，便道：「等您得了閒，帶我上西苑玩兒去吧，我想看看北海子有多大，上頭的冰是不是結得比什刹海的好。」

皇帝說成，「節下有空閒，等文武百官休沐了，朕讓人安排好了就帶妳去。」說罷頓了頓，試探著問她，「昨兒冊立皇后的詔書頒布了，妳都知道了吧？」

月徊說知道，臉上神情淡然。大概因為一早就對事態發展有了預知，甫聽消息時難過了一下子，事後就釋然了。

皇帝嘛，有三五紅顏知己，後宮裡頭裝上三五十位寵妾愛姬，再尋常不過，她還覺得人多熱鬧呢。她雖有點喜歡這小皇帝，其實若論喜歡得多深，也談不上，就跟朋友似的，因年紀相當，又能說得上話，玩在一塊挺好。畢竟有個當皇帝的朋友，是件光宗耀祖的事。

然而她的平和，還是讓皇帝生出了點唏噓之感，如果一個姑娘在乎你，怎麼能不為此感到傷心呢。

梳篦在他髮間輕而緩地游走，皇帝猶豫了下，有些話沒好說出口。

月徊倒是心無旁鶩，她舔著唇拿手攏住他的頭髮。其實她梳頭的技巧不算高超，一切全憑皇帝擔待，且男人的髮式不像女人，只要綰成個髻就成了。於是左一扭右一扭，梳得不平整，勉強成型，要是換了行家來評定，給萬歲爺把頭梳成這樣，等同行刺。好在這兒沒行家，皇帝也很寬和，她盯著髮髻邊上鼓起的那一綹，支吾著說：「哎呀，奴婢好像梳壞了。」

皇帝當然也看見了，但並不在乎，拆了重來時間不夠，便道：「朕覺得挺好……拿網巾來。」

月徊把網巾遞過去，他自己戴好了，除了髮髻束住所有，「橫豎要戴冠，別人瞧不見。」

可是月徊覺得挺羞愧，「我的差事辦砸了，要不還是讓先前那位來伺候吧。」

皇帝說不必，「朕梳頭圖個舒心，不為好看。」邊說邊探進網兜底下，摳了摳頭皮。邊上伺候更衣的太監捧上了翼善冠，小心翼翼給皇帝戴上。皇帝站起身，在月徊面前轉了一圈，「看，梳得再好也給蓋在帽子底下了，何必費那心思。」

月徊訕訕笑了笑，「等您回來，我給您重梳一回吧！」

皇帝才要回話，南窗外傳來柳順的嗓音，說萬歲爺該視朝了。今兒是年前最後一場朝議，只要順利，也算是個圓滿的收梢。

月徊忙和眾宮人一同送皇帝到廊下，臺階前早預備好了肩輿，柳順高唱一聲「萬歲爺起駕」，眾人便伏地叩拜下去。

月徊看見那些抬輿太監的皂靴從自己眼前經過，待直起腰的時候，皇帝的肩輿已經沿著中路滑出去了。

天還沒亮，前後有隨行太監挑燈照道兒，皇帝在黑夜下的那片輝煌裡高高在上地坐著，即便去了很遠，月徊依舊看見他把手指頭捅進帽檐的動作。想必是有地方梳得太緊，牽扯住頭皮了吧！

唉，萬歲爺好性兒，為了不讓她吃乾飯，暗暗受著這樣的委屈。月徊嘆了口氣，轉身便見柳順的大臉盤子撞進眼眶裡來，不由嚇了她一跳。

柳順多少知道她的來歷，既是梁掌印的族親，又得皇上厚愛，因此對她的態度遠遠好於對別人。至少仰頭拿鼻子眼兒瞪人的氣勢是不會有了，胖臉上堆著笑，和聲道：「姑娘才剛伺候差事，起得這麼早，習慣嗎？」

月徊說多謝總管關心，「我們尋常家子，從沒有睡到日上三竿的時候。在家時也起得早，只是不及宮裡。」說著尷尬地笑了笑，「正因為起得早呢，腦子像是落在他坦裡了，伺候皇上梳頭伺候得不好，還請總管教訓。」

柳順「喲」了聲，「這是哪兒的話，姑娘頭回當差，這麼著已經不錯啦。誰也不是天生就會梳頭的，只要手藝過得去，主子高興，這就夠夠的了。」說罷回身瞧了瞧，「剛才萬歲爺梳下來的頭髮，姑娘知道怎麼處置麼？」

月徊道：「都收進錦盒裡了，回頭送到恒壽齋裝金匣。」

柳順點了點頭，「萬歲爺身上掉下來的東西，一樣都不能馬虎，因此還要勞姑娘多費心。恒壽齋在司禮監經廠直房南邊，路有點兒遠，姑娘是才進宮的，怕姑娘不認得路，過會兒讓畢雲領著姑娘去吧。」

月徊「噯」了聲，「謝謝總管關照。」

柳順和顏悅色擺了擺手，「姑娘客氣，就是瞧著掌印的面子，咱家也得多看顧姑娘不是？」

橫豎就是朝中有人好做官，月徊明白這個道理。不過畢雲也算相熟，能有他陪著真不錯。因畢雲本來是御前伺候文房的，皇帝視朝由掌班太監隨行，他在這段時間裡閒著，柳大總管發了話，他便順勢應承了。

「姑娘，那咱們這就去吧。」畢雲和煦道：「我帶姑娘先認認路，紫禁城裡地方大，等熟悉了，下回就方便了。」

月徊欠了欠身，「有勞畢公公。」裡間收拾金髮的小太監把錦盒捧出來，她接了手，就隨畢雲往月華門上去了。

天邊總算浮起了些微的亮，天地間仍籠罩在一團昏沉裡，但隱約已能分辨前路上的青磚。畢雲挑著燈籠在前邊引路，邊走邊問：「姑娘冷不冷吶？昨兒月亮過了畢星，今兒怕是要下雨呢。」

月徊有些驚訝，「您還會看天象？」

畢雲笑道：「早前沒進宮前，我就喜歡星學天象。要是家裡能養得活我，我是立志入司天監的，哪怕做個文房筆吏也好。」

只是可惜了，老家兒愛生那麼多孩子，個個張嘴要吃的。最後大的是勞力，小的捨不得，剩下中間不上不下的不招人疼，只好淨了茬，送進宮裡伺候人了。

所幸能得器重，留在了御前，太監裡頭算是當了上差，能吃口飽飯，還有盈餘接濟家裡頭了。至於以前的理想，像火堆上燃燒迸散的火星子，亮過，飛出去就滅了。再回想起來不過是冷燼，遺憾，卻又無可奈何。

月徊很懂得男人壯志未酬的辛酸，像小四，發願一回扛兩袋糧食，卻因瘦弱從來沒有實現過。回來還難過呢，偷偷躲在被窩裡頭哭鼻子，她那時候相當同情他，然後一面同情，一面從那雙特意給他做大的鞋裡，倒出夾帶回來的糧食熬粥喝。

活著就是這麼難，有時候想想，活著已然是造化，往後的路走一步看一步就完了。

前面到了隆宗門，過門禁往南順夾道走，走上一程子就到恒壽堂。畢雲領著月徊過去，一盞燈籠在前面挑著，恍惚的晨色裡照出一片迷濛的光。

守門的小火者才下鑰，等著換班，一晚上過來個個僵著手腳，看見御前的人一弓腰，一副頭重腳輕的模樣。

畢雲沒理會他們，往南比了比手，「恒壽堂裡也有管事，回頭讓他指派兩個人聽差。宮女子是不能單獨行走的，有人跟著行動方便點。」

月徊「噯」了聲，才要說話，眼梢瞥見打西邊過來兩盞燈籠。她起先倒沒當回事，可畢雲忽然壓聲說了句「快走」，她頓時心下一蹦，忙加緊了步子。

然而該來的終歸躲不掉，那兩個挑燈的人說留步。待到了面前，上下打量月徊兩眼，扮出個笑臉道：「姑娘是才進宮的吧？太后娘娘聽說姑娘在萬歲爺跟前當差，有幾句話要吩咐，請姑娘隨我們走一趟。」

月徊因之前扮過太后，不由有些心虛，眼巴巴瞧著畢雲，不知該怎麼辦才好。

畢雲進宮到底有年頭了，慈寧宮的人也熟識，便笑道：「二位嬤嬤，姑娘一早才伺候完皇上，正要往恒壽堂去。且等她交代完了差事，再往慈寧宮給太后娘娘請安，成不成？」

結果那兩位嬤嬤交換了眼色乾乾一笑，「畢公公不是不知道，太后娘娘既下了懿旨，就沒有商量的餘地。咱們知道姑娘是掌印的族親，要不是領了太后娘娘的命，咱們也不能來找姑娘。畢公公與其和咱們商議，倒不如……」一頭說，一頭朝司禮監衙門方向飛了個眼色，示意畢雲趕緊給梁遇報信。

可這時候，正是前朝上朝的當口，皇帝和梁遇都在朝堂上，誰也沒法子往前朝通氣。太后挑了這個節骨眼上，分明是早有算計的，畢雲沒法子，只得接過了月徊手裡的錦盒，細聲道：「姑娘別慌，您的差事我替您辦了，太后娘娘是佛心主子，總不會有意為難您的。您先去，等我報了皇上和掌印，到時候自然有人去接您。」

月徊點了點頭，反正伸頭是一刀，縮頭也是一刀。這次立后的事愚弄了太后一回，想就這麼翻篇，絕無可能啊。皇帝和梁遇都不是善茬，太后得掂量掂量，要拿捏她，不是手到擒來嘛。

看來是跑不了了，反正就一口咬死了不知道，說什麼都不知道，太后無憑無據，還能殺了她嗎？

月徊帶著一種給人填坑的壯烈情懷邁進了慈寧宮，這時候天才濛濛亮，太后為了尋她的釁，起得也算夠早的。

慈寧宮裡燈火通明，她被那兩個嬤嬤引進門，抬眼便見太后在南炕上坐著。早前她透過咸若館裡小隔間的門，曾遠遠瞧見過太后，那時候她穿著禮佛的法衣，也沒看見正臉，滿以為是有了點年紀的婦人，今天才算正面遇上，也許是作養得好，單看樣貌太后不過三十五六的模樣。只有眼下微微起了一點褶子，那肉皮兒還是緊實的，鼻梁上略有幾粒雀斑。

進了宮別發怔，磕頭準錯不了，月徊悟出了保命的良方兒，立時在太后腳踏前跪下了，「奴婢月徊，恭請太后娘娘萬福金安。」

她是有意舌頭拌蒜，月徊那兩個字說得含糊，太后像見了西洋景兒，納罕說：「夜壺？這是什麼名兒！」

月徊怔了怔，包括慈寧宮所有人，都一同怔了怔。最後她只得小心翼翼更正，「回娘娘的話，奴婢叫月徊，不叫夜壺。」

就是說了，世上怎麼會有人叫夜壺呢，太后沒好氣地哼了哼，「叫什麼不要緊，要緊的是差事當得好啊，梳頭以往都是太監的活兒，沒曾想，到了本朝本代，竟還出了個梳頭女官。」奚落完一頓問她，「聽說妳是梁遇族親，到底是哪路親戚，這麼委以重任，都安插到御前去了。」

太后是句句帶刺，月徊本能地覺得這人不好。可人家是太后啊，官大一級壓死人，太后要是和她過不去，她準得變成齏粉。

於是悠著聲氣兒回稟：「回娘娘的話，就是族裡的親戚，奴婢的爹和掌印的爹是堂兄弟，奴婢和掌印勉強也算堂兄妹。因老家遭了災，奴婢流落在京城，後來才投奔掌印的。掌印覺得奴婢機靈，給奴婢謀個差事，就讓奴婢進宮來了。」

太后聽完愈發冷笑連連，「妳這麼大的姑娘，不找個好人家嫁了，倒進宮來伺候人？我看謀差事是假，惑亂皇帝才是真吧！」說著又打量她，「機靈倒是機靈，可機靈過了頭就不好了，倒不如那些笨笨的。妳抬頭，讓我瞧瞧，這樣吧，瞧在梁遇多年忠心侍主的份兒上，我替妳踅摸個好人家，給妳指婚了吧。」

月徊嚇得舌根兒都麻了，心說這太后不簡單，梁遇下套改了她指定的皇后人選，這會兒她要以牙還牙了。

這麼緊要的關頭，自己不吭聲，必定被屈成姑娘不好意思，默認了。於是只得硬著頭皮又拜下去，「奴婢謝太后娘娘恩典，可奴婢是昨兒才進宮的，還沒來得及好好報效主子……」

結果太后斷喝了聲大膽，「不識抬舉的東西，多少人求都求不來的好事，妳倒唱起高調來！我瞧著梁掌印只管讓妳進宮，忘了教妳規矩，今兒我不怕麻煩，我來打發人調理妳。」說罷揚聲喚來人。

暖閣外進來兩個宮人，都是上了年紀的，一副六親不認的樣子，「聽娘娘示下。」

太后抬了抬下巴，「帶她下去，罰她板著，不罰夠一個時辰，不許她起來。」

太后欺負起人來，真是簡單直接，毫不做作。月徊不知道宮裡那些特定的稱謂究竟對應什麼刑罰，心想至多挨一頓臭揍，也豁出去了，反正自己皮糙肉厚，不怕挨打。

可她顯然是想得太簡單了，所謂的板著，並不是挨板子。

掌刑嬤嬤把她帶到慈寧宮後面的夾道裡，笑著對她說：「姑娘，得罪了，我們也是沒法子，主子既然下了令，我們就得承辦。」邊說邊比手，「姑娘，那咱們就開始吧。」彬彬有禮得，簡直像請客吃席。

月徊眨著眼睛，不大明白，其中一個嬤嬤見她憨傻，涼聲道：「姑娘才進宮，想是不知道宮裡的規矩，請姑娘面北立定，彎腰伸臂，兩手扳住兩腳。」

這不像百戲班裡頭練舞的抻筋骨似的嗎，月徊照著做了，可惜大冬天裡衣裳厚，下不來腰，她去勾兩個腳尖，實在勾不著。

於是那兩個嬤嬤開始取笑，「年輕輕的姑娘，又不是老胳膊老腿，怎麼連這個也做不了呀？別不是肚子不方便了吧！」

月徊聽得可氣，「嬤嬤，我是黃花大閨女，沒您二位說得那麼污糟。」

兩個嬤嬤一聽她頂嘴，罰起來愈發一板一眼紋絲不許偷懶。手裡小棍兒揮得呼呼作響，「姑娘既這麼說，那咱們可動真格啦。」啪地一聲，鞭子抽在屁股上，「腿打直嘍，不許彎著！其實也不多難，就這麼著，站夠一個時辰，可比罰墩鎖強多了。」

墩鎖又是什麼名堂？月徊大頭朝下，血全流到腦子裡去了，勉強抬了抬脖子，看見一個嬤嬤背倚磚牆，笑道：「姑娘沒聽說過什麼是墩鎖吧？那是宮女子做錯了事兒，受罰用的刑具。就那麼一拃高，一尺見方的木箱子，上蓋摳出四個洞來，把手腳全鎖進去，那才是坐不得站不得，又挪不了窩，活受罪呢。」

月徊想其實也差不多吧，都是不讓動，不許直起身站著。不過這宮裡真是黑得嚇人，她滿以為做奴才伺候人已經夠委屈的了，沒想到一不留神，還要受這樣的折磨。才一柱香時候，她就開始覺得頭昏腦脹，胸口憋悶，耳朵裡嗡嗡作響，且喘不上氣。掌刑嬤嬤的鞭子又落下來，因為她腿顫身搖，人要往下出溜了。

嬤嬤說：「姑娘，您別讓咱們為難呀，咱們知道您是梁掌印本家兒，可太后娘娘是咱們主子不是！咱們是娘娘進宮那會兒陪進來的，幾十年的主僕了，總要先緊著主子，您說是不是呀？」

月徊懵了，人也恍惚了，腦子倒還能想事，吃力地試圖打商量：「嬤嬤，太后娘娘雖是主子……您二位也有和梁掌印打交道的時候。我這個……真不成，容我……容我歇一歇好嗎？」

那些嬤嬤常年困在深宮裡，這麼大年紀沒有嫁人，也沒有子女，對孩子自然欠缺仁愛之心。聽她求饒，斷然說不成，可還要裝好人，扒心扒肺地說：「請姑娘見諒，咱們聽令辦事，差事辦砸了，太后娘娘怪罪我們，我們吃罪不起。您瞧，您在這兒受罰，咱們也不輕鬆啊，這麼大冷的天兒站在西北風裡，凍得鼻子都快掉了。」

月徊知道，她說什麼都沒用，給這些老貨求饒，實在犯不上，索性閉上嘴，是死是活全看造化。

可這時候啊，實在太難熬了，一個時辰下來，她指定是活不成了。現在回頭細想，這一生何其慘，打小饑一頓飽一頓地長大，好不容易活得像個人了，卻要這麼給作踐死了。

正在她感慨老天不公的時候，老天非常賞臉地給她施加了新的重壓——畢雲說著了，果然下雨了。

兩個嬤嬤訝然，「說話兒大雨拍子就來了，姑娘這運勢真夠背的。」

可不是嘛，月徊勉強睜開眼，金花伴著雨點子落下來，一個接一個砸在她足邊。她穿著綢面的女官袍服，能聽見背上沙沙的雨聲。逐漸的，雨勢大起來，兩個嬤嬤就近避雨去了，她就像慈寧宮前的鹿鶴一樣，還得在那裡堅守著。

煎熬得厲害了，身上起了一層熱汗，她覺得自己的腰要斷了，腦袋也不是她自己的了，心頭翻江倒海般，險些把隔夜飯吐出來。

雨水浸透了袍子，裡頭滾燙外頭冰涼。冷雨從鬢髮上滴下來，她閉著眼想，覺得自己這會兒真像個沙漏。

不知道過了多久，想也有半個時辰了，她昏昏的，覺得魂兒要飛出去，她拽不住了。恰在這時候，一隊匆促的腳步聲傳來，雨點子落在油綢扇面上劈啪作響。一雙描金繡蟒的皂靴到了她面前，兩條臂膀使勁架住了她，她聽見梁遇的聲音，切切叫著：「月徊……月徊……哥哥來了。」

月徊總算有了指望，總算能夠癱軟下來，她覺得緩不過氣，哭著說：「哥哥，我腰疼……站不起來了……」

梁遇心都哆嗦了，這麼些年，他從來沒有那麼強烈的感受，想殺人，想把那些惡毒的老婦千刀萬剮。可眼下最要緊的還是月徊，他咬著牙溫聲安撫她：「別著急，慢慢直起來，不能猛起，會傷著的。」

邊上那兩個掌刑的嬤嬤已經被底下人押住了，到這時候才知道怕，磕磕巴巴說：「掌印大人，咱們是奉……奉太后娘娘之命……」

那個錦衣輕裘的人哼笑，面色隱隱泛青，從牙縫裡擠出幾句話來，「從來只有我梁遇給人上刑，今兒這刑罰竟用到我自家人身上來了，妳們膽子不小啊。」

兩個嬤嬤自恃是慈寧宮的人，起先並不認為梁遇能將她們如何，可聽了這話，再加上那些手上下死勁的太監，這才覺得大事不妙。

月徊緩了半天，好不容易能夠躬身站住了，可天旋地轉，加之渾身濕透了又冷，於是邊篩糠邊哭邊吐，那狼狽模樣，真是一輩子沒有過。

梁遇脫下鶴氅把她包裹住，打橫抱起來。那兩個嬤嬤眼巴巴瞧著他，他經過時扔下一句話，「帶到外頭去，收拾乾淨了，別叫太后她老人家操心。」

那兩個嬤嬤驚懼起來，張嘴正要嚎，早有手巾堵住了她們的嘴。

宮裡要處置宮人，實在易如反掌。那兩個嬤嬤像生豬一樣被扛出後夾道，又被塞進運泔水的大木桶，江太后就算有通天徹地的本事，這輩子也不可能找見她們了。

梁遇直把月徊抱進司禮監，擱在樂志齋圍房已然不能放心了，這板著是要作病根兒的，要是調理得不好，嘔吐成疾或是送命，都有可能。

曾鯨見狀忙吩咐請太醫來，一面搭手把人安置進掌印值房。月徊吐得可憐，臉色金紙一樣，曾鯨看得直皺眉，「太后這是要下死手麼，把姑娘禍害成這樣。」又匆忙叫了兩個宮女來伺候換衣裳，見梁遇憂心忡忡在邊上站著，他只好輕聲提點，「老祖宗，先讓姑娘把衣裳換了吧，再捂著，沒的受寒。」

梁遇這才退出值房，外面的雨勢又大了幾分，他在廊下站著，先前的憤恨漸漸壓制下來，神情又平和的一如往常了。

秦九安辦完了事回來交差，垂手道：「回老祖宗話，那兩個嬤嬤已經送出去了。」梁遇淡淡「嗯」了聲，曾鯨卻有些擔心，「處置兩個宮人容易，可回頭太后要是查問起來……」

查問起來，又能怎麼樣？這回虧得畢雲想轍通知了殿上伺候的，如果再耽擱半刻，回來怕是要給月徊收屍了。

原來拿不住憑證，太后也可以隨意遷怒，且死活不論，那就沒什麼可客套的了。梁遇睇起眼，望著簷外雨絲紛飛，曼聲道：「那兩個老貨留著，回去添油加醋也麻煩，越性兒處置了太平。太后要查人，就憑她，上哪兒查去！說句不該說的，這後宮的女人即便尊貴如太后，也不過是籠子裡的鳥兒，你敬她，她就是太后，你不敬她，她連個屁都不是。咱們如今的主子是皇上，將來的皇后才是國母，江太后……」他冷冷一哂，「皇上就快親政了，要緊的大典她要是不樂意露面，只管讓她託病就是了。只要大禮一成，太后娘娘往後就該安心頤養，不見外人了。」

說到底太后不是皇帝生母，不過名頭上一聲母后，這兩年又花樣百出，沒有參政的腦子卻想稱制，這個仇早就結下了。梁遇原本還想著，無論如何拿她充充場面，讓皇帝掙個仁孝的名兒也好，可今天她動了月徊，既然到了這個份上，那就乾脆撕破面皮吧。只管他江家做了幾輩子的官，太后想倚仗外戚，趁早歇了心，後宮裡頭是司禮監當家，只要他不發話，江家人這輩子都見不著太后。

底下人明白了他的意思，就知道接下來該怎麼辦了。太監給人穿起小鞋來，也是一等一的厲害，只要上頭發了話，別說一個江太后，就算奉先殿，他們也敢斷了香火供應。

裡頭兩個宮女替月徊換好衣裳，退了出來，梁遇這才趨身進門。落地罩上金絲垂簾放下來半幅，月徊趴在床上，臉色雖還難看，但比之前已經緩和了許多。只是一直閉著眼，他上前輕輕喚了她一聲，「太醫馬上就來，妳有什麼不舒服的，告訴哥哥。」

月徊「嗯」了聲，吐得中氣也不足了，一隻手抬起來，「我不敢睜眼，睜眼就想吐。」

梁遇忙把她的手合進掌心，極力安撫著：「那就不睜眼，好好歇著。妳放心，哥哥不會讓妳白受了委屈，誰敢欺負我們梁家人，我就讓他拿命來還。」

月徊嘴角輕捺了下，這時候覺得有個一手遮天的哥哥真好，至少不會讓你受了窩囊氣，然後再長長久久地窩囊下去。可他也說她傻，「太后傳妳，妳大可不理會她，等我回來了再作理論。」

月徊覺得挺冤枉的，「我不想給您添麻煩。」

不想給他添麻煩，就拿自己的性命冒險。她不知道，板著罰滿兩個時辰，不死也得丟半條命。所以他聽說後，散朝沒進朝房，立時就趕了過去。好在太后吃齋念佛心裡還有些忌諱，要是讓她在慈寧宮裡受罰，他少不得要闖進去，那麼正面得罪太后也是必然的了。

「往後別那麼傻，保住自己是頭一條，世上沒有什麼能比自己的命更寶貴。」他說著，替她掖了掖被角。

可是她說有，「哥哥的命。」

梁遇怔住了，才發現這孩子大馬金刀不過是表像，該感動人心的時候，比誰都懂得煽情。

門外曾鯨回稟，說太醫來了，梁遇直起身回頭相迎，來的是太醫院院使。

「有勞胡大人了。」他拱了拱手，「下著雨呢，倒驚動了您。」

胡院使忙回禮，說廠公客氣了，「既是廠公有令，我怕底下人辦不好，還是我親自走一趟更放心。」說罷便上前來，覷了面色又牽袖搭脈。也不用梁遇說內情，回頭望了梁遇一眼，「姑娘受苦了？」

梁遇點點頭，「胡大人瞧，要不要緊？」

胡院使又低著頭細看脈象，忖了忖方收回手來，「氣血逆亂，脈象也不穩，一時血不歸心，倒也沒什麼大礙。不過這兩日千萬要靜心調息，回頭我開個方子，讓姑娘照著喝上兩劑，用不了多久自然就好了。」

梁遇到這時才放心，又問：「將來不會留下暈症的病根吧？」

胡院使道：「姑娘沒有乾嘔的症狀，依我之見是不會落病根的，請廠公放心。還是那句話，靜心調養為主，只要過了這個坎，病去如抽絲，自然就痊癒了。」

梁遇道好，揚聲喚曾鯨進來，「打發個人，上太醫院等方子抓藥。」彼此又讓了一番禮，說待事後再向胡大人道謝，這才將胡院使送出門去。

這廂正要趨身，忽然聽見門上傳來問安的動靜，細一瞧果然是皇帝來了。他忙又出門相迎，「下著雨呢，主子怎麼來了？」

皇帝很急切，也顧不得那些俗禮，到了廊下解開斗篷進門，一面問：「大伴，月徊怎麼樣了？」

梁遇道：「已經請胡院使瞧過了，開了方子，說吃兩副藥就會好的，主子不必掛心。」

皇帝聽了說好，挨在床沿上叫她，「月徊，妳聽得見朕說話嗎？」

月徊這次很賞臉，睜開了眼睛，視線還是散的，定了定眼才看清皇帝的臉。

皇帝鼻尖上的不知是雨水還是汗珠子，一雙眼忡忡地望著她。月徊笑了笑，「奴婢好著呢，您別擔心。」

皇帝點了點頭，「朕被那些藩王使節拖住了，脫不得身，這才來晚了。太后一向驕縱跋扈，這回是欺到朕頭上來了，妳放心，朕早晚給妳出這口惡氣。」

唉，又來個要給她出氣的，不管最後怎麼樣，這話光是聽著心裡就爽快。

皇帝有時候還是少年人心思，他覺得最快能治癒她心裡頑疾的方子，就是帶她玩兒去，於是輕聲說：「妳好好將養著，朕那頭已經安排下了，過兩天帶妳上北海子去，啊？」

梁遇聽在耳裡，不由皺眉。這回的經歷，面上是連塊油皮都沒蹭破，可內裡沒有損傷麼？什麼都不問，只管帶著玩，要是真心疼人，幹不出這樣的事來。

第十章 佳節年歲

月徊倒是很喜歡的，她愛玩，就算從鬼門關繞了一圈回來，該玩還得玩。生命不停折騰不止，這是她活到這麼大，吃夠苦頭還依然活得洞達樂觀的一點心得。

她病歪歪的，說成啊，「等我略好些，能下地走道兒了……」

皇帝說不急，「朕等著妳。這會兒先好好作養，職上的事也不必操心。朕原是想讓妳進來作作伴的，沒想到才第二天，就出了這樣的事……」

梁遇在邊上聽他們說話，年輕男女一遞一聲的，溫言軟硬說起來可心得很。他再逗留下去似乎不大合時宜，便悄沒聲兒的，退到廊下去了。

這會兒太后宮裡不知道怎麼樣，炸了鍋沒有，他在等著，等太后尋釁尋上門來，到時候把話攤開了說，大家心裡都圖個明白。有些人跟蠟燭似的，不點不亮，太后就屬那樣的人。早前先帝對她也算敬重，拿一顆帶孩子的心來待她，那是因為先帝性情和善，太后便以為世上人人都和先帝一樣。其實脾氣太好的人活不長，各方都要包涵，別人髒的臭的全自己擔待了，心裡裝得下多少污糟事兒？所以先帝撒手走了，留下一個刻薄又不懂得審時度勢的皇后，順理成章登上了太后的寶座。本來有了年紀，受著尊榮供養就完了，可偏要插手皇帝的事，不挑起些爭端來不罷手，彷彿天不怕地不怕，世上就沒有什麼能把她這個太后怎麼樣。

梁遇對插著袖子，緩緩長出了一口氣，揚聲喚秦九安，「慈寧宮眼下有什麼動靜？」

秦九安道：「楊愚魯領人上那兒送春綢去了，老祖宗略等一等，料著必能探聽到消息的。」

話音才落，楊愚魯就進來了，撐著傘到了簷下，把傘遞給小火者，朝梁遇拱了拱手道：「太后在宮裡鬧呢，責問兩個嬤嬤怎麼不見了，要傳內閣說話。」

梁遇哂笑了聲，「內閣都成第二個太監衙門了，見天兒管她那些雞零狗碎的事。」頓了頓道：「還是照舊，把隆宗門以內給我把守起來，就算太后親自出門，也要好生勸著點。畢竟前朝都是男人，後宮亂見外男不好，咱們既在宮裡當差，就得保全先帝的顏面。」

楊愚魯道是，退出去布置人手了。

皇帝探視完月徊出來，終歸還有些心不安，梁遇上前伺候他披上鶴氅，他遲遲道：「年三十有天地大宴，徐太傅一家子必定要進宮來謝恩。當時頒詔，打頭就是仰太后慈諭，太后這會兒鬧得這樣，只怕當天且有一場好戲。」

梁遇卻並不擔心，「主子寬懷，立后這事，打大鄴開國起，詔書一應都是藉太后之名頒布，這不過是個說頭，徐太傅是朝中老人了，怎麼能不知道。況且太后一向和徐家不對付，就算徐家謝恩，也不會指著太后能賞好臉色。至於太后那頭呢，臣再想法子勸勸，到底以和為貴麼，鬧得太僵了不好看。」一面說，一面撩袍跪了下來，「臣要向主子謝罪，是臣管教妹子不力，讓月徊衝撞了太后，鬧得主子夾在裡頭難做。」

皇帝忙把他扶了起來，「大伴這是哪裡話，分明是太后記恨朕，才有意把氣撒在月徊身上，怎麼倒成了月徊的罪過？朕也不瞞大伴，朕對月徊確實用了心思，就算往後東西六宮都填滿了人，月徊對朕來說，也是年少時候的期許，是朕還未親政前最大的慰藉。請大伴替朕護好這份情，也護好了月徊，等大局定下時，朕再許月徊一個將來，絕不會讓她再受委屈。」

梁遇聽了，掖手朝皇帝深深長揖下去，「臣替月徊，謝主隆恩。」

皇帝慷慨說完這番話，回乾清宮去了，梁遇目送那身影去遠，方回身進了值房。

床上的月徊照舊閉著眼，哼哼唧唧。

梁遇走過去，奇怪剛才皇帝在，她怎麼口齒那麼清晰，半點拖腔也沒有。橫豎就是在哥哥跟前能撒嬌，她喃喃自語：「我頭暈，哥哥，我暈吶……」

太醫院裡的藥方子已經熬成了湯藥，一個小太監送進來，說：「老祖宗，藥好了。」

梁遇回手接了，擱在床前的小幾上，叫人搬引枕墊在她身後，然後拿銀匙舀了，一勺一勺餵她。

藥不怎麼好喝，她直皺眉，偏過頭不願意再喝了。梁遇只得耐著性子勸她，「良藥苦口，妳要是不喝，暈症就調理不好。還有這脊背，裡頭難免損傷，妳想老了弓腰駝背，站著只有人一半高？」

月徊沒辦法，想了想還是張開嘴。然而那藥味衝得嗓子眼發緊，一轉頭，把喝下去的全吐在痰盒裡。

梁遇束手無策，擱下碗說：「罷了，等略緩一緩再喝。」一面扶她躺下。

可她躺得也不安穩，輾轉著，眉頭緊蹙。梁遇問怎麼了，她支吾了句，「我背上疼。」

板著的厲害，他雖沒有經歷過，但也知道這種苦楚有多熬人，直到現在他都對能救回她感到慶幸。背上疼是免不了的，他想了想道：「妳背過身子，哥哥替妳按按。妳要是覺得舒坦了，好好睡一覺，明兒就會好起來的。」

她聽了，很順從地趴下，披散的頭髮遮住了臉，閉著眼睛喃喃：「哥哥，你以前到底是怎麼熬過來的……」

梁遇的手在她背上輕輕按壓，低聲道：「人活著，不就是享小小的福，受大大的罪嗎。怎麼熬過來的，我已經不記得了，我挨過罵，也吃過鞭子，那些委屈可以記在心裡，但不能記得太深。將來要是有機會報仇，報完了風過無痕，要是過於刻骨銘心，是不放過自己，和自己過不去。」

月徊有點昏沉，哥哥的力道拿捏得很好，她喜歡這種痛中帶痠的味道。至於那些話，她知道那是歷經苦難的人才悟出來的，誰也不是天生就掌權的命。自己才受這麼點委屈，又哭又訴苦，當初哥哥孤身在宮裡的時候，誰看著他哭，誰心疼他的掙扎呢。

她穿薄薄的單衣，脊背瘦弱且窄，手指按得稍重些，骨頭就硌手。從肩頸到腰椎，受力的地方都不能馬虎，他小心翼翼地替她鬆筋骨，聽她慢慢呼吸勻停起來，料她大概受用了些，只要能夠緩解，他也心安了。

不過姑娘的身形倒真是玲瓏，還記得小時候那個短手短腳，肚子奇大的孩子，沒想到也能長出纖纖的腰肢來。

也不知是怎麼想的，他很願意試試一掐顧不顧得過來，於是移下去，落在那美好的凹勢上。才張開兩手，忽然怔了怔，腦子裡嗡地一聲響，匆忙把手收了回來。

怔忡半天醒不過神，他不明白自己為什麼會對月徊的腰感到好奇。他站了起來，是不是屋子裡太暖和，讓他恍惚了？他得往外去，走了兩步又重新返回替她蓋好了被子，這才打起堂簾從值房退了出來。

外面的風很涼，夾裹著雨絲橫掃進廊下，領間的熱氣終於消散了些許。他定了定神，急於找些事幹，想起朝房裡還沒安頓好，便叫人預備了傘，打算再往南去一趟。

可是才出貞順門，迎面就見楊愚魯過來，腳下步履匆匆走得很快，到了跟前傾身上來回稟，「內閣張首輔先前進慈寧宮覆命了，外頭三司衙門承辦了查人的差事，翻遍直隸地界，就找到三個學鳥叫的。張首輔進去回事，挨了太后一頓臭罵，太后認准張首輔和徐太傅一條心，到最後把張首輔給轟出來了。」

梁遇聽後一笑，「那兩擔謝禮沒白送，張首輔這會兒裡外不是人，太后怕要疑心到底了。」

可惜了月徊，原以為能逃一劫的，沒想到平白也挨了罰，可見太后此人沒什麼章程，不能按常理推斷。

梁遇撐著傘，佯佯往朝房去，今兒是年前最後一次朝會，等手上的公務處置完，那些朝臣們就該回去過年了。往年都有這樣的定例，大臣們辛苦一年，到了年末朝廷要發利市。他帶著幾個監丞運送兩筐東西進去，裡頭裝著筆墨和金銀錁子，一位一位地分發。到了張恒面前，見張恒一臉菜色，便從監丞手裡接過紅綢包袱，鄭重地交到張恒手上，笑道：「這是萬歲爺特為首輔大人預備的節禮，首輔大人新禧。」

張恒說不敢，雙手承接過來道：「請梁掌印代為答謝皇上。」

梁遇點了點頭，又明知故問：「首輔大人臉色不大好啊，可是有什麼不適？要不要傳太醫來瞧瞧？」

張恒吃了啞巴虧，心裡明白總是梁遇在搗鬼，但面上不好得罪，唯有勉強支應：「這兩日受了風寒，已經在吃藥了，沒什麼要緊的，多謝梁掌印關心。」

梁遇微頷首，「大節下的，還是要多保重身子。」頓了頓道：「其實太后娘娘這脾氣，首輔大人知道，咱家也知道。我們做奴才的，原不是個人兒，挨打受罰都是尋常。今兒娘娘拿住了皇上跟前女官現開發，只因那女官和咱家沾了親，罰得險些丟了性命，您瞧瞧，這冤向誰伸去？說句實心的，皇上立后這事，咱家只管預備大禮，連話都沒傳過一句，如今出了差池這麼擠兌人，像是不應當啊。首輔大人，也不知怎麼的，娘娘的性情還不如前兩年。如今是忘性大了，想一出是一出，記前不記後，要伺候得她舒心，實在難得很。」

張恒也有同感，說實話，他並不相信世上真有人能學別人聲氣兒，學得那麼紋絲不走樣。如今太后把這個罪過怪在他身上，真是渾身長嘴也說不清了。

張恒嘆了口氣，這口氣打從肺底裡呼出來，呼得十分徹底，「梁掌印，差事難辦啊，想是太后娘娘改了主意，又沒法子轉圜，心裡不稱意吧。」

梁遇也陪著嘆氣，「首輔聽咱家一句勸，皇上眼看要大婚，要親政，到底江山社稷還是要看皇上的。太后的話不是不聽，只是聽前須掂量，依咱家的意思，往後內閣還是以前朝為重，後宮的瑣碎有咱們司禮監承辦，如此也不至於讓朝廷股肱大材小用，首輔大人說是不是？」

梁遇雖打著他的算盤，但有句話說對了，江山社稷往後還得以皇帝為重。大鄴朝不是沒有過掌權的太后，但先頭武烈皇后是跟著打過江山的，手上一干重臣對她心服口服。哪像本朝太后，一張紙上就畫個鼻子，光剩臉大了，罵起當朝首輔來跟罵孫子似的，張恒也不願意受她那份醃臢氣。

如今說明了，往後後宮的事就可少管，畢竟不是當初皇帝才登基那會兒了。內閣要是和太后過多黏纏，白落了別人的口實，說對皇帝有二心。張恒連連頷首，「梁掌印說得很是。」

梁遇微一笑，話點到即止，複轉身朝房裡的眾臣拱手，「要過年了，咱家先給大人們道新禧。今日過後就休沐了，諸位，咱們年後再聚。」

眾臣紛紛還禮，一時朝房裡互道新禧，熱鬧非常。

當然宮裡也極有過年的氣氛，到處都上了紅燈籠，長窗上貼滿了窗花，那些過冬的樹木也纏上了紅綢。梁遇從朝房退回來，一路四處瞧瞧，底下人辦事盡心，沒什麼可挑眼。

就是過年下雨多有不便，今年特特兒預備了比往年更多的煙火，怕到時候雨水太多要耽誤，沒想到雨說話兒就停了，又紛紛揚揚飄起雪來。他看著傘沿外漫天的雪沫子，腳下加緊回值房去。路過隆宗門的時候，見慈寧宮管事的在宮門上候著，看他來了忙叫聲梁掌印，上前垂手道：「太后娘娘有請⋯⋯」

梁遇並不買這個帳，笑道：「這會兒實在騰不出空來，後頭正預備年三十的大宴，一刻也離不得人。你回去稟太后一聲，就說且等我撂下手上差事，過會子再上慈寧宮聆訊。」

慈寧宮總管窒了窒，再要說話，他已經打著傘，往乾清宮前廣場上去了。

一位人嫌狗不待見的太后，也只配淡著、涼著了，畢竟眼下有比奉承太后更要緊的事兒。他走了這麼長時候，不知月徊歇得好不好，中途有沒有再吐過。心裡急切，腳蹤兒自然就快，趕回值房後進門一瞧，奇怪他走時什麼樣，回來仍是什麼樣，這丫頭依舊趴著，睡覺都不翻身的麼？

他心頭忽然懼怕起來，彷彿有一隻無形的手扼住他的脖子。他慌忙上前查看，「月徊！月徊！」

兩聲驚雷在耳邊炸開，月徊終於有了反應，茫然昂起頭噯了聲。實在睡得太沉了，臉頰上拱出了那麼深的褶子，臉蛋下方的鋪蓋濕了一大灘，全是她流的哈拉子。

見她還活著，梁遇鬆了口氣。可是世上怎麼會有這樣的人，能趴著睡那麼久，連腦袋都不帶轉動一下的。再看看鋪蓋上被浸濕的一塊，他愁得擰起了眉。

月徊發現臉上涼颼颼的，抬手擦了下嘴角。她是睡得太熟了，連流了這麼大灘唾沫都沒發覺。因白天睡覺，常有猛醒之後不知身在何處之感，看見梁遇站在床前，苦惱地瞧著她，再看看這屋子裡的擺設，她才想起來人在掌印值房，睡的也是哥哥的床。

其他倒還好，就是流的哈拉子有點顯眼。她緩緩撐起身，緩緩瞥了他一眼，「咦，怎麼濕了？」

梁遇倒也淡然，「叫人進來換了就是了。」

「不行。」月徊道：「就這麼一小塊，叫人來換，回頭別人誤會我尿炕怎麼辦？」

梁遇無奈地扶了扶額，「妳多慮了，不換怎麼辦？捂乾它麼？」

月徊認真想了想，覺得不無不可。只是沒好意思多說，悄悄從邊上拽過枕頭，一下子蓋住那塊地方，人重新躺回去，訕笑了下說：「這樣就成了。」

梁遇搖了搖頭，這麼邋遢的姑娘真不多見，他蹙著眉，說她是「貓兒蓋屎」。

所謂貓兒蓋屎，就是費勁掩藏，藏來藏去真相還在那裡。月徊也不和他爭辯，畢竟這麼大的人了，睡覺還流哈拉子，足夠人笑上一輩子的了。她窩窩囊囊拿被子蓋住自己，小聲問他，「太后那兒，後來有什麼說頭嗎？」

梁遇道：「說頭自然是有的，她倒是讓人來傳話，可也得瞧我有沒有空理會她。」

月徊雖恨太后這麼欺負人，又忌憚人家身分，畢竟連皇上都得喊她媽，萬一鬧得過了，又是一場大風波。她還是本著多一事不如少一事的心求太平，大方地說：「您是您，我是我，咱們是族親，太后跟前可以局外人似的。不行您怪我兩句，替我賠個罪，好歹別惹惱了她。」

梁遇卻說晚了，「那兩個掌刑的嬤嬤已經送到外頭處置了，太后跟前無論如何交代不過去，就不必費心遮掩了。我過會兒是要去一趟，有些話得說清楚，沒的將來再纏裹。妳不要過問了，只管好生養著就成……怎麼樣，現在頭還暈麼？」

月徊咂摸了下，說好多了，一面又嘟囔：「太后其人真不怎麼地道，她居然管我叫夜壺……我看她才像恭桶呢。」

梁遇聽得一愣，果真武烈皇后之後沒出過像樣的國母，當今太后的能耐，大概全在嘴皮子上損人了。

只是月徊不大高興，她原本挺喜歡自己的名字，但到了太后嘴裡就成了那樣。還有那兩個嬤嬤，說她彎不下去腰，是因為肚子不方便，變著方兒地說她不乾淨，實在叫人氣惱。

她叫了聲哥哥，擁著被褥問：「皇上跟前的女官，是不是都和皇上有往來？」

梁遇正在案前侍弄薰香，揭開了蓋往裡頭投香塔，聽了她的話，眼波一轉瞥了瞥她，「皇上大婚前要懂得男女房幃之事，這是前朝留下來的規矩。按說御前只有司寢、司帳、司儀、司門四位女官，是由著皇帝御幸的，可規矩是死的，人是活的，既然做了皇帝，這種事上頭沒有那麼多的限定。」語畢頓了頓，又問，「皇上把妳怎麼著了嗎？」

月徊忙說沒有，自言自語著，「難怪張嘴就朝人頭上扣屎盆子……」

喜歡的人身邊見天兒圍著鶯鶯燕燕，換了誰都會不高興吧！梁遇垂眼看著新入的香塔臥在一片火光上，漸漸被點燃，漸漸飄出煙氣來，他拿銅夾撥了撥，無情無緒道：「那些女官，原就是作繁衍皇嗣之用的，將來皇上若有心，會晉她們的位分，讓她們正式留在後宮；若不得皇上歡心，就打發到掖庭局，打發到某個不起眼的夾道裡去。皇帝用不著對每個女人都面面俱到，因為他一輩子會有數不清的女人，能留下的，除了會討喜，還得運道高。」

月徊不說話了，對宮裡的艱難有了更進一層的瞭解。

其實少年人的心動，沒有什麼不可以，喜歡上一陣子，看明白了，知道厲害懂得自保，這就行了。梁遇蓋上了爐蓋，換了個輕快的語調說：「外面雨停了，雪下得挺大。妳不是喜歡看紫禁城放焰火嗎，今年適逢皇上立后，過完了年又要親政，焰火比往年大得多。妳要好好將養，這麼著明兒才好起身。」

月徊一聽這個立刻很高興，笑著說：「其實我這就能起來。」結果一勾頭，又「哎喲」了聲，倒回去說：「還差點兒意思。不過今年我能陪您一塊兒看啦，這是咱們相認後的頭一個節，且得好好過。」

這話聽來確實舒心，他也是這麼想的。團聚了，礙於一些原因不能大肆慶祝，最後也不過兄妹倆私下吃頓團圓飯，就算骨肉相認了。這回倒是個挺好的契機，正逢過年，又都在宮裡，到時候開一個小宴，大家熱鬧熱鬧也好。

不過他們這頭吃席是小事，要緊的還在天地宴上。梁遇糊弄太后說忙置辦大宴，其實也不全是敷衍，辭舊迎新又兼款待皇后一家子，怎麼能不比尋常更上心。

他親自去御廚上看了，也聽管事的報了菜單，正說徐家老太太吃素，該怎麼安排素肉時候，慈寧宮又來傳了一回。這回不去倒是不行了，逼急了太后，衝到乾清宮大吵大鬧也不是不可能。

梁遇只好交代御廚上再列一份菜單，晚間送到司禮監去。跟前伺候的人來替他披了斗篷，又撐上傘，這才前呼後擁著往慈寧宮去。

江太后透過南窗，眼瞧著那些太監赫赫揚揚到了宮門上。梁遇還是一副看似謙卑，實則目中無人的模樣，朱紅的蟒服外披著玄色的大氅，要不是知道他的差事，簡直要以為他是哪路親王呢。

他進門，習慣性地笑著，眼眸沉沉，眼梢飛揚。那雙眼睛裡藏著多少陰謀算計，多少膽大妄為，真是叫人不敢掂量。

「大年下忙得腳不沾地，娘娘傳話沒能及時聽示下，臣該罰。」他行禮的動作總有一股子舉重若輕的腔調，一拱手，一呵腰，看著輕飄飄的，又說不出哪兒有錯處。

太后早就瞧不順眼了，只是目下顧不得這個，急切質問：「我跟前兩個老人兒，叫你弄到哪裡去了？」

梁遇慣會打太極，「娘娘宮裡的人，臣從來不過問，要是去向不明了，臣這就打發下頭人四處找找，請娘娘稍安勿躁。」

可太后並不吃他這套，「打發人找找？你也太會蒙事兒了！我前腳罰了皇帝跟前女官，你後腳就趕到，後來人經了你的手就不見了，還用得上找？」

梁遇笑了笑，「娘娘這話臣不明白，那個女官受完了罰，臣就把人接回值房去了，掌刑的什麼下落，臣哪裡能知道？」

「受完了罰？廠臣是說她罰滿了一個時辰嗎？果然罰滿了，人怎麼還活著？」

所以就是衝著整治死人去的，梁遇先頭臉上還一派和煦，可聽她說了這番話，他就知道用不著再留情面了。

眉眼間那段盈盈的笑意忽然散了，他擰過頭，掃了闔宮站班的宮人一眼，「都出去。」

太后一怔，同珍嬤嬤面面相覷，「廠臣的威風耍錯了地方，這裡是慈寧宮，不是你的司禮監。」

可他面上厲色驚人，涼聲道：「請太后娘娘摒退左右，是為保全娘娘的面子。娘娘若是執意把人留下，臣也不反對。」

一宮的女人，剩下算得男人的全歸司禮監管，到了明刀明槍的時候，頓時有種胳膊擰不過大腿的感覺。

珍嬤嬤眼看不好，這回的事怕是要崴泥。門上幾個少監面色森冷，活像廟裡的泥胎，這會兒要是不照著梁遇的話辦，太后恐怕真要下不得臺了。

珍嬤嬤很有眼力勁兒，她不聲不響走出暖閣，悄悄朝殿內所有人擺手，把人都遣了出去。少監們見當值的散了，這才退出慈寧宮，這偌大的殿宇立時空蕩蕩的，像個被人遺棄的廢墟。

坐在南炕上的太后有些慌，強自鎮定地說：「梁遇，你如今可真是一手遮天，都霸攬到我慈寧宮來了。」

梁遇哼笑了聲，「太后娘娘過獎了，原本臣也不是這樣的人啊，當初臣來諫言，求娘娘立楚王為太子，那時候咱們通力合作，分明是個雙贏的局面，為什麼娘娘在坐上太后寶座之後，又心生不滿了呢？娘娘，您知道自己吃虧在哪裡麼，就是吃虧在沒兒子上，先帝的幾位皇子裡頭，只有立楚王才是對您最有利的。您要是還念著晉王，那可就失算了，聽說成順妃在外埠過得並不好，晉王壓根不孝順她。一個連親娘都不在眼裡的人，就是個實打實的反叛，還會在乎您這位姨母？」

江太后被他說得耳根子發燙，雖然都在理，但人心不足的時候，總是這山望著那山高。

太后冷笑，「我這會子就過得舒心麼？一個奴才都爬到我頭頂上來了！」

梁遇負著手，慢慢點頭，「但這個奴才不會要了您的命，好歹皇上叫您一聲母后，臣還是敬重您的。可您要是一味地胡攪蠻纏，有失國母風範，那臣有的是對付市井無賴的手段，太后不信可以試試。」

太后簡直被他說的回不過神來，她這輩子過得順遂慣了，在家是嫡長女，進了宮就做皇后。後來先帝駕崩她又升了太后，哪裡有人敢這麼對她說過話！如今可好，竟被一個內官夾槍帶棒地數落，她氣得心頭出血，耳膜鼓脹，霍地站起身道：「梁遇，你這是在教訓我麼？」

梁遇說不敢，「臣只是勸諫娘娘，多大的胃口吃多大的碗。眼下皇后人選已經定下了，您何苦還揪著不放呢。明兒就是天地大宴，皇上要宴請徐太傅一家，依臣之見，娘娘要是咽不下這口氣，越性兒稱病倒好，也免得場面上難熬。」

太后險些被他氣死過去，「好哇，這是在限制我的行動了，我還是大鄴的太后，你敢造次？」

梁遇拱了拱手，「臣說句您不愛聽的，但凡您的手段配得上您的脾氣，臣當真不敢。如今皇上親政在即，臣就得守好各處，不能讓這宮闈亂了分寸。娘娘呢，就在慈寧宮安心頤養，要是底下人欲圖挑唆，那今兒走丟的兩位嬤嬤就是榜樣，他們沒這個膽兒。」

他是笑著說完的，可那話像吐著信子的毒蛇，一點點纏上來，纏住人的脖子，叫人喘不過氣。

太后跌坐回了南炕上，看看這處境，真是叫天天不應，叫地地不靈。她不由苦笑，「真沒想到，我這太后竟讓你拿捏住了，可真該長哭啊……我只問你，究竟有沒有那個冒我之名假傳懿旨的人？」

梁遇搖頭，「臣只管聽張首輔的差遣，張首輔說有這個人便有，張首輔說沒有，那便是沒有。」

太后一哂，悵然道：「也怪我失算，點了張恒主理，反給了你推搪的藉口。你也不用給我賣乖，我還能不知道你的野心麼，打從你那回來給楚王諫言，我就瞧出你這人不簡單。司禮監也好，東廠也好，都只是你的跳板。你認了這麼個妹妹，把她送到皇帝跟前，只要這妹妹能懷龍種，你就能一輩輩兒地挾制下去。司禮監掌印，哪兒能填得滿你的胃口，你怕是想當太上皇吧！」

這就是開誠布公，話說得要多難聽有多難聽，但不可否認，太后比他想像中的聰明一些。但這種事只可意會不可言傳，說出來便是罪大惡極，該誅九族的。

梁遇呵了呵腰，「太后娘娘太高估臣了，臣沒有這個心，也沒有這個膽兒。臣走到今日，一應都是為了皇上，娘娘可以不待見臣，卻不能懷疑臣的忠心，您為泄私憤如此詆毀臣，實在不成體統了。」一面說，一面卻行兩步，退到了栽絨毯的中央，長長作了一揖道：「娘娘鳳體違和，那明兒的大宴就可不必參加了。今天時候不早，臣還有要事處置，娘娘歇著吧。明日臣會照著大宴的菜單，另給娘娘置辦一桌送進慈寧宮來的，請娘娘放心。」

他說完轉身走了，腳下匆匆下了月臺。司禮監的排場向來不小，一干手下當差的真拿他當祖宗似的捧著。太后隔窗喪魂落魄地看著，見珍嬤嬤進來，喃喃說：「珍兒，我這太后的尊榮，也就到今兒了。看梁遇的意思，他是想禁我的足，把我圈死在慈寧宮裡了。」說著，往日的榮光像海水一樣湧過來，她從未想過自己的晚景會如此淒涼，一時忍不住，伏在炕几上哭起先帝來。

總之太后這個棘手的麻煩暫且解決了，對明晚的大宴反倒好。只是要防著她魚死網破，到時候在門禁上多加人手防範，應當掀不起什麼浪花來。

一行人走在夾道裡，眼看著天要黑了，今晚的天色很奇怪，頭頂上飄著雪，長庚星卻掛在了西邊宮牆上。

月徊雖沒受皮肉傷，但也不宜挪動，今晚上大約要留宿在他值房了。留在他值房……一根奇怪的線在他心頭吊了一整天，不知從何處來，另一頭也不知該拴在什麼地方，終是不能細想。他進了衙門，回身吩咐曾鯨：「另收拾一間房給我過夜，別離多遠，防著姑娘叫人，我聽不見。」

曾鯨目睹了他對付太后的手段，如今兩下裡一對比，論公論私實在兩副面孔。這也是人之常情，曾鯨不敢多言，忙應了聲。麻溜去承辦了。

——《慈悲殿》未完待續——

高寶書版集團
gobooks.com.tw

YE 045
慈悲殿（上卷）

作　　者　尤四姐
責任編輯　吳培禎
封面設計　茵萊登曼特
內頁排版　彭立瑋、賴姵均
企　　劃　何嘉雯

發 行 人　朱凱蕾
出　　版　英屬維京群島商高寶國際有限公司台灣分公司
　　　　　Global Group Holdings, Ltd.
地　　址　台北市內湖區洲子街 88 號 3 樓
網　　址　gobooks.com.tw
電　　話　(02) 27992788
電　　郵　readers @ gobooks.com.tw（讀者服務部）
傳　　真　出版部 (02) 27990909　行銷部 (02) 27993088
郵政劃撥　19394552
戶　　名　英屬維京群島商高寶國際有限公司台灣分公司
發　　行　英屬維京群島商高寶國際有限公司台灣分公司
初　　版　2023 年 7 月

本著作物《慈悲殿》，作者：尤四姐，由北京晉江原創網絡科技有限公司授權出版。

國家圖書館出版品預行編目 (CIP) 資料

慈悲殿 / 尤四姐著 . -- 初版 . -- 臺北市：英屬維京群島商高寶國際有限公司臺灣分公司 , 2023.07
冊；　公分 . --

ISBN 978-986-506-772-4(上冊：平裝). --
ISBN 978-986-506-773-1(中冊：平裝). --
ISBN 978-986-506-774-8(下冊：平裝). --
ISBN 978-986-506-775-5(全套：平裝)

857.7　　112009835

凡本著作任何圖片、文字及其他內容，
未經本公司同意授權者，
均不得擅自重製、仿製或以其他方法加以侵害，
如一經查獲，必定追究到底，絕不寬貸。
版權所有　翻印必究

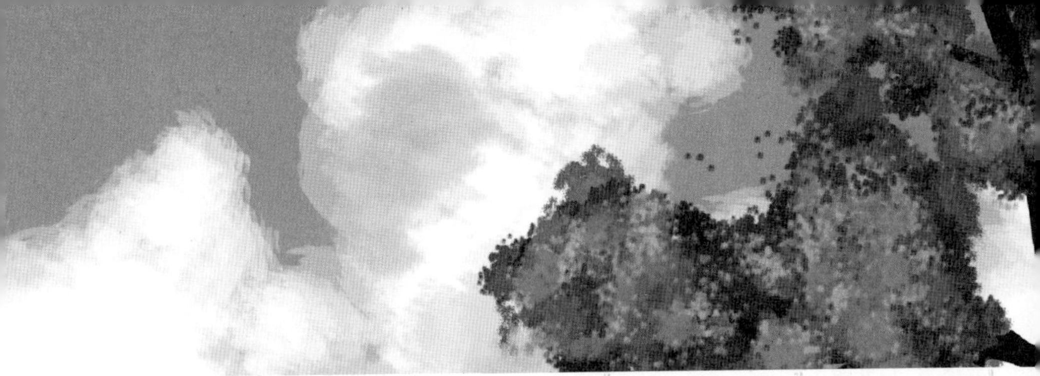

高寶書版 致青春

美好故事
觸手可及

蝦皮商城同步上架中!

https://shopee.tw/gobooks.tw

GOBOOKS
& SITAK
GROUP ©